나그네가 밤에 쓰는 감회
旅夜書懷
언덕의 가녀린 풀 미풍에 나부낄 새
놓이 솟은 돛단배에서 홀로 밤을 지샌다
별 드리운 평야 광활하고
달 솟아오른 큰 강물 출렁이누나
細草微風岸
危檣獨夜舟
星垂平野闊
月湧大江流

絶命門

절명문

절명문 2

진공 新무협 판타지 소설

초판 1쇄 찍은 날 § 2005년 6월 8일
초판 1쇄 펴낸 날 § 2005년 6월 18일

지은이 § 진공
펴낸이 § 서경석

편집장 § 문혜영
편집책임 § 김규진
편집 § 장상수 · 이재권 · 유경화

펴낸곳 § 도서출판 청어람
등록번호 § 제1081-1-89호
등록일자 § 1999. 5. 31
어람번호 § 제2-0619호

주소 § 경기도 부천시 원미구 심곡1동 350-1 남성B/D 3F (우) 420-011
전화 § 032-656-4452 팩스 § 032-656-4453
http://www.chungeoram.com
E-mail § eoram99@chollian.net

ⓒ 진공, 2005

ISBN 89-5831-583-0 04810
ISBN 89-5831-581-4 (세트)

순마검

절명문

|목차|

◆ 第八章 ◆
사신, 강림

사신, 강림

쟁자수들이 죽을힘을 다해 전장에서 빠져나가는 장면을 보던 도유천이 혀를 찼다.

"어허, 유성표국의 규율이 엄정하다더니 다 틀린 말이 아닌가? 적이 면전에 있는데 저렇게 도망가는 인간들이 있다니……. 이건 어미 잃은 병아리들도 아니고……."

그 말에 장무성이 코웃음을 쳤다.

"말 잘했소, 영감. 이게 다 평소 엄정한 훈련을 거쳤으니까 도망이라도 저렇게 착실히 가주는 거요. 무공도 없는 쟁자수들이 여기서 어기적거리면 누구 좋은 일 시켜주라는 거요? 거참, 알 만한 사람이 그런 말 하는 거 아뇨, 영감."

"어허, 어허, 자꾸 영감이라고 부르지 말게나. 늙은이한테 늙었다고 말하면 좋아할 사람 없는 법이네."

"지금 이 판에 그런 걸 따지쇼? 그건 그렇고, 정마련에서 이 일을 알면

꽤 좋아할 거 같은데, 련의 규율까지 어기고 이렇게 나타난 이유가 뭐
요?"

그 말에 적혈마왕 도유천이 박장대소했다.

"어허, 그냥 심심파적으로 나온 길에 무슨 이유를 따지나?"

"지금 장난하시는 거요? 청혈교가 언감생심 다시 강호일통의 꿈이라
도 꾸는 거요? 지금의 강호는 옛날의 강호가 아니오."

"어허, 어허, 젊은 사람이라 혈기가 과하구먼 그래. 입이 험해. 아무튼
본 교의 행사에 자네가 신경 쓸 필요는 없네. 자네 같은 필부가 어찌 짐
작이나 하겠는가? 그런 복잡한 일은 더 신경 쓸 필요 없을 걸세."

"신경 쓰고 싶은 마음은 조금도 없지만… 칼 들고 나온 건 그쪽이 아
닌가, 영감."

"딴은 그렇구먼."

"하나만 더 묻겠소."

도유천이 사람 좋은 미소를 지어 보이며 고개를 끄덕였다.

"어허, 죽은 사람 소원도 들어준다는데 죽을 사람 소원을 내 어찌 외
면하겠나. 시원하게 묻게나."

"이 표행, 혈교가 관여한 거요?"

"어허, 어허, 관여는 무슨……."

장무성은 히죽거리는 그를 보고 대강 사정을 짐작한 듯 고개를 끄덕였
다.

"맞는가 보군. 어쩐지 좀 의심스럽다 했더니……."

"대저 달콤한 것치고 이로운 게 없다네. 어허, 애들도 아는 야바위에
넘어간 사람들이 잘못이지."

"이런다고 청혈교에 무슨 이득이 있소?"

"그거야 알아서 생각하게."

'촌각이라도 더 끌어야 한다.'

시간을 끌어야 했다.

자신이 혈성곤 도유천과 부딪치게 된다면 결국 패배를 피할 수 없을 것이다. 그렇다면 조금이라도 시간을 벌어놓는 편이 도주하는 자들에게 유리하다.

"흥, 대답이 궁한 걸 보니 거창한 계획이 있어 온 게 아니라 푼돈이나 벌러 나온 모양인데 청혈교가 이제는 장로들까지 내보내서 용돈 벌이 할 처지로 전락했소?"

"어허, 늘그막에 용돈이라도 벌 수 있으면 밥값하는 거 아닌가?"

"영감 정도면 젊었을 때 벌 만큼 벌어줬으니 편안한 노후를 보내게 해 주는 게 예의일 텐데……."

한 걸음이라도 쟁자수들이 더 멀어질 수 있도록 계속 도유천의 말꼬리를 붙잡고 늘어졌다. 지금은 시간을 끄는 것이 무엇보다 중요했다.

"뭐하면 우리 표국으로라도 오시오. 편안한 노후가 되도록 최선을 다 할 테니까."

"어허허!"

도유천이 너털웃음을 터뜨린 뒤에 철곤으로 바닥을 한 차례 가볍게 두 드렸다.

"이보게, 시간을 끌려면 이런 얘기 말고 좀 더 재미있는 얘기를 해보 게. 그래야 내가 좀 더 기다려 줄 거 아닌가?"

"……."

"어허, 아니라고 말할 셈인가? 어허, 아서게나. 그러지 마. 어허허, 내 가 아무리 죽을 날이 얼마 남지 않았어도 그간 강호에서 굴러먹은 시간 이 얼만데 그런 거 하나 못 알아보겠나?"

"지금 사람 놀리나, 영감?"

상대방이 자신을 가지고 논다는 것에 열을 받은 장무성이 그를 노려봤으나 도유천은 여전히 사람 좋은 미소만 머금은 채 고개를 흔들었다.

"어허, 이 버릇없는 사람 같으니. 놀리긴 누가 놀라나? 난 그저 순수하게 자네와 대화라는 걸 해보고 싶은 거야. 그러니 재밌는 얘기나 좀 해보게."

도유천이 빗물로 진흙탕에 되어버린 바닥에서 슬그머니 철곤을 들어 올렸다. 마치 얘기가 재미없으면 곧바로 치고 들어가겠다는 의사 표현 같았다.

'여기까지로군.'

그런 생각이 들자 도리어 차분해진 장무성이 서서히 검파를 올리기 시작했다.

"미안하군, 영감. 내 언변이 별로 좋지 않아서 재미있는 얘기는 못하니까 이쯤에서 얘기 끝냅시다."

"어허, 벌써? 거참, 오래간만에 재미있는 후학을 만났다 생각했거늘……. 이보게, 그러지 말고 바쁜 일도 없으니 좀 더 놀아보세."

"이 이상 조롱하지 마라."

"사람 참, 이게 조롱은 무슨 조롱이라고."

장무성은 더 이상 말이 필요없다는 듯 검을 내세운 뒤 굳건히 버티고 섰다.

"오해하지 말게. 난 그저 청혈교도 앞에서 산길로 도망가는 어리석은 인간들 때문에 잠시 어이가 없었을 뿐이고, 오래간만에 쓸 만한 손속을 지닌 후배와 대화를 즐기고 싶었던 것도 있고. 그러니 절대 자네를 놀린 게 아니야. 겸사란 이런 게 아니던가?"

그의 여유있는 태도와 말에서 장무성은 묘한 이질감을 느껴야 했다.

'이상하군.'

아무리 도유천으로 대표되는 청혈교의 세가 유리하다고 해도 도주하는 사람들을 두고 이렇게 여유를 부리는 건 상식적으로 이해가 되지 않았다.

정마련이 건재하기 때문이다.

정(正), 사(邪), 마(魔)의 삼세(三勢)가 동맹을 이루고 있는 탓에 눈에 보이지 않는 약탈과 습격 같은 것은 어느 정도 무마가 되곤 한다. 사마외도는 물론 정파 역시 먹고살려면 자금이 필요하기 때문에 암묵적으로 외면되는 일도 적지 않다.

그러나 이 정도 대규모 약탈이라면, 게다가 정체까지 모두 드러내고 나온 일이라면 얘기가 다르다.

이런 정도라면 반드시 정마련의 응징이 뒤따른다.

간단히 말하자면 청혈교는 지금의 유성표국 습격 사건이 알려지는 것을 극력 피해야 하는 것이다.

천에 하나, 만에 하나라도 이 습격에서 표국의 생존자가 발견된다면 청혈교는 정마련의 엄청난 제재 조치를 받아야 한다.

'그런데 왜 이렇게 여유를 부리는 거냐?'

그 순간 장무성은 이들이 청혈교라는 것이 새삼 떠올랐다. 그리고 정마련이 결성되기 전에 존재했다는, 자신도 이야기로만 전해 들었던 청혈교의 특수 임무대를 떠올릴 수밖에 없었다.

누구도 그들을 따돌릴 수 없고, 누구도 그들을 볼 수 없다는 존재.

암살에 능한 사마외도 집단 중에서도 최고, 최강을 다투던 흑막의 암살자들.

퍼뜩 그 이름이 떠오른 장무성의 눈이 미미하게 떨렸다. 설마 그럴 리가 하는 심정으로 그가 그 이름을 입 밖으로 꺼냈다.

"추혈대, 설마 추혈대를?"

"어허, 아직껏 본 교의 추혈대를 기억해 주고 있구먼. 이거 참, 젊은 사람이 기억하고 있으니 마음이 참……."

"정말… 추혈대까지 데리고 온 건가?"

그의 질문에 도유천이 어딘가 쑥스러운 표정을 지어 보이더니 변명하듯 대답했다.

"그게 말이지, 내가 오래간만에 나오다 보니 손이 떨리고 눈이 침침해서 실수할지 모른다고 딸려 보내주더구먼. 좀 언짢았는데 지금 생각해 보니 백번 잘한 일이야. 덕분에 자네와 느긋하게 대화도 나눌 수 있고 말이야. 어허허, 안 그런가?"

'빌어먹을, 추혈대라니!'

추혈대.

그 옛날 그 악명을 온 무림에 떨쳐 울리던 추살귀들이 어딘가에 매복해 있다니 눈앞이 깜깜해졌다.

그들이 함께 왔다면 도유천의 여유도 이해가 갔다.

'얼마나 왔을까? 일대? 이대?'

사실 얼마나 왔느냐는 아무 상관이 없었다.

아무 무공도 없는 쟁자수들이라면 아무리 도망친다 하더라도 일 다경 안에 끝장날 것이 분명했다. 남궁세가의 어린아이들이 몇 붙어 있긴 하나 그들은 자신의 생사도 돌보기 힘들 것이다.

"그러니까 너무 급하게 굴지 말고 이 늙은이와 좀 더 세상 얘기나 나누세. 어떤가?"

장무성은 눈앞에서 이죽거리는 늙은이를 더 이상 참아내지 못했다.

"이 망할 놈의 늙은이가……!"

"어허, 자네는 다 좋은데 입이 너무 걸구먼 그래. 아까부터 영감에 늙은이……. 어허허, 탓하는 건 아니지만 존장한테 함부로 할 소리는 아니지."

장무성의 말버릇이 아주 기분 나쁘지는 않은 듯 도유천은 점잖게 그의 말버릇을 책했다.

그러나 그의 미소 띤 얼굴은 곧 흉악하게 일그러지고 말았다.

"월광사신에게 겁먹고 도망친 늙은이한테 영감 말고 뭐라고 해야 하는데?"

장무성이 검면을 타고 튀어 오르는 빗물을 쓸어내며 빈정거린 이 한마디는 도유천에게는 치명타였다.

상처.

장무성이 그의 가장 큰 상처를 비벼댄 것이다.

으드득!

여유만만하던 그의 얼굴에서 처음으로 어떤 다른 감정이 뚜렷하게 드러났다.

분노.

도유천은 말을 멈추었고, 곧 그의 몸에서 줄기줄기 살기가 피어올랐다.

빗방울과 살기가 뒤엉켜 단솥에 물방울 튀기는 소리를 내며 도유천의 주위로 증기가 형성되는 요요한 장면이 연출되었다.

기억 저편에 봉인해 두었던 그 전율스런 기억.

저주 어린 추억.

달빛이 유난히 밝다.

뭇 고수들이 합벽진을 짜고 어울려 춤을 춘다. 검광이 요요로이 빛을 뿜어 올리고, 그 가운데 피투성이의 사내가 허위허위 손을 휘젓는다.

누군가 중얼거린다.

"사신……."

그랬다.

그건 진정 사신이었다.

그의 손이 스쳐 지나가면 일세를 풍미하던 영웅들이 칠공에서 피를 뿜으며 주저앉는다.

퉁—

무당의 검이 절묘한 선을 그으며 사신의 심장을 찔러 들어갔으나 둔탁한 소리를 내며 튕겨 나온다.

"크헉!"

사신의 몸을 찔러 들어갔던 무당파의 고수가 돌연 검을 떨어뜨리며 쓰러져 간다.

괴이하다.

사신이 중얼거린다.

"그만!"

그가 외친다.

"그만두란 말이오!"

그의 오만한 외침이 짜릿한 살기를 타고 군중들을 자극한다. 이미 각 파의 정예들을 수없이 잃은 군웅들은 그 외침에 굴욕을 느끼고 원한을 느낀다.

주춤하던 군웅들이 혼신의 힘을 다해 사신을 공격해 들어간다. 그 틈으로 당가의 암기가 휘어 들어간다.

그리고,

누구도 살아남지 못한다.

사신을 공격한 군웅 모두가 쓰러져 간다.

달빛이 찬연하다.

아아, 월광 아래 피가 점점이 분수를 그려내 천지를 채색한다.

“놈!”

드디어 지켜보던 각파의 수장들이 연수합공에 들어간다. 하늘과 땅이 그대로 뒤집어질 듯한 위력.

사신조차 튕겨져 나간다.

그러나 단지 그뿐이다.

누구도 사신을 죽이지 못한다. 사신에게 손을 댄 수장들 역시 하나둘 땅에 무릎을 꿇는다.

그중에 자신의 태양이었던 교주가 있다.

교주가 바닥에 무릎을 꿇는다.

자신이 유일하게 충성을 맹세했고, 다른 사대마왕조차 진심으로 무릎을 꿇고 승복한 일대의 마존이 단 한 수 만에 충혈된 눈으로 바닥에 무릎을 꿇는다.

“교주!”

도유천과 살아남은 녹혈마왕 진천이 급히 교주에게 달려간다.

“너희는… 물러나라.”

“안 됩니다, 교주님! 어찌……!”

교주는 수장들의 원한을 갚으려 악을 쓰며 사신에게 달려드는 타 파의 군웅들을 바라보고 있다. 그리고 조용히 고개를 흔든다.

“물러나. 지금 너희마저 쓰러지면… 교가 힘들어진다.”

“크흑!”

“물러나는 거다.”

교주는 단 한 마디, 너희는 물러나 훗날을 도모하라고 말한다. 그리고 칠공에서 피를 뿜으며 온몸이 녹아내리듯 무너져 내린다.

“…….”

단 한 수의 겨룸이었다.

일도에 산악을 가르던 그 교주가 월광사신의 한 수를 당하지 못하고 무너져 내렸다.

교주가 청혈교를 부탁하지만 않았어도 그 자리에서 월광사신의 목을 따러 덤벼들었을 것이다.

그때 이를 갈면서도 물러섰기에 청혈교는 간신히 지금의 성세나마 유지할 수 있었지만 그때를 생각하면 지금도 가슴 한 켠이 무너져 내린다.

감히 그 아픔을 건드렸다.

분노의 열기를 피워 올리던 도유천의 분노가 극점에 도달하자 그가 쥐고 있던 철곤이 서서히 진동하기 시작했다.

충혈된 눈을 부릅뜬 채 도유천이 장무성에게 외쳤다.

"어허허허, 네놈! 감히 나 혈성곤 도유천을 능멸하고 곱게 죽기를 바라는 건 아니겠지?"

"거 곱게 죽으나 잘게 죽으나 죽는 건 마찬가지지. 흰소리 그만 하고 시작합시다, 영감."

"흐……."

장무성의 말이 끝나자마자 분노한 마왕의 철곤이 꿈틀거리기 시작했다.

휘!

철곤 주위로 빗줄기가 아른거리며 모여들어 유리와도 같이 반짝였다.

그러나 그 공포스런 기세에 맞서는 장무성의 눈이 순간 번뜩였다.

'흔들렸다!'

무서운 기세였으나 조금 전 철곤을 휘두를 때의 엄정함과 장중함이 사라져 있었다. 그저 거칠 뿐이었다.

도유천이 분노로 이성을 잃기를 바라고 월광혈사를 입에 담았던 장무성으로서는 절호의 기회였다.

그의 검이 철곤에 마주칠 듯 다가서다 현란한 움직임을 보이며 철곤의 중앙을 때려 궤도를 미세하게 흐트러뜨렸다.

천재일우의 기회.

치— 치— 칭!

장무성의 검이 회전하는 철곤을 타고 혀를 날름거리며 도유천의 손을, 그리고 그 너머의 벌떡이는 심장을 향해 날아갔다.

"헛!"

도유천의 입에서 경호성이 흘러나왔다. 그러나 그는 마왕이라고까지 불리우는 인물이었다.

검이 도유천의 심장으로 근접하는 순간 철곤의 진동이 커지더니 검의 강습(强襲)하는 검을 덮쳐 갔다.

장무성은 검이 철곤과 부딪치는 걸 최대한 피하며 할 수 없이 검의 궤적을 바꿔 도유천의 목을 찔러갔으나 철곤 역시 살아 있는 구렁이처럼 검을 덮쳐 왔다.

쿵!

금속과 금속이 부딪치는 소리라기보다는 거대한 바위가 벼랑에서 떨어질 때 나는 듯한 굉음이 울려 퍼졌다.

장무성은 여력을 해소하기 위해 뒤로 정신없이 물러났다.

"어허, 제법이구나."

"…영감이야말로."

"그럼 다시 해볼까?"

검과 철곤이 마주치는 청명한 공명음이 연달아 대기를 울려댔고, 그게 신호라도 된 듯 유성표국과 청혈교의 무인들은 다시 난전 속으로 빠져들었다.

유수운은 정신없이 산을 타고 있었다.

"헉헉!"

내뱉는 숨에 익숙한 피 맛이 스며 있었다. 폐는 터질 것 같았고 다리와 등의 근육이 비명을 지른다.

그러나 그 고통 덕에 수운은 오히려 침착함을 유지할 수 있었다. 상혁에게 지겹도록 받은 훈련이다. 익숙한 고통이 그에게 냉정함을 유지할 수 있도록 해주었다.

주변에 앞서거니 뒤서거니 죽어라 산을 타던 쟁자수들은 어느 틈에 하나둘 흩어지고 있었다.

'지침대로 흩어진 건가? 아니면……'

모두 한곳으로 몰려가다 잡히면 그야말로 떼죽음이었다. 약한 동물은 전체적인 희생 확률을 줄이기 위해 무리 지어 도망친다. 그래서 가장 허약한 동물이 희생당하고 나머지가 살아남는다.

그러나 인간 세계에서, 특히 이런 경우에 모두가 무리 지어 도망친다는 것은 그야말로 자살 행위였다.

유성표국은 이런 경우 절대 세 명 이상 뭉쳐 다니지 말고 흩어져 도망치라는 지침이 있다.

그 말을 지키는 것인지 우연인지 모르겠지만 주변에서 같이 도망치던 쟁자수들이 차례로 시야에서 사라져 갔다.

그는 홀로 달리고 있었다.

빗길에 몇 번이고 미끄러지며 피풍의와 얼굴은 어느 틈에 온통 진흙과 풀물로 엉망이 되어 있었으나 발을 멈출 수가 없었다.

자기가 몰아쉬는 거친 숨소리 사이로 사부의 당부가 생각났다.

"시비에 휘말리지 마라. 그리고 정마련에 몸을 담은 사람들과는 무조건 얽매이지 말거라."

상혁이 등을 떠밀었을 때 머뭇거리면서도 자리를 떠난 것은 아마 사부의 이 당부 때문인지 모른다.

정마련이라는 호칭을 들을 때마다 그것은 족쇄처럼 마음을 얽어맸다.

정마련과는 어떤 형태로든 인연을 맺지 말라고 당부하던 사부 때문일까.

그러나 너머로 이제껏 얼굴을 마주 대고 생활하던 사람들이 저 밑에서 죽어가고 있지 않은가?

'정말 그래야 합니까, 사부님? 숨는 것이 사람들의 죽음을 참고 견뎌야 하는 것보다 더 중요한 것입니까?'

상상 속의 사부는 아무 대답도 해주지 않았다. 어쩌면 '삼 년간의 강호행'이 사부의 대답일지 모른다는 생각이 들었다.

무수한 질문에 대한 답변.

삼 년간의 강호행이 그 해답일 것이다. 그런 생각이 들었다.

유수운은 거의 계곡의 꼭대기까지 올라와 나무에 몸을 기댄 채로 숨을 골랐다.

아래쪽에서는 쇠와 쇠가 부딪치는 소리가 희미하게 들려오고 있었다. 추적추적한 빗소리를 뚫고 그의 귀에 틀어박히는 고함과 비명 소리가 가슴속에서는 크게 확대되어 틀어박혔다.

"흑흑! 후우……."

거칠어진 숨을 돌보던 수운이 비가 떨어지는 하늘을 올려다보았다.

'정말… 이것으로 좋은 걸까?'

빗속에서 수운은 숨을 몰아쉬며 생각을 정리했다. 무수히 많은 생각이 스치고 지나갔다.

'어쩔 수 없나…….'

빗소리가 그의 나약한 마음을 두드렸다.

그 순간이었다. 한줄기 서광 같은 무언가가 그의 두뇌를 강타했다.

나는 생사의 바다 속에서 자기를 무수히 버리고 오직 보살의 행을 닦아 불국토를 장엄하였다.

어린 시절부터 불경에 묻혀 살다시피 한 수운이었다.

그럼에도 온몸이 짜릿해졌다.

그는 다시 이 한 구절을 음미해 보았다.

"생사의 바다 속에서… 오직 보살의 행을 닦아……."

그는 떨리는 손으로 진흙 바닥을 움켜쥐었다.

'그래, 부처께서도 끓는 물, 불, 흉기로 뭇 살아 있는 것을 다치게 하는 자를 만나면 윤회하며 서로 되갚는 업을 말해 주라 하셨다. 여기서 가만히 있는 것은…….'

그는 여전히 사부의 엄명을 떠올리며 망설였다. 빗소리와 들려오는 격전터의 소음이 그에게 빨리 무슨 결정이든 내려보라고 재촉하고 있었다.

'하지만 내 무공을 선보여서 귀찮은 일에 말려들면…….'

그 순간 그는 자기 스스로의 마음에 충격을 받았다.

'귀찮아?

그런가?

난 그저 귀찮은 게 싫었던 거였나? 사부의 당부를 핑계로 여기 숨어서 바람이 지나가기만을 기다리는 거였나?

그는 진심으로 자신의 나약함과 이기적인 마음에 충격을 받았다.

유수운은 정신을 가다듬고 다시 한 번 현실을 직시했다.

사부의 당부?

그건 이유가 되지 못했다.

부처께선 사십여 년간 진리를 설하시고서도 한마디도 설한 법이 없으며, 법은 법이 아니므로 법이라고 말씀하셨다.

하물며 절대 진리도 아니며 사부의 당부에 마음이 묶여 이대로 있는다는 것은 말 그대로 '비겁'이 아닐까?

법에는 머무르는 곳이 존재하지 않으며, 법상의 차별이 비었기에 곧 없나니.

법어를 중얼거리자 비와 함께 잔념이 사그라드는 것 같았다.

'가는 거다, 유수운. 이 이상 우스워지지 말자. 난 대절명문의 칠대 장문인이 아닌가?'

그는 마음을 먹고 눈을 감았다.

몸 안에 봉인되어 있던 절명기가 멸명마공의 구결에 따라 기묘한 느낌으로 휘몰아쳤다.

오성인 풍(風)의 단계에 이르러 처음으로 해보는 멸명마공의 운기여서그런지 평상시의 느낌과는 확연히 달랐다.

거기에 이르러 부들부들 떨리고, 자신과 마주치고, 흩날리는 기운을 진정시키고…….

오성에서의 운기를 묘사하는 이 구절은 무엇보다 정확했다.

피로와 부상이 누적되어 있던 근육과 내장이 점점 편해지기 시작했다. 시간이 없었기에 급히 두 번의 주천을 했을 뿐이지만 몸은 훨씬 움직이기 편해졌다.

"후우……."

마지막 숨을 내쉰 수운은 세 번에 걸쳐 입 안에 고인 침을 나눠 마신 뒤 눈을 떴다. 한줄기 정광이 언뜻 눈에 비쳤다 스러졌다.

유수운은 자리에서 일어섰다.

"가볼까……?"

이제 갚아줄 차례였다.

비록 이 이후 자신의 거취가 어찌 될지는 알 수 없지만 우선은 눈앞의 일을 처리할 때다.

게다가…….

'이건 조사님들이 겪은 일과는 달라!'

수운은 그렇게 생각했다. 확실히 지금의 대대적인 습격은 조사들이 무림에서 사고(?)를 칠 때와는 미묘하게 다른 상황이었다.

조사들이 사고 친 상황들을 요약해 보자면 다음과 같다.

비무를 신청하고 참관인을 둔 상태에서 손을 나눈다. 아직 공격이 들어간 거 같지도 않은데 사람이 픽 쓰러져 죽어버린다. 당연히 참관인은 '암수'를 썼다고 날뛰며 공격하고 그 역시 픽 쓰러져 죽어버린다.

그러면 그것을 지켜보던 이가 '사술'을 쓴다고 덤벼들다 죽어버리고… 그를 지켜보던 이들이 '살귀에겐 무림의 예를 지키지 않는다!'라고 합격을 하다 떼거지로 픽 쓰러져 죽는다.

대략 이런 수순이었다.

'지금은 달라.'

수운은 진심으로 그렇게 생각했다.

게다가 마지막으로 일어난 '월광혈사' 이후 오십 년이 넘는 세월이 흘렀다. 공포의 기억은 남아 있더라도 이번 일에 월광사신을 연결시켜 생각할 사람은 없을 것이다.

'아마도?'

수운은 잠시 고개를 갸웃거렸으나 지금은 깊이 생각할 여유가 없었다.

괜찮을 거야. 긴박한 위기에 몰린 모든 사람이 가지는 생각을 그 역시 가지고 있었다.

가슴 가득 불안감이 있었다.

혹시라도 그가 월광사신의 계보를 이었다는 것이 밝혀진다면 상황에 관계없이 가족들까지 생사가 위태로울지 몰랐다. 수운이 짧은 기간 몸으로 느낀 무림이라는 세계는 순리대로 돌아가지 않았다.

그래도…….

'이대로 두고 본다면 죽을 때까지 후회할 테니까.'

수운은 나름대로 독하게 마음을 먹고 있었다.

'우선, 가능하다면 여기서 적들은 모두… 없애야겠지.'

목격자를 최소화한다. 불안한 현 상황에서 유일하게 쓸 수 있는 방법이었다. 실제로 사부 진현우도 '불가피하게 손을 쓰게 된다면 확실하게' 라고 말을 했었다.

그는 마음을 다잡고 산 아래쪽을 노려보며 중얼거렸다.

"이제 니들은 다 죽었어."

실로 무림 대대로 흉신악살을 배출해 온 지고한 문파 절명문의 현 장문인다운 말이었다.

그렇게 멸명마공을 일으킨 채 아래로 짓쳐 들어가던 유수운이 몇 걸음 떼다 말고 급히 발을 멈췄다.

"……?"

어색한 무언가가 느껴진다.

사방으로 비산되어 확장된 그의 감각이 뭔가 이상하다고 부르짖는다. 심상치 않은 이 느낌에 그는 멈춰 서서 사방으로 의식을 확장해 가기 시작했다.

'뭐지?'

유수운이 뻗어낸 감각이 더듬더듬 사방을 휘젓고, 냄새를 맡고, 자극하며 '이상한 무언가'를 찾아가기 시작했다.

빗소리.

주변을 튀어 오르는 흙탕물.

부산히 저 멀리서 흩어지고 찢어져 가는 사람들의 인기척.

그 사이에 뭔가가 있었다.

그가 생전 처음으로 느껴보는 뭔가가, 평온한 봄날 같은 대기를 뱀처럼 유유히 타고 들어오는 무언가가.

위기를 느낀 그의 몸이 단전에 고여 있던 절명기를 서서히 뽑아내기 시작했다. 기름 먹인 피풍의 속으로 조금씩 습기가 스며들어 와 안 그래도 오싹한 기분을 더 증폭시키고.

'뭐야, 이 기분은?'

처음 겪는 느낌에 당황하고 있던 유수운이 목 어림에 날카로운 예기를 느끼고 퍼뜩 앞으로 몸을 던졌다.

칙 하는 기분 나쁜 소리와 함께 목뒤가 따끔해졌다.

"웃!"

온몸에 소름이 돋았다.

손을 들어 따끔했던 부분을 만져 보니 피풍의가 갈려 있었고 경추 부분도 살짝 베어져 피가 묻어 나왔다.

'고수다.'

쥐도 새도 모르게 저 세상으로 갈 뻔했다. 수운은 긴장한 채 사방을 훑어보았다.

공격당한 목 부근의 뚫린 피풍의 사이로 빗줄기가 스며들어 따끔한 감각이 긴장감을 더했다.

'행운이었어…….'

경신의 움직임도 아니었고 단순히 본능적으로 움직였을 뿐이지만 그 한 걸음 덕에 목뒤 척추와 이어지는 부위에 가느다란 혈선이 그어지는 것으로 불의의 습격을 피해낼 수 있었다.

서늘한 기분을 간직한 채 유수운은 다시 감각을 확장하여 자신을 암습한 대상에 집중하기 시작했다.

하지만 그 실체를 잡아낼 수가 없었다.

감각은 끊임없이 조심하라 경고하고 있었으나 그 대상이 어디 있는지 명확히 알아낼 수가 없는 것이다.

공격당하기 전과 모든 것이 같았다.

빗소리.

맑게 빗물을 떨궈내는 나뭇잎.

청명한 비 냄새.

그리고,

아무 흔적도 없었다.

"후웁!"

유수운은 숨을 크게 들이쉰 뒤 천천히 육합권의 기본형을 잡았다. 불의의 습격에 대비하는 자세였다.

후두둑!

나뭇잎 사이에 고여 있던 빗물이 여기저기서 불규칙하게 떨어져 내려 자신을 노리는 살수가 어디 있는지 알 수 없었다.

얼마나 시간이 흘렀을까.

유수운은 치켜든 팔의 피풍의 부근에 점점이 붉은 물이 떨어지는 것을 보고 고개를 들었다.

나뭇잎 사이로 피로 물든 빗방울이 후두둑 떨어져 내리고 있었다.

'뭐야?'

수운이 하늘에서 피가 흩뿌려지는 괴사에 얼굴을 찡그렸을 때 갑작스레 사람 하나가 떨어져 내렸다.

"커억!"

그자는 부들부들 떨면서 괴로워하고 있었다.

"……?"

자신을 공격했음이 분명한 이가 아무 이유 없이 떨어져 내리자 잠시 어리둥절해하던 수운이었으나 곧 그 이유를 생각해 냈다.

해답은 간단했다.

"절명기에 당했군."

눈, 코, 입, 귀의 일곱 구멍에서 진득하게 체액을 흘려내며 경련하고 있는 살수를 보며 그는 살수의 칼이 공격했던 목 어림에 손을 올려보았다.

"찰나에 절명기가 역류해 들어갔나 보군."

칠공에서 피를 흘리는 모습을 보니 자신도 모르게 전투적인 절명기를 운용하고 있는 듯했다.

일부러 그랬던 기억은 없었으므로 어쩌면 풍의 단계로 올라서면서 절명기를 제대로 제어하지 못하고 있는지도 몰랐다.

절명문도들은 굳이 개량 전의 절명기를 운용하지는 않는다. 죽는다는 결과에는 변함이 없음에도 피를 보고 보지 않고가 시전자의 심리에 큰

영향을 끼치기 때문이다.

"그나저나… 살수라……. 왜 여기에?"

떨어져 내린 괴한을 살펴보며 유수운이 침중히 중얼거렸다. 그는 진녹색과 검은색이 점점이 박힌 옷을 입고 복면을 했다.

손에 들고 있는 무기는 한 자 정도의 면이 넓은 반월형 단검으로 아마 목을 벨 때 쓰는 듯했다.

수운은 다시 한 번 목 언저리를 만져 보았다.

'만약 그냥 공격을 당했더라면… 절명기가 몸을 보호해 목이 완전히 떨어져 나가지는 않았겠지만 심한 부상을 입었을 테지. 공격당한 부위가 나빴으니 치명상이 되었을 거야.'

효율적인 공격이었다. 제대로 훈련받은 전문 암살자 이외에 이런 자가 있을 리 없다.

그들이 무림에 악명 높은 청혈교의 추혈대라는 것을 알 리 없는 유수운이었지만 그들이 도망치는 사람들을 노리고 있다는 것은 금세 알 수 있었다.

청혈교의 습격, 그리고 도주 중에 만난 놀라운 암살자.

거기까지 생각하자 해답은 금방 나왔다.

"위험해."

마음이 다급해졌다. 수운은 괴한의 반월단도를 집어 들고 쟁자수들이 흩어진 산악 방면으로 무작정 뛰기 시작했다.

뛰면서 그는 감각을 집중했다.

풍의 단계에 올라서면서 새로 얻은 자신의 위기를 알려준 그 감각을 믿는 수밖에 방법이 없었다.

상혁이 휘두르는 검은 검처럼 보이지 않았다.

좋게 말하면 의기충천한 촌부가 마구잡이로 설치는 듯도 했고, 일반적인 기준에 의거해 얘기하자면 실성한 이가 부지깽이를 들고 발광을 하는 것처럼도 보였다.

그러나 그 결과는 결코 그렇지 않았다.

상혁은 확실하게 아군을 지원하며 적을 줄여 나가고 있었다. 우습게만 보이는 그의 검은 결코 우습지 않았다.

"고, 고맙네. 아니, 습니다……."

"씨바! 지금 서열 궁리할 때냐? 다시 사람 찾아 합벽진 구성해! 넋 놓고 죽을 거야!"

자신에게 달려드는 청혈교도 한 명에게 발길질을 하며 상혁이 악을 써 댔다.

"뭉쳐! 빨리!"

하급 표사를 중심으로 점차 희생자가 발생하고 있었다. 애써 합벽진을 완성하려 하고 있으나 청혈교도들은 그 틈을 파고들어 표사들을 흩어놓고 각개격파하는 일을 반복하고 있었다.

'어차피 유리하다 이거겠지.'

아직까지 그래도 희생자가 적은 것은 청혈교도들 역시 확실히 해치울 수 있는 상황을 만들어 표사를 해치우기 때문이었다. 어차피 시간은 그들의 편이었다.

구태여 무리한 충돌로 자기들의 손실을 늘릴 이유가 없었다.

"에이, 개 썅노무 시키들!"

상혁은 쌍욕을 입 밖으로 내뱉으며 한구석에서 청혈교도들에게 몰려 합벽진에서 떨어져 나가려는 듯한 표사 집단을 구원하기 위해 뛰어갔다.

그의 투박한 검이 청혈교도 사이를 뚫고 들어가자 혈교도들이 질서 정연하게 물러섰다.

"씨발 새끼들!"

어지간한 상혁이었으나 엄정하게 후퇴해 진을 재구축하는 청혈교도들 사이로 뛰어들 수는 없는 일이었다.

요컨대 자기가 무리하게 움직이다 부상이라도 입으면 이곳에 있는 모든 표사들에게 저승문이 그만큼 빨리 다가오는 것이니까.

'이렇게 가다가는… 염병……'

그의 가슴이 무거워지고 있을 때 장무성과 도유천이 어울리고 있는 곳에서 다시 연달아 굉음이 들려왔다.

'이런, 씨발. 대표두님도 안 좋군.'

장무성이 선전하고 있으나 도유천과 비교하자면 절대 열세였다. 다행이라면 도유천 역시 아직 본격적인 공세를 가하지 않고 있다는 점이었다.

'여유있다 이거지, 개자식들.'

집단과 집단의 싸움은 흐름이 있다.

사방에서 검명이 줄어들더니 곧 완전히 사그라들고 있었다. 양 집단은 조금씩 서로 물러서며 진형을 짰고, 양 집단이 완전히 분리되어 난전에서 전선이 생겨나자 잠시 서로의 틈을 보며 숨을 고르고 있었다.

장 표두가 슬쩍 상혁 옆으로 다가왔다.

"하 표두 발광하는 걸 오래간만에 보니 속이 다 시원합니다."

"크큭, 거 뭐, 시원하지요."

"그나저나 이거 정말 안 좋은데 말입니다."

슬쩍 훑어보니 장 표두는 왼쪽 어깨에 상처를 입고 있었다. 운신에 방해가 될 정도는 아니었으나 마치 지금의 상황을 대변하는 듯하여 마음이 무거워졌다.

"뭐, 어찌 되지 않겠수?"

그렇게 말하며 슬쩍 장무성이 있는 쪽을 바라보았다. 그쪽도 잠시 소강상태였다. 두 거물은 꼼짝도 않은 상태로 서로를 노려보고 있었다.

어차피 저쪽은 자신이 뭘 어떻게 해볼 수 없는 영역이라 신경을 끄고 맞은편에서 살기를 조용히 피워 올리는 청혈교도들 쪽으로 눈길을 돌린 순간이었다.

[표사들 데리고 도망쳐라, 상혁아.]

장무성의 전음이었다.

도망치라는 장무성의 말을 듣자 상혁이 코웃음을 쳤다. 아니, 누구는 도망가기 싫어서 안 가고 이 난리를 피우고 있단 말인가?

'아이고, 말이 쉽지 이 판에……'

속으로 코웃음을 치던 그는 장무성의 다음 전음에 얼굴을 굳혔다.

[추혈대가 왔다. 이대로면 전멸이야. 너도 같이 가라. 너 정도가 아니면 추혈대의 암습을 막아낼 이가 없다.]

장무성의 전음은 거기서 멈췄다. 도유천을 상대하고 있는 상황에서 이 이상 다른 곳에 정신을 분산할 수는 없는 일이었다.

상혁이 습관적으로 수염을 한 번 쓸어보았다.

'추혈대라……. 씨발놈들, 많이도 가져왔구먼. 어쩐지 너무 소극적으로 싸운다 했더니 믿는 구석이 있었어. 도유천에 추혈대까지? 이건 씨발, 차고 넘치다 못해 싸겠구먼, 씨발.'

잠시 숨을 골랐는지 서서히 거리를 좁혀오는 청혈교도들을 바라보며 상혁은 눈살을 찌푸렸다.

그나마 방법이라면 무위가 뛰어난 표두 급들이 일시에 돌격해 포위망의 일각을 찢는 틈을 타서 표사들이 무작정 도주하는 것뿐이었다.

'돌파하는 중에 반은 죽겠지만 말이지.'

게다가 추격자를 최소화시키려면 포위망 안에서 적의 주의를 끌어줄, 이른바 자살 지원자들도 있어야 한다.

모두 죽느냐 몇이라도 살려 보내느냐의 선택이다.

이성적으로 생각하면 몇이라도 살려보는 게 남는 장사이긴 하지만 사는 게 꼭 이성적으로만 되는 것은 아니었다.

그는 장 표두에게 전음을 날렸다.

[추혈대가 와 있수.]

단 한 마디뿐이었으나 노련한 장 표두는 그게 무슨 뜻인지 금방 감을 잡았다.

[어렵겠군. 지금밖에 기회가 없으니 한번 뚫어봅시다.]

[거 좋수. 뚫은 뒤에 장 표두께서 애들을 데리고 가슈. 여긴 내가 남아서……]

[아니, 하 표두께서 가셔야 합니다.]

"……"

상혁이 대꾸하지 않자 장 표두가 다시 한 번 강조해서 말했다.

[하 표두가 가지 않으면 그냥 여기서 버티는 편이 더 오래 살 거요. 하 표두 정도의 무위가 없으면 추혈대의 추적에 잠시도 버틸 수 없다는 건 잘 알지 않소.]

청혈교도들의 공격이 다시 시작되었고, 표사들이 진을 형성해서 그들과 맞닥뜨리고 있었다.

"더 늦기 전에 해봅시다."

장 표두가 푸근한 미소를 지으며 그를 바라보았다. 이미 그는 주변 표두들에게 전음으로 뭔가 지시를 내리는 듯했다.

그의 말이 옳긴 했다.

그러나,

"여기선 한 명이라도 많이 살리는 거요. 그게 이기는 거요."

망설이는 듯한 상혁을 달래듯 장 표두가 말했다.

상혁은 덤벼드는 청혈교도 한 명을 날카롭게 공격해 뒤로 물러나게 한 뒤 굳은 얼굴로 장 표두를 바라보았다.

"이런 씨이이이발!"

마침내 결심을 한 상혁이 울화통을 터뜨리며 앞으로 뛰쳐나갔다. 그 뒤로 장 표두의 지시를 받고 기다리던 표두 몇이 동시에 뛰쳐나가 청혈교도들의 포위망 한 켠으로 돌입했다.

상혁은 정말로 미친 듯 검을 휘두르며 악을 썼다.

"따라왓! 떨어지면 내가 죽인다!"

새로이 얻어낸 기묘한 감각은 자신에게 여러 가지 정보를 알려주기 시작했다.

요동치는 기, 살기, 자연의 기.

그리고 인간의 것으로 판단되는 기.

'줄어들고 있어.'

착각인지 모르지만 그의 감각에 걸리는 인기척이 하나둘 사라지고 있었다.

그의 불안감 그대로 소리없는 습격이 진행되고 있는 것이다.

'빌어먹을, 대체 살수들이 몇이나 와 있는 거야?'

아직도 살수들만은 그의 감각에 정확히 걸리지 않았기 때문에 얼마나 와 있는지는 알 수 없었다.

'뭘 먼저 해야 하지?'

그는 고민해야 했다. 다시 격전장으로 가서 표사들을 도와야 하는 건지, 아니면 이대로 계속 산속으로 들어가 쟁자수들을 위해 살수들과 싸워야 하는 것인지. 어느 쪽을 선택해도 시간상 다른 한쪽은 전멸을 면키 어려울 것 같았다.

오래 생각할 틈이 없었던 수운은 일단 가까이에 있는 쪽을 먼저 돕기로 마음먹었다. 근처에서 흩어지고 있을 쟁자수들을 위해 단지 몇 명의 살수라도 해치운다면 산의 넓이로 봐서 다수의 쟁자수들이 생존할 수 있을 것이다. 그 이후 표사들을 지원하러 간다면……

급히 움직인지 반의 반 각도 되기 전에 유수운은 발을 멈췄다.

나무 뒤에서 인기척이 느껴졌기 때문이다. 혹시 살수일 가능성을 배제하지 않은 그는 반월단도를 단단히 고쳐 잡고 앞으로 내민 채 조용히 말했다.

"거기… 누구냐?"

잠잠하다 싶더니 누군가의 머리가 불쑥 튀어나왔다.

"수운이 너도 살았구나. 놀랐잖냐, 이 자식아!"

"장은 선배? 살아 있었군요!"

"마 너도 살았는데 내가 왜 죽어!"

선배 쟁자수인 장은이었다.

그는 발끈해서 짧게 소리치고는 자신이 놀랐는지 입을 다물고 주위를 돌아보았다.

"아무튼 너도 여기까지 도망온 걸 보니 대충 도망갈 수 있나 보다. 꼼짝없이 죽는 줄 알았는데……."

장은은 대견한지 수운에게 다가왔으나 절명기를 운용 중이던 유수운은 황급히 뒤로 물러섰다.

"새끼, 겁먹기는……. 손에 든 건 또 뭐냐?"

그가 물러나는 것을 겁먹은 사람의 반응으로 이해한 장은이 코웃음을 치다 수운이 손에 들고 있는 단도에 눈길을 뒀다.

수운은 급히 절명기를 모두 단전으로 모아들인 뒤 단도를 내보이며 입을 열었다.

"살수가 쓰던 칼이에요! 살수예요, 장은 선배! 살수들이 우리를 쫓고 있어요! 설명할 시간 없어요! 살수들이 도망간 사람들을 쫓고 있어요. 위험하니까 빨리 피해야 해요!"

그의 다급한 외침에 장은이 무슨 소리를 하느냐는 듯한 얼굴을 하자 수운이 답답하다는 듯 다시 한 번 칼을 내보였다.

"살수의 칼이라니까요! 산에 매복하고 있다구요!"

그제야 장은이 상황을 파악한 듯 불안한 표정으로 사방을 두리번거렸다.

"봤냐?"

장은의 표정이 눈에 띄게 창백해졌다. 빗속을 뚫고 당장이라도 살수가 뛰쳐나올까 겁내는 표정이 역력했다.

"네, 봤어요! 시간없다니까요! 이것도 그 살수가 떨어뜨린 거라구요! 어쩌면 벌써 다른 사람들도 습격당하고 있는지 몰라요!"

"잠깐, 잠깐. 칼을 떨어뜨리는 살수도 다 있어?"

"아니, 그게… 아, 진짜 어디서 딴지 거는 것만 배웠어요? 지금 진짜 위험하다니까!"

"알았다. 빨랑 도망이나 가자."

"사람들한테 알려야죠."

"어떻게?"

"살수가 있다고 소리라도 지르면 대충 알아서 피하지 않을까요?"

"야야, 그게 피한다고 피해지면 살수가 왜 살수냐?"

"그럼 어떻게 해요?"

"아, 이 자식이 왜 나한테 성질이야? 내가 살수야?"

처음엔 불안한 표정이었던 장은과 수운은 서로 으르렁거리는 걸로 긴장이 어느 정도 풀어졌는지 처음 만났을 때보다 훨씬 얼굴이 좋아졌다.

장은이 손을 들어 얼굴로 흘러내리는 빗물을 닦아내곤 수운의 손을 잡았다.

"아무튼 일단 튀자. 살순지 뭔지 우리 같은 놈들이 그거 있다고 알아봐야 무슨 수가 나겠냐? 다리도 쉬었으니까 일단 한시라도 빨리 여기서 벗어……."

그렇게 말을 하고 급히 걸음을 재촉하는 순간이었다.

그것은 거대한 인간 박쥐였다.

월형단도를 이빨처럼 빛내며 그 박쥐는 하늘에서 떨어져 내렸다. 아무런 조짐도 없이 갑자기 엿가락처럼 늘어나며 그들 앞에 뜬금없이 모습을 드러낸 것이다.

"어……?"

놀람이 지나쳐 수운은 일순간 멍해졌다.

찰나,

눈의 깜박거림 한 번.

너무도 짧은 시간이지만 그 시간이 지나는 동안 큰 변화가 생겼다. 인간 박쥐의 손이 휘둘려 허공에 은빛 선을 그었고, 그 선이 장은의 목을 휘감았다.

파앗!

맹렬한 회전이었다. 장은의 목이 그 몸을 떠나 빗속에 섬뜩한 피를 흩뿌리며 유려하게 날아올랐다.

'환상…….'

그러나 허공에서 궤적을 그리고 있는 장은의 목은 이 모든 일이 환상이 아니라고 말해 주고 있다. 방금 전까지 자신과 투닥거리던 그의 목이 빗속을 떠돌고 있다.

그의 손을 잡고 있던 장은의 손이 경련을 일으켜 수운의 손을 강하게 틀어쥔 것이다. 목 없는 몸이 부들부들 떨며 자신의 손을 강하게 움켜쥐자 수운은 너무 놀라 움츠러들었다.

그리고 장은의 목을 떨어뜨린 칼날이 눈 깜짝할 사이에 궤적을 틀어 그에게 다가오고 있었다.

수운은 혼신의 힘을 다하여 뒤로 물러나며 자기 손을 꼭 움켜쥐고 있는 목 없는 장은의 손을 치켜 올렸다.

써걱 하는 느낌과 함께 장은의 어깨가 송두리째 끊겼다. 그럼에도 월형단도의 속도는 그다지 줄어들지 않았다.

다행히도 인간 박쥐의 칼날이 장은의 어깨뼈를 끊으며 힘이 많이 줄어 아주 약간 느려진 덕에 한 발 물러나 주저앉은 수운의 코앞에서 단도가 회수되었다.

스스슥!

살수는 강약의 차가 명확함에도 단번에 수운의 목숨을 끊지 못하자 곧바로 모습을 감추었다. 그야말로 숨어서 적을 노린다는 살수의 전형이었다.

"후욱!"

실제로는 눈 몇 번 깜박거릴 동안에 벌어진 일이었다. 수운은 참고 있던 숨을 내뿜은 채 아직도 파들거리며 자기 손에 붙어 있는 장은의 잘려진 어깨를 바라보았다.

"…선배."

생과 사란 얼마나 무의미한 것인가. 겨우 이렇듯 눈 한 번 깜박거릴 때 갈리고 마는 게 생사였다.

수운의 손을 잡고 있던 장은의 몸이 떨어져 나간 목을 그리워하듯 경련을 일으키며 진흙 바닥에 박혀 있었다.

사방은 다시 빗소리로 가득 찼다.

주저앉아 있는 유수운과 그 품에 안긴 장은의 시신, 아직도 손을 꼭 잡고 있는 장은의 오른팔, 물끄러미 자신을 바라보고 있는 떨어져 나간 장은의 머리.

"크윽……!"

차라리 미칠 것 같았다. 극도의 혼란에 빠진 상태였으나 유수운은 곧바로 단전으로 거둬들였던 절명기를 풀어내며 멸명마공을 펼쳐 냈다. 두서없이 날뛰던 심기가 안정이 된다.

그리고 느껴진다.

호흡이, 그의 체온이.

그 살기와 살기가 노리는 부위가 짜릿하게 휘몰아친다. 극도로 예민해진 그의 신경이 아까까지는 제대로 잡아내지 못하던 살수의 기척을 확고하게 잡아내고 있었다.

유수운은 사후 경직으로 굳어 있는 장은의 오른손을 힘겹게 떼어낸 뒤 조심스레 내려놓고는 천천히 일어섰다.

그가 일어섬과 동시에 정체 모를 살수는 서서히 움직이고 있었다.

뒤로 이동하고 있다. 자신의 감각이 말해 주고 있었다.

후두둑 빗방울이 불규칙하게 피풍의 위로 떨어지는 소리가 들린다.

머리 위쪽에 도달했다.

빗방울의 빈도가 미묘하게 약해진다.

공격해 올 것이다.

이전처럼 자신의 뒤를 잡고 목을 베어올 것이다.

은빛 칼날이 빗방울에 섞인 커다란 거품처럼 떨어져 내리며 소리없는 공격이 시작되었다.

뒤를 잡고 목을 갈라낸다.

추혈대가 사용하는 이 단순한 수법에 그 얼마나 많은 무림인들이 한 줌 진토로 되돌아갔는가.

그 공격 앞에서도 수운은 피하지도 반격하지도 않았다. 그저 칼날이 다가오는 곳에 자신의 오른팔을 들어 올렸을 뿐이다.

턱 하는 둔탁한 소리가 들리고 살수가 쓰는 반월단도가 팔꿈치에 반 치나 틀어박혔다.

그그극!

금속이 뼈를 갉아내는 감촉이 시원하게, 그리고 고통과 함께 전해져 온다.

'장은 선배, 이런 기분이었습니까?'

유수운은 장은의 목을 일별한 뒤에 박혀 있는 칼날을 통해 절명기를 있는 대로 쏟아 부었다.

"죽어버려!"

지속해서 절명기를 쏟아 부으며 이글거리는 눈으로 증오를 섞어 말했 다.

그 순간 유수운은 뒤통수에서 그 살수가 뿜어냈을 피분수가 피풍의 위 를 따듯하게 덮는 것을 느낄 수 있었다.

육간에서 고깃덩이를 내칠 때 들리는 묵직한 소리가 등 뒤에서 들렸 다.

사망 여부는 확인할 필요도 없었다.

"……."

모든 일이 너무나 길게 느껴졌지만 어쩌면 나뭇잎이 팔랑거리며 바닥에 떨어지는 아주 짧은 순간에 일어난 일인지도 모른다.

수운의 감각 중 일부는 이미 마비되어 있어서 그조차 사실을 알 수 없었다.

유수운은 머뭇거리며 장은의 시신 쪽으로 다가갔다. 그리고 머리와 오른팔이 떨어져 나간 몸을 껴안았다.

차마 잘려진 목을 마주 볼 용기는 나지 않았기 때문이다.

놀랍게도 아직 심장이 뛰고 있어 잘려진 목에서 피가 계속 뿜어져 나오고 있었다.

아직 자신이 죽었다는 것을 느끼지 못한 것일까?

수운의 피풍의는 이미 잿빛이 아닌 검붉은 빛을 띠고 있었다. 핏물과 풀물과 그리고 진흙과 비가 빚어낸 아름다운 검붉은색이다.

이 모든 것이 현실이 아닌 것 같았다.

모든 것이 해체되어 간다.

자신이 유수운인가? 그 어린 유수운이 사부를 따라 길을 나선다.

아니다. 그대로 집에서 가족들과 행복하게 자라고 있다.

조카들을 울리며 동네 소꿉동무 계집애와 혼례를 맺고 있다.

아니다. 그는 강호행을 하며 수많은 사람의 목숨을 앗아간 마두가 되었다.

무엇이 진실인가?

유수운은 퍼뜩 식어가는 장은의 몸을 느꼈다. 이것은 현상이다. 그러므로 진실인가?

일체의 현상계는 꿈결과 같고,

그림자 꼭두각시 물거품이며,

풀끝의 이슬이요, 번개 같나니,
마땅히 이와 같이 볼지니라.

풀끝의 이슬.
그는 내를 이뤄 흘러가는 핏물을 바라보며 그렇게 중얼거려 보았다.
이슬.
마땅히 그와 같이 보라.
수운의 눈에서 무언가가 흘러나왔다. 뜨겁기는 하지만 빗물에 뒤섞인 눈물이었다. 그렇게 할 수가 없었다.
장은의 인생은 풀끝의 이슬이 아니며, 짧은 인연이지만 번개처럼 스쳐 지나가는 그런 사람도 아니었다.
시신을 안은 채 번민하고, 고뇌하고, 갈등하며, 분노하고, 증오하던 그가 돌연 내공을 가득 담아 소리치기 시작했다.
"둘이다! 개자식들! 이 살인마들! 내가 두 놈 죽였다! 모두 덤벼라, 이 개자식들아! 와라! 덤벼라!"
일반적으로 거우 십 년 내공이 될까 말까 한 유수운의 내공은 빗속을 충분히 뚫고 가지 못했지만 그 효과는 금세 나타났다.
그의 감각이 곧 하나의 살수가 자신에게 다가온다는 것을 일깨워 주었 다. 자신의 머리 위 어딘가에서 자신을 주의 깊게 쏘아보고 있다.
그의 시선이 쓰러져 있는 또 다른 살수를 바라본다는 것이 느껴진다.
느껴진다, 그가 서서히 살기를 거둬들이는 것이.
살기를 지워가는 살수…….
유수운의 뇌리에 어릴 때의 일이 환영처럼 떠올랐다.
환영 속의 인물이 환영 속의 꼬마에게 들려주는 말을 들으며 그는 자 신이 조금 전부터 자신도 모르는 사이에 심마에 들었는지도 모르겠다고 생각했다.

언젠가 읽었던 주화입마의 초입 증세와 자신의 지금 모습이 너무 유사하다.

"무조건 웃어주는 사람을 조심하고 과하게 칭찬하는 사람을 믿지 말아라. 무릇 과함도 모자람과 같은 것. 물이 아래도 떨어지고 오목한 곳에 고이며, 바위 위를 미끄러져 떨어짐이 이 같은 이치다. 석가모니께서 무어라 하셨던가? 그 어디에도 집착함이 없이 자기 마음을 내야 한다고 하셨단다. 잘못하면 화를 내고 기쁘면 웃어주는 것이 사람의 마음이니……."

"하지만 불법은 무조건 웃어주는 것 아니에요? 나쁜 사람도 개과천선시켜주고. 사부님이 그러셨잖아요?"

사부는 헛기침을 했었다. 그리고 뭐라고 했더라? 음, '그것이 불법의 오묘함이란다' 라고 말하셨던가?

"여하간 자연스럽지 못한 것은 조심하거라."

분명 실수가 주위에 포진해 있는데 살기가 오히려 없어져 간다. 부자연스럽다.

'사부의 말대로 조심…….'

중얼거리던 수운은 그 당시 사부의 겸연쩍어하던 얼굴이 떠올랐다. 감정이 격해져 있던 수운은 상황을 무시한 채 키득거리고 웃기 시작했다.

그와 동시에 허공에서 자객이 떨어져 내렸다.

조금 전의 살수와 비슷하지만 다른 공격이었으며, 수운의 대응도 아까와는 전혀 달랐다.

장은의 몸을 껴안은 채 웃고 있던 유수운의 몸이 그 자리에서 폭발적
으로 움직였다.

콰앙!

굉음과 함께 흙탕물이 일시에 하늘로 치솟아 살수의 시야를 가렸다.
그 흙탕물을 뚫고 유수운의 육합권이 일직선으로 치고 들어오고 있었다.

멸명마공을 운용하여 절명기와 같이 표연(表演)하는 그의 육합권은 상
혁이 욕설을 내뱉으며 혹평하던 그 육합권이 아니었다.

강렬한 진각.

그로 인해 비로 무거워져 있는 진흙이 먼지처럼 흩날린다. 마치 작은
화산과도 같다.

강렬한 진각에 진흙이 터져 오르고 그 진흙탕 사이로 펼쳐 낸 그 묵직
한 벽권에 기민하게 회피 동작을 취한 살수조차 왼쪽 어깨 어림을 허용
한 채 나가떨어졌다.

손에 묵직한 감각이 실리자 수운은 알 수 없는 흥분으로 전율했다. 살
수가 묵직한 신음성을 내뱉으며 일어서는 모습이 보이자 그는 다시 육합
권의 자세를 잡으며 맺힌 한마디를 토해냈다.

"복수다, 이 개자식아!"

살수는 곧 자세를 잡고 유수운을 노려보았으나 그에게는 이미 관심이
없어진 수운이 다른 나무 한곳에 시선을 주었다.

적이다.

또 다른 적들이 몰려오고 있다.

그렇기에 자신을 노려보고 있는, 이미 죽어버린 적 따위에게 신경 쓸
여유는 없었다.

수운은 그에게서 시선을 돌리고 또 다른 적들의 기척에 주의를 집중하
기 시작했다.

‘기회!’

수운이 다른 곳에 시선을 돌린 사이 그와 마주하고 있던 추혈대원은 눈을 빛내며 수운의 목을 공격하려 했다.

그러나 몸이 움직이지 않는다.

“……?”

이윽고 그의 코에서 피가 흘러내린다.

눈에서 피가 흘러나와 세상을 적색으로 물들인다. 추혈대원은 정신이 아득해지며 자신도 모르게 바닥에 힘없이 무릎을 꿇었다.

‘뭐, 뭐야, 이건?’

그는 자신이 흘려내는 피를 보며 당황했고, 곧 끝없는 암흑 속으로 끌려 들어가는 느낌이 들었다.

그것으로 끝이었다.

철퍽 하는 소리가 들리자 수운은 힐끔 바닥에 쓰러져 경련하는 살수를 바라보곤 곧바로 고개를 돌려 버렸다.

아주 잠깐의 유예 시간이 지나자 새로 등장한 적들에 의해 또다시 공격이 시작되었다.

언제나처럼 그의 시선 반대 방향에서 시작되는 은밀한 공격이었다.

‘뒤!’

등 뒤에서 경력이 덮치자마자 유수운의 구명절초 절대부동이 시전되었다.

떨어져 내리며 방금 전까지 그가 있던 곳을 단도로 긋고 있는 살수의 등이 정확히 수운의 눈에 들어왔다.

거리는 두 자 세 치.

'진보붕권의 거리!'

언제나 연습 때 상혁이 교정해 주던 최적 거리였다.

붕권이 살수의 등을 노리고 쏘아진 살처럼 탄력있게 날아들었으나 살수는 어느새 몸을 틀어 단도를 수운에게 던져 냈다.

단도가 아슬아슬하게 수운의 뺨을 스치고 지나가 수운의 간담을 서늘하게 했다.

'느렸어.'

절대부동에서 붕권으로 이어질 때 호흡의 단절이 있어 살수가 피할 틈을 주었다.

공격이 실패한 살수는 다시 나무 위 어딘가로 모습을 감추고 있었고, 수운은 단도가 스쳐 간 오른쪽 뺨을 지그시 눌러보았다.

교훈이다.

빗물에 배어 나온 피가 따듯하다.

살수의 미세한 이동이 감각에 잡히자 수운은 다시 육합권의 전투 자세를 잡고 공격해 오기를 기다렸다. 기척이 점점 커지고, 수운의 몸이 긴장하여 호흡이 끊어지고, 심장의 박동이 느려지기 시작했다.

공격은 양면 합공이었다.

앞에서 쳐오는 검, 그리고 배후의 검.

그들은 귀신처럼 절묘하게 튀어나오고 있었다.

유수운은 육합권, 나아가서 뭇 권법의 기초 권결 중 하나인 축경개궁, 발경사전의 이치를 충실히 지켰다.

그의 몸이 벼락처럼 뒤쪽으로 움직이며 암습자의 몸과 부딪쳐 갔다.

텅!

육합권의 기초적인 몸통 부딪치기인 태고였다.

암습자의 검이 등에 긴 자상을 만들어냈으나 암습자는 그 자상에 대한 대가를 치렀다.

"우웩!"

살수는 유수운의 전신 몸무게와 진각의 힘, 멸명마공의 화후가 합쳐진 강렬한 태고를 전신으로 얻어맞은 충격으로 피를 토하며 나가떨어졌다.

'나머지 하나!'

남은 것은 전면의 살수뿐이었다.

이를 악문 유수운은 다시 한 번 절대부동을 펼쳐 살수의 등 뒤로 날아 떨어졌다.

아까보다 아주 조금 가까운 두 자 두 치.

앞으로 짓쳐 가며 혼신의 힘을 다한 진보붕권!

살수는 또다시 단도를 던져 수운의 심장을 노렸다. 모든 상황이 조금 전의 재탕이었으나 다른 점이 있다면 이번엔 그의 권이 살수를 놓치지 않았으며, 살수의 단도가 수운의 오른쪽 가슴과 어깨가 연결되는 부근에 틀어박혔다는 점이었다.

다시 권끝에 상대방의 육신이 걸려왔고, 기분 좋은 반탄력이 형성되었다. 살수는 비틀거리며 물러서다 다시 나무 위로 피신했다.

수운은 반사적으로 눈을 돌려 태고로 쓰러뜨린 살수를 찾았으나 그 역시 그 자리에 있지 않았다.

철저한 암습자들.

공격을 할 때만 모습을 드러내고 공격이 끝나면 자취조차 남기지 않는다.

그렇지만 이번엔 상대가 나빴다.

"후우……"

수운은 자세를 풀었다.

잠시 후 나무 위에서 두 구의 시체가 떨어져 내렸다. 한 명은 아직 숨이 붙어 있는지 피거품을 불어내고 있었다.

수운은 그제야 고통을 참으며 틀어박힌 단도를 뽑아내며 외쳤다.

"여기다! 이 개자식들! 덤벼! 또 없냐, 개자식들!"

그는 계속해서 외치며 천천히 발걸음을 옮겼다. 그리고 무언가 어두운 감시의 눈길이 자신을 따라오고 있다는 것을 감지했다.

그의 감각이 나무를 타고 사방을 훑는다. 이 기묘한 느낌에 그는 또다시 감탄을 터뜨렸다. 전투를 거듭하는 도중 수운은 점점 더 오감이 민감하게 변하고 있는 것이다.

수운은 발걸음을 멈췄다.

자신을 따라오는 그 '무엇'들이 상황을 지켜보고 있다는 것이 느껴진다.

그들은 갈등하고 있다.

의논하고 있다.

전음조차 쓰지 않고 눈과 손으로 뜻을 주고받고 있다.

설명할 수는 없지만 그런 느낌이 들었다.

작고 뾰족한 소리가 산에서 교차되어 울리기 시작했다. 도망자들을 사냥하던 추혈대들이 수운이 해치운 추혈대의 시신 다섯 구를 보고 피해를 줄이기 위해 전체를 소집하는 신호를 보낸 것이다.

이는 궁극적으로 유수운이 바라는 바이기도 했다. 그들이 자신에게 몰려들수록 도망치는 쟁자수들의 안전이 보장된다.

그리고,

'흐' 하고 웃어 보인 유수운이 낮게 법구경의 한 구절을 중얼거렸다.

"이 세상에서… 원한은 원한으로서 없어지지 않는다. 오직 원한이 없어서 없어지나니… 이것은 영원한 진리다."

유수운은 갑자기 이제까지의 모든 억눌림이 풀리며 자유로워지는 자신을 느꼈다.

전신 대혈, 세혈 하나하나까지 흘러드는 내력이 기쁨으로 충만해졌다.

복수다. 감미로운 복수다.

날 얽어맨 사슬 따윈 이제 없어질 것이다.

그의 주변으로 속속들이 살기를 갈무리한 살수들이 모여들었다.

하나, 둘, 셋…….

강렬한 사념의 집합체들.

그들의 의지가 뒤섞여 더 이상 숫자가 무의미해져 수운은 숫자 세기를 멈춘 채 그들이 공격해 오기를 기다리기 시작했다.

수목조차 이 섭리를 벗어난 기운을 느꼈는지 비 아래 숨을 죽이고 흐르는 빗방울을 식은땀처럼 흘러냈다.

이미 여기저기 피륙에 상처를 입은 유수운의 피가 해어져 엉망이 된 피풍의를 타고 밑으로 흘러내리기 시작했다. 목이 말라 목이 따끔거리자 수운은 고개를 들고 빗물로 입술을 축였다.

너무나 엄청난 빈틈.

복면인들은 암습자들의 특성답게 그 감미로운 빈틈을 놓치지 않고 동시 합격을 시작했다.

사방에서 수운에게 튀어나온 수는 모두 여덟. 모두가 위장복을 입고 목을 '썰어내기'에 적합한 반월단도로 무장한 이들이었다. 마치 여덟 쌍둥이와도 같았다.

하늘을 바라보고 있는 수운의 눈에 그들이 덮치는 모습은 극단의 무희들이 벌이는 공연처럼 보였다.

그가 어릴 적 단 두 번 본 일이 있던 유랑극단의 극.

수운이 손바닥을 치켜들었다.

무릇 힘[力]이란, 한 잎 낙엽이 움직이는 것, 태산이 무너지는 것.

원한은 원한으로서 없어지지 않으며 오직 원한이 없어서 없어지나니
이것은 영원한 진리다.

"영원한 진리다……."
그는 멍한 표정으로 머리 속에 교차되어 가는 가결과 법문을 중얼거리
며 여덟 명의 합격을 맞이했다.
그리고 환상과 같은 절대부동이 펼쳐졌다.
파파파팡!
유수운 일생일대의 움직임이었다.
그가 움직였음 직한 공간의 빗물이 일제히 터져 나가 안개처럼 흩어졌
다. 그 흔적으로 나타난 유수운의 온몸에서 안개가 피어오르고 있었다.
포위망을 벗어난 그는 포위망 바깥에서 자신에게 등을 드러낸 살수의
몸에 전신고로 부딪쳐 가며 절명기를 있는 대로 퍼부어댔다.
그가 피분수를 뿜으며 나가떨어지는 사이 포위망을 흩으며 수운에게
다가온 살수들이 그의 몸에 단도를 박아 넣었다.
"으아아!"
고통이 골수에 스며든다. 절명기가 근육과 혈을 움직여 몸을 지켜주긴
했으나 살아 있는 몸에 금속이 틀어박히는 고통과 공포는 상상을 초월했
다.
절명기의 호신 공능 덕에 사지를 잘라내려던 그들의 월형단도가 수운
에게 깊은 상처를 내긴 했지만 뼈를 완전히 잘라내지 못하고 틀어박혔
다.

그들은 일거에 수운을 도륙하지 못하자 조금 의아해하는 듯했으나 그
대처는 빨랐다. 그들은 성공적인 연수합공을 마친 뒤 미련없이 단도를
놓고 물러섰다.

연수합격은 그것으로 끝나지 않았다.

일파가 사라지자 그 공간으로 기다렸다는 듯 세 명의 추혈대원이 또다
시 위와 아래에서 덤벼들었다.

'우, 움직여야······.'

그렇지만 큰 상처를 입은 다리는 절대부동을 시전하려는 주인의 의지
에 따르지 않았다.

방법이 없었다.

"우욱!"

수운은 본능적으로 두 팔에 필생의 기공을 모두 불어넣은 채로 머리를
감싸고 엎드린 뒤 있는 힘을 다해 발을 굴러 몸을 이동시켰다.

푹!

팔, 어깨, 등에 차례로 그들의 단도가 틀어박혔다.

"크으으······!"

수운은 간신히 비명을 눌러 참았지만 이번 공격에 의한 피해는 대단했
다. 자상뿐 아니라 단도를 타고 들어온 살수들의 내력으로 내상까지 입
은 듯했다.

"쿨럭!"

수운이 그 충격으로 인해 무릎 꿇은 자세 그대로 피를 토해냈다.

그가 피를 토해내자 살수들이 수운을 가운데 두고 천천히 포위망을 만
들어갔다.

살수들은 전신에 일곱 자루의 단도를 꽂은 채 혈인이 되어 있는 수운

을 감상이라도 하는 듯했다.

"흠……."

잠시 수운의 상태를 지켜보다 이제 승부가 완전히 끝났다고 판단되자 이 무리의 대장이라도 되는 듯 한 명이 앞으로 나섰다.

그는 웅크린 채 가는 숨을 이어가는 유수운의 앞에 서서 그에게 무미건조한 말투로 말을 걸었다.

"네 녀석 정체가 뭔지는 모르겠지만 우리 추혈대를 이 정도로 상대한 녀석은 네놈이 처음이다. 지옥에 가서라도 자랑스러워하는 편이 좋……."

투툭!

"…응?"

스산하게 말을 이어가는 동안 그의 입에서 피가 방울져 떨어지기 시작했다.

앞에 나서서 수운에게 이야기를 하던 그는 잠시 이해를 못하겠다는 듯 한 눈빛으로 점점이 떨어져 내리는 자신의 혈액을 손바닥으로 받아냈다.

"퉤."

수운이 입 안에 진득하게 고여 있던 피를 뱉어냈다. 그리고 띄엄띄엄 입을 열었다.

"지옥에 가서… 자랑해도 좋아……. 절명문… 칠대 장문… 인을 이 정도로 상대한 놈들은… 너희가 처음이니까……."

"절명… 문?"

생소한 문파의 이름을 들은 탓에 뇌까려 보는 실수였으나 그의 의문은 그리 오래가지 못했다.

풀썩!

그는 곧 땅에 쓰러져 생을 마감했다.

포위망을 이루고 있던 다른 살수들도 한 명 한 명 차례로 쓰러져 갔다.

결국 약간의 시간 차는 있었으나 거의 비슷한 시간에 일곱 명 모두 피를 토하며 쓰러졌다.

유수운은 틀어박힌 단도 때문에 고통에 떨면서도 간신히 손을 뻗어 그 단도들을 제거했다.

하나하나 빼낼 때마다 피가 터져 나왔다.

"끄……."

그는 고통을 참기 위해 이를 악물었다.

빗속이라 피가 굳지 않아 계속 흘러내리고 있었다. 그는 기다시피 살수들에게 다가가 단도로 그들의 위장복을 찢어 상처를 감싸기 시작했다.

대충 지혈을 끝내자 수운은 그 자리에서 멸명마공을 운기하기 시작했다. 절명기가 움직일 때 고통이 느껴지는 현상은 이제껏 없었으며 그 기가 고갈되어 단전이 텅 비다시피 한 적도 없었다.

졸렸다.

이대로 누워서 푹 쉬었으면 하는 생각이 들었다. 누워서 뒹굴고 있을 때 어머니가 감자를 쪄 내오셨으면 하는 생각이 들었다.

'할 만큼 한 게 아닐까?'

달콤한 유혹이었다.

그러나 이대로 있을 수는 없었다. 아직 장무성과 표사들 쪽이 남아 있었고, 이대로 주저앉는다는 건 있을 수 없는 일이었다.

수운은 고통을 견뎌내며 절명기의 대주천을 계속해 갔다. 쉴 새 없이 흘러내리던 피가 간신히 지혈되는 기미가 보였다. 어쩌면 더 이상 흘러내릴 피가 없는 것일지도 모른다.

어지간히 몸을 추스르자 유수운은 다시 일어섰다.

"늦지… 말아야 할 텐데……."

시간이 많이 허비되었다.

허벅지의 상처들 때문에 운신이 힘들었지만 그는 비틀거리면서도 유탄곡에서 사투를 벌이고 있을 장무성과 표사들 쪽으로 이동하기 시작했다.

"정의, 속도를 늦춰! 우리가 후미를 맡았잖아!"

참다못한 당소류가 빠르게 앞으로 나가고 있는 남궁정의를 제지했다.

남궁세가의 무인들이 도주하는 쟁자수들 후위를 맡기로 했으나 애초부터 그럴 생각이 없었던 그들은 처음부터 빠르게 앞으로 나갔다.

그 이동 속도는 무공 없는 자들이 따를 수 없는 것이라 다른 쟁자수들은 삽시간에 떨어져 나갔다.

남궁세가의 무인들과 같이 이동하고 있는 것은 부상을 당하긴 했으나 그래도 내력을 운용할 수 있는 하태진과 하혜진 정도였다.

"남궁정의!"

"안 돼!"

남궁정의가 속도를 줄이지 않고 당소류의 말을 잘랐다.

"상대는 청혈교야! 한 걸음이라도 더 떨어지지 않으면 생사를 장담 못 해!"

"하지만……."

"됐어! 만용은 용기가 아니야!"

그의 차가운 말에 소류는 입술을 깨물었다. 남궁정의의 말이 옳지 않은 건 아니다. 하지만,

'마음에 안 들어.'

그들은 전장을 떠나올 때 당당했다. 무공을 모르는 사람들의 도주를 돕는다는 명분을 세워놨기 때문이다. 그러나 사람들의 시선에서 벗어난 지금 그 명분은 중요하지 않았다.

살아난 쟁자수들은 그들이 자신들의 후위를 지켜주었으리라 생각할 테고, 죽은 자는 운이 없는 것쯤으로 치부될 것이다.

만약 남궁정의가 부탁받은 것이 다른 것이었다면 그 역시 협의에 기초해서 전력을 다해 그것을 지켰을 것이다. 그러나 그는 하층민들을 위해 목숨을 걸 생각이 없었다.

그녀 역시 그래야 함을 알고 있었다. 당가의 피는 이런 곳에서 하찮게 뿌려져야 할 것이 아니다. 이제껏 교육받아 온 명문세가로서의 당소류는 그렇게 말해야 했다.

그래서 그녀는 가슴이 답답해졌다.

그때 그녀의 귀에 희미하게 누군가 내공을 실어 외치는 소리가 들렸다.

"아, 덤벼! 둘!"

당소류는 그 자리에서 우뚝 멈춰 섰다.

"뭐 하는 짓이야?"

"너도 들었지?"

"방금 그 고함?"

"그래."

"들었어. 뭐, 싸움터에서 흘러나온 소리겠지."

소류는 고함이 들려온 곳을 바라보았다. 자신들에게 들리는 것으로 봐서 산이 가로막고 있는 유탄곡 전장에서 들려온 소리는 아니었다.

시간상으로 봐서는 표사들이 도주하며 외친 고함 소리라고도 볼 수 없었다.

그렇다면?

당소류의 영민한 두뇌는 재빠르게 상황을 분석하고 있었다.

도주하고 있는 쟁자수 중 누군가가 외친 고함. 그러나 거리가 멀어 자세히는 알 수 없으나 분명히 내력을 집중해서 외친 소리임에 틀림없었다.

쟁자수 중에 무공을 가진 사람이라면……. 떠오르는 사람이 있었다.

당소류가 중얼거렸다.

"가봐야겠어."

"뭐? 너, 미쳤어?"

"먼저 가고 있어. 잠시 확인해 보고 따라갈게."

남궁정의가 만류하려 했으나 당소류는 말을 마치자마자 그 즉시 경공을 발휘해 쾌속하게 멀어져 갔다.

"소류! 야!"

몸을 날리는 당소류를 다급히 부르다가 화가 났는지 남궁정의는 애꿎은 나무를 후려친 뒤 짧게 지시를 내렸다.

"세 명은 나를 따르고 나머지는 소국주 일행을 호위해서 약속된 장소로 모셔라! 나중에 합류한다!"

말이 떨어지자 즉시 남궁추성을 포함한 두 명이 앞으로 나서며 몸을 날리는 남궁정의를 뒤쫓았다.

"가시죠, 두 분."

"아, 그러죠."

하태진은 멀어져 가는 남궁정의와 이미 모습을 볼 수 없는 당소류가 사라진 방향을 바라보다 고개를 돌렸다.

당소류는 소리가 들려왔다고 생각되는 방향으로 급히 달려갔다.

'여기 또 한 명이…….'

그리고 발견한 것은 벌써 소리없이 몇 명인가의 쟁자수가 목이 달아난 채 죽어 있다는 점이었다.

‘살수가 매복하고 있었다는 건가?’

의심의 여지가 없었다.

‘왜 우리를 노리지 않은 거지? 이들이 매복하고 있었다면 가장 먼저 매복 지점을 통과한 것은 우리였을 텐데?’

달려나가면서도 의문을 품는 당소류였다.

그러나 이들이 추혈대라는 것을 알게 된다면 그녀도 의문을 품지 않았을 것이다. 추혈대의 매복 방식은 일반적인 그것과 다르다. 아니, 매복이라는 말조차 어울리지 않는다. 그들은 도주하는 적을 소리없이 추격하여 공격한다.

즉, 남궁세가의 무인들은 현 시점에서 단순히 운이 좋았을 뿐이다.

‘굉장한 암습 능력…….’

무공이 없는 쟁자수들이라지만 비명 소리 한 번 들리지 않았다. 첫 시신을 발견했을 때부터 주변에 신경을 쓰며 달린 탓에 제대로 속도를 낼 수가 없었다.

덕분에 그녀는 금세 남궁정의 등에게 따라잡히고 말았다.

[소류 너 정말 이럴 거야?]

당소류를 따라오며 마찬가지로 암습당한 시신들을 확인한 남궁정의가 소리를 내지 않고 전음으로 그녀에게 말을 걸었다.

당소류는 대답없이 계속 전진했다.

[봤잖아, 너도. 여긴 위험해. 고집 그만 부리고 빨리 따라와.]

남궁정의가 초조한 듯 그녀에게 연달아 돌아갈 것을 종용했다. 그것이 통했는지 당소류의 걸음이 멈춰졌다.

[고집 하고는. 아무튼 알았다니 됐다. 빨리 돌아가자.]

[저걸 봐.]

그녀가 멈춰 선 걸 자신의 말에 승복한 거라 생각했던 남궁정의는 그녀가 가리킨 곳을 바라보았다.

시신이 있었다.

처음엔 그저 시신이려니 생각했던 남궁정의의 표정이 미묘하게 변해 갔다.

"헛!"

그가 자신도 모르게 신음성을 밖으로 내질렀다 주위를 두리번거렸다. 표정엔 긴장감이 가득했다.

[추혈대 맞지?]

[청혈교에 이 복장이면 말할 것도 없겠지. 추혈대다.]

'이들이 왜 여기서……?'

중얼거리던 남궁정의는 오싹한 기분이 들었다.

추혈대라니? 청혈교가 미치지 않고서야 월광혈사 이후 단 한 번도 외유를 시키지 않던 도유천과 추혈대를 동시에 내보낼 리 없었다.

겨우 표국 하나 털어서 무슨 이득이 있단 말인가?

'지금 그게 문제가 아니지.'

이 시신 말고도 다른 추혈대가 근처에 있다면, 그리고 본연의 임무를 계속하고 있다면 이건 정말 문제였다.

그들의 능력이 들은 것과 비슷이라도 하다면 쟁자수는 물론이고 자신들도 곧 이들에게 따라잡혀 몰살당할 것이다.

당소류도 추혈대에 대해 생각하고 있었지만 그 방향이 남궁정의와 전혀 달랐다.

어째서 무적의 추혈대가 '죽어 있는가' 하는 점이 그녀의 관심을 끌었다.

의학에 일가견이 있는 소류는 짧은 시간 쓰러져 있는 추혈대 살수의 몸을 만져 봤으나 몸 어디에도 상처가 없었다. 복면에 비에 씻겨 나간 피의 흔적이 조금 남아 있는 것으로 볼 때 토혈을 했었다는 것만 알 수 있을 뿐이었다.

그녀는 다시 일어나 앞으로 나아갔다.

추혈대 덕에 생각에 빠져 있던 남궁정의는 덕분에 그녀가 앞으로 나가는 것을 제지할 틈을 놓쳤다.

'이런, 저게 진짜…….'

그는 생각을 멈추고 급히 당소류를 따라 경공을 전개해 나갔다. 다행히 그녀는 멀리 떨어지지 않은 곳에 멈춰 서 있었다.

남궁정의는 거칠게 나아가 그녀의 어깨를 붙잡았다.

[이쯤해 둬. 다른 것도 아니고 추혈대가 나왔어. 촌각이라도 아껴서 탈출해야 해.]

"그럴 필요 없겠어."

그녀가 갑자기 전음을 사용하지 않고 말을 내뱉자 자신도 모르게 움찔하는 남궁정의였다. 그는 곧 그 이유를 알 수 있었다.

바닥에 쓰러져 있는 같은 복색의 복면인들. 추혈대였다. 한동안 말없이 그 시신들을 바라보던 남궁정의가 신음하듯 말을 꺼냈다.

"이 숫자라면… 추혈대가 여기서 몰살이야. 추혈대가 몰살이라니……. 믿을 수가 없군."

당소류는 천천히 그 시신들에게 다가가 상처를 살폈다. 아까 발견한 시체와는 달리 몇몇 시체에는 사인으로 판단되는 외상이 존재했지만 마찬가지로 별다른 상흔이 발견되지 않는 시신도 존재했다.

동일 인물 같았다.

그녀의 눈이 반짝였다.

한 추혈대원의 옷이 길게 잘려 나가 있었다.

'이건…….'

당소류가 현장을 살피고 있을 때 남궁정의는 수하들에게 주변을 더 살펴보라고 지시한 뒤 자신도 시신들을 살펴보았다.

'묘하군.'

이들이 진정 추혈대라면, 아니, 도유천까지 나온 마당에 일부러 가짜 추혈대를 파견할 리는 없을 테니 진짜 추혈대라 치고, 이들과 맞서 싸울 만한 무력 집단은 드넓은 무림을 뒤져 봐도 흔치 않았다. 추혈대를 쓰러뜨리는 건 고사하고 그저 암습에서 살아남아 도주할 정도만 되어도 능히 절정고수 소리를 들을 만했다.

그런데 그 추혈대가 이곳에서 모두 싸늘한 시신이 되어 있다.

아무리 비로 싸움 현장이 훼손되었다 해도 바닥에 드문드문 나 있는 풀과 작은 조약돌들의 상태, 나뭇가지들의 상태를 보면 집단과 집단이 싸웠다는 걸 믿을 수 없을 정도였다.

'그렇다는 것은… 살수 대 살수인 건가? 무림을 다 뒤져 봐도 추혈대와 붙을 만한 살수 집단은 두 곳. 혹시 유성표국이 그중 한곳에 의뢰라도 한 것일까?'

그는 유성표국에서 뭔가 안배를 해놓은 것이 아닌가 하는 생각에 빠져들었다.

'유성표국 측에서 뭔가 안배를 해놓은 것인가?'

남궁정의가 깊은 생각에 빠져들어 있을 때쯤 재빠르게 주변을 살펴본 수하들이 돌아왔다.

"이상한 낌새는?"

"없었습니다, 공자님."

남궁정의는 다시 주변을 돌아보았다. 추혈대를 전멸시킬 정도의 세력이라면 자신의 수하들이 아무것도 발견 못하는 게 당연했다.

“음······.”

그때 당소류가 시신들의 확인을 끝내고 일어섰다.

“유탄곡에 가봐야겠어.”

당소류의 말에 남궁정의가 어이없다는 표정을 지어 보였다.

“너, 미쳤냐? 거긴 사지야! 마왕이 버티고 선 죽음의 땅이라고! 아마 지금쯤 전멸했을걸?”

“나 안 미쳤어. 너한테 같이 가자는 소리 안 해. 아까부터 말했잖아. 먼저 가 있으라고.”

그녀가 똑바로 남궁정의를 바라보며 말하자 남궁정의는 한숨을 내쉬었다. 이런 위기 시에 아까부터 왜 삐딱하게 구는지 도무지 알 수가 없었다.

“유탄곡으로 가야 할 이유 하나만 말해 봐.”

“추혈대가 여기서 죽어 있는 이유가 뭔지 궁금해.”

“······.”

“이들이 여기 죽어 있다는 건 유탄곡 쪽에서도 뭔가 일어날 수 있다는 거야. 살펴봐야 해.”

별수없었다.

그 위험한 곳에 당소류 혼자 보낸다는 것은 절대 있을 수 없는 일이었고, 제압해서 끌고 가려 해도 당소류의 무위는 상당했다. 주변에 무슨 안배나 함정이 있는지도 모르는데 격투를 벌여 주의를 끈다는 건 말도 안 된다.

그렇다면 약간 위험하더라도 결국 당소류를 따라 유탄곡으로 가보는 수밖에 없었다.

“좋아, 대신 근처까지만 가는 거다. 상황을 보고 위험하면 곧바로 도주하고 그 판단은 내가 내릴 거야. 이것만은 양보 못해.”

유탄곡에 있는 청혈교도들은 아직 추혈대의 전멸 소식을 알지 못할 것이고, 산속을 헤매는 도망자들에 대해 느슨해져 있을 것이다.

그렇게 생각하면 슬쩍 살펴보고 오는 것도 가능할 것 같긴 했다.

너무 위험한 일이긴 하지만.

여러 가지 이유로 남궁정의는 당소류의 고집을 순순히 받아들이기로 결정했다.

유수운은 고통과 싸우며 달리고 있었다.

단도가 틀어박혔던 상처들 때문에 생각만큼 몸이 빠르게 움직이지 않는 데다 한 걸음 한 걸음 뗄 때마다 격통이 덮쳐 오고 있었다.

쉴없이 나아가는 그의 몸은 여기저기 피로 물들어 있었다.

추혈대 옷으로 대강 만든 붕대는 물론이고 몸을 가린 피풍의조차 검붉게 물들어 있었다.

그는 쉴 새 없이 멸명마공의 구결을 중얼거렸다.

고통을 잊기 위해서라도 참오할 필요가 있었고, 먼지 한 터럭만큼이라도 강해지려면 새삼 구결의 이치를 깊게 파고들어야 했다.

지금은 사부의 가르침과 다르게 보다 강한 힘이, 보다 빠른 몸이, 보다 잔인한 마음이 필요했다.

'이번 한 번만……'

이렇게 되고 보니 강하다 약하다를 구분 짓고 살아왔던 게 무의미하게 느껴진다. 필요에 따라 강해지기를 바라고 필요에 따라 약해지기를 바라다니…… 어디에 중심을 둬야 하는가?

무무명 역무무명진(無無明 亦無無明盡).

어둠이란 본래 없는 것, 그처럼 어둠의 실체란 것도 없다.

그렇다. 어쩌면 강한 힘도 약한 힘도 그 실체는 없는 것일지 모른다. 빛보다 어두운 빛을 어둠이라 하는 것처럼 무언가를 구별하는 것 자체는 의미가 없을지 모른다.

그렇다면 선함과 악함도 없는 것일까?

그러면 장은의 목을 친 그 추혈대라는 살수들도 악하지 않은 것일까? 나도 선하지 않은 것일까?

고통 속에서 뭔가 새로운 것에 닿을 듯한 느낌이 들었다. 한 걸음 너머에 뭔가 새로운 세상이 있을 것도 같았다.

애석하게도 뭔가 깨닫기 전에 그는 유탄곡에 도착했다.

간신히 아래쪽 길이 훤히 내려다보이는 전장으로 되돌아온 그는 탁한 진기를 내뱉은 뒤 아래쪽의 상황을 살펴보았다.

"이럴 수가!"

탄식이 절로 나오는 상황이었다.

참상.

예상하긴 했으나 유탄곡에는 참상이 벌어져 있었다.

이미 싸움은 막바지에 다다라 있었고 피풍의를 둘러쓴 유성표국의 대부분이 땅에 쓰러져 있었다.

비록 그 숫자와 비슷한 수의 청혈교도들도 땅에 쓰러져 있었으나 원래 머릿수에 차이가 있었으므로 표사들은 전멸 직전이었다.

'너무 늦은 건가?'

그러나 그의 눈이 한곳에 못 박혔다.

남아 있는 표사 몇 명이 서로 등을 의지한 채 차륜전으로 공격해 오는 청혈교도들과 승산없는 싸움을 꿋꿋하게 지속하고 있었다.

희망이 없는 상황인데도 포기하지 않는 그들의 분투는 눈물겨웠으나 수운의 눈에도 얼마 남지 않아 보였다.

수운은 벌떡 일어섰다.

더 늦기 전에 저들이라도 살려야 했다.

그는 급히 아래쪽으로 달려가기 시작했다. 애석하게도 그에게는 절대부동 이외의 신법이 없어 다급한 상황임에도 신속하게 몸을 뺄 수가 없었다.

"어르신!"

뛰어가는 그의 눈에 장무성과 노인이 어울리는 모습이 들어왔다. 장무성의 모습 역시 처절했다. 한 팔이 축 늘어진 채 피가 손끝에서 뚝뚝 흐르고 있었고, 그나마 들고 있는 검은 반 토막이 나 있었다.

온몸은 이미 피투성이였다.

'빨리!'

수운은 느려 터진 자기 자신을 채찍질했다. 왜 사문에는 그럴듯한 경신법이 초단거리 회피용 절대부동 하나밖에 없단 말인가?

무리해서 달려 내려가자 다리의 상처에서 피가 터져 나왔다. 그래도 멈추지 않았다.

'조금만 더 빨리!'

그의 눈에 노인의 철곤이 주변의 모든 것을 휩쓰려는 듯 맹렬히 회전하는 광경이 점점이 들어왔다.

처참한 장무성과 대비되어 상처 하나 없이 말짱한 노인의 모습은 놀만큼 놀았으니 최후를 장식하겠다. 그런 모습처럼 보였다.

쿠콰!

거리가 조금 있었는데도 노인이 뻗어낸 철곤과 장무성의 검이 만들어낸 충격파는 고스란히 전달될 정도였다.

그러나 충격파가 중요한 것이 아니었다.

장무성의 검이 충격을 이겨내지 못하고 하늘로 튕겨 나갔다.

검을 쥐고 있던 장무성은 뒤로 튕겨 한참을 밀리더니 결국 그대로 땅바닥에 쓰러져 버렸다.

그와 동시에 포위된 채 싸우던 표사와 표두들이 외치는 절망의 비명 소리가 들려오는 듯했다.

균형이 무너지고 최후의 희망이 무너진 그들에게 차륜전을 벌이며 틈을 보던 청혈교도들이 일시에 들이닥쳤다.

순식간이었다.

생존자들이 일시에 도륙되기 시작했다.

"안 돼!"

그가 단말마의 비명을 지르면서 아픈 몸도 잊고 아래쪽으로 뛰어내려 갔다.

발이 엉켜 빗길에 넘어져 미끄러지고, 미끄러지다 나무에 몸을 의지하고 다시 일어나 뛰어 길 쪽으로 뛰어갔다.

급하게 뛰어가려던 유수운은 다시 균형을 잃고 쓰러져 주르르 미끄러지며 큰 대 자로 쓸려 내려갔다.

하늘이 보였다.

빗방울이 눈을 타고 들어온다.

그는 인정해야 했다. 이미 늦어버린 것이다.

몸을 일으킨 그는 천천히 아래쪽으로 걸어가기 시작했다.

"……?"

갑자기 수운이 처벅처벅 걸어오자 청혈교도들이 현장을 수습하다 말고 그쪽으로 시선을 돌렸다.

완전히 무방비로 보였다.

한눈에 보기에도 심한 부상에 무기도 없었다. 게다가 몸에선 아무 기세도 느껴지지 않는다. 그들은 어이없다는 듯 다가오는 그를 바라보았다. 당연한 반응이었다.

그런 반응을 느끼며 수운은 천천히 청혈교의 인물들을 돌아보았다.

어쩔까 고민했다.

이미 살릴 수 있는 사람이 없다면 굳이 청혈교도들의 목숨을 앗을 필요가 없지 않을까. 헛된 일이지 않을까? 이쯤에서 사부의 충고대로 몸을 빼는 게 좋지 않을까?

여러 가지로 생각해 본 뒤 수운은 한 가지 결론을 내렸다.

지금 그의 마음은 분노로 부글부글 끓고 있다는 거였고, 그걸 삭일 수 있을 정도로 수양이 깊지 않다는 점이었다.

그랬다.

그는 지금 미칠 정도로 화가 나 있었다.

유수운은 자기 앞에서 어이없다는 눈으로 자신을 바라보고 있는 청혈교도들에게 으르렁거리듯 말했다.

"비켜!"

그를 바라보는 시선이 더 더욱 어이없게 변했다.

장무성을 쓰러뜨린 뒤 수하들이 현장을 수습하는 걸 지켜보던 도유천은 갑자기 등장한 유수운의 몰골을 보더니 불쌍하다는 듯 혀를 찼다.

"어허, 어허, 그 몰골을 보니 추혈대 녀석들이 심심한 모양이구먼. 한 겹 한 겹 포를 떠서 죽이려는 모양이지, 여기까지 다시 굴러 들어온 걸 보니?"

거기까지 말한 도유천이 다시 한 번 혀를 찼다. 얼핏 인자한 동네 할아버지처럼 보이기도 했다.

"……."

수운은 대꾸없이 널브러져 있는 장무성에게로 발걸음을 옮겼다.

그가 흙탕물을 튀기며 다가오는 것을 한가한 청혈교도들은 그냥 보고 비릿한 웃음만 짓고 있었다.

이리들의 표정이다.

그가 보아왔던 이리들의 표정이다.

염탐하고 비웃으며 여차하면 달려들려던 그 야성의 눈빛.

유수운은 동요없이 천천히 한 걸음 한 걸음 장무성 쪽으로 발걸음을 향했다. 아직 숨이 붙어 있을지 모른다는 희망을 가지고서.

"끌끌……."

도유천이 혀를 찼다.

"어허, 어린 친구가 충격이 지나쳤나 보구먼. 안됐어."

동정심이 가득했다.

그 말이 가뜩이나 분노가 흘러넘치는 수운을 자극했고, 마침 바닥에 떨어져 있는 검이 눈에 들어왔다.

병장기를 잡지 말라는 사문의 가르침이 그를 잠시 망설이게 만들었으나 이미 금기란 금기는 다 어겼다는 게 떠올랐다.

그는 허리를 숙여 바닥에 떨어져 있는 검을 집어 들었다. 빗속인데도 진득하게 피가 떨어져 있었다.

그렇다.

핏빛이다.

바닥 전체가 비를 타고 퍼진 피로 인해 핏빛으로 물들어 있었다. 아름답기까지 하다.

"후우……."

그는 왼손으로는 역수로 검을 든 채 오른손으론 또 다른 검 하나를 바로 들었다.

"쿡."

청혈교도 중 한 명이 코웃음을 쳤다.

'우습나?'

그들의 눈에 우스꽝스럽게 보일지도 모른다. 아니, 틀림없이 그렇게 보일 것이다.

피투성이가 된, 다 죽어가는 쟁자수가 갑자기 칼을 쥐고 마도삼교 중 하나인 청혈교의 정예 앞에 서다니…….

"큭큭큭……."

수운은 웃었다.

우습다. 절명문 칠대 장문인인 유수운이 손에 병장기를 하나도 아닌 둘씩이나 쥐게 되다니……. 웃음이 멈추지 않았다.

도유천은 그가 검을 쥔 모습을 보고 안쓰럽다는 듯 고개를 흔들었다.

"어허, 누가 그 어린 녀석 숨이나 끊어줘라. 추혈대 놈들한테 굉장히 괴롭힘을 당한 모양이야. 실성한 것 같으니 놀지 말고 고통없이 잘 보내주거라."

도유천의 선고가 떨어지자 수운을 바라보고 있던 청혈교의 인물들은 다시 원래 하던 일을 하기 위해 천천히 흩어졌다.

몇은 수레를 다시 끌고 가기 위해 분주히 노새와 짐말을 배치하고, 몇은 시체를 옮겨 오고, 몇은 혹시 살아 있는 자가 있나 살피고…….

그중 한 명이 어깨를 으쓱거리며 수운에게 다가오기 시작했다. 매우 귀찮아 보였다.

별다른 긴장감 없이 다가오던 그 청혈교도가 검을 높이 치켜들었다. 보란 듯이 목을 베려는 듯 보였다.

수운은 천천히 역수검을 들어 올렸다.

여기저기서 웃음소리가 들려왔다.

"자, 칼 치워라. 편히 보내줄 테니."

그 말에 수운이 히죽 웃었다.

그리고 천천히 청혈교도가 들고 있는 검을 향해 손을 뻗어 역수검을 한 채 검지로 검날을 어루만졌다.

그리고 절명기를 있는 대로 퍼부었다.

수운의 행동―자신을 죽이려는 자의 검을 신기한 듯 만지작거리는 미친 짓―덕에 웃음은 더욱 커졌다.

그는 웃고 있는 청혈교도들을 바라보다 눈앞에서 피식거리고 있는 청혈교도에게 말을 건넸다.

"너도 편히 가라."

그 말이 끝남과 거의 동시에 검을 든 청혈교도의 칠공에서 갑작스레 피가 솟구치기 시작했다.

울컥!

그 피가 바닥으로 흘러내리기 시작하고, 검을 든 청혈교도의 손이 경련을 일으켰다.

"이건?"

상황을 이해 못하고 자신이 흘리던 피를 닦아 의아한 눈으로 바라보던 그 청혈교도는 앞에 있던 수운이 뭔가 야료를 부렸다고 직감하고 분노에 찬 눈으로 그를 바라보았다.

"노⋯ 옴!"

피와 고함을 동시에 내뱉으며 그가 검을 뻗어냈다.

준비하고 있던 수운이 왼손의 역수검으로 그 일격을 받기 위해 팔뚝을 들어 올리자 청혈교도의 검이 코웃음이라도 치듯 곧바로 방향을 선회해 그의 가슴으로 파고들었다.

수운은 이를 악물고 검을 가슴으로 받았다.

치잉!

검은 한 치 정도 파고들었으나 그 이상은 절명기의 반탄력으로 인해 전진하지 못했다.

"누워라."

수운은 고통없이 갈 일이지 왜 번거롭게 하느냐는 듯 눈살을 찌푸리며 가슴에 슬쩍 박혀 있는 검을 잡아 뽑았다.

새로 생긴 상처에서 다시 피가 솟구친다.

자신의 피.

'그렇게 흘렸는데 아직도 나올 게 남아 있긴 했군 그래.'

수운은 그렇게 중얼거렸다. 확실히 몸 안에 혈액 한 방울 남아 있지 않을 것 같았는데 피는 계속 흘러나오고 있었다.

잡고 있던 검을 놓자 지지대를 잃은 청혈교도가 앞으로 천천히 쓰러져 왔다.

푹!

그리고 그 여력으로 유수운의 오른손에 들려 있던 검에 목을 꿰뚫렸다.

"……"

수운은 오른손에 들고 있는 검에 꼬치처럼 꿰뚫린 청혈교도를 바라보았다. 검이 사람 몸을 뚫고 들어갈 때의 아찔한 전율과 공포, 죄책감, 시원한 복수에 대한 보상, 그 모든 감정이 일시에 흘러들었다.

"업보다……"

그렇게 수운은 시체를 발로 차 검을 뽑아냈다.

"……"

그가 주변을 돌아볼 때 웃음은 그쳐 있었다.

"비켜."

"이런 시건방진!"

어처구니없는 결과에 잠시 멍해 있던 청혈교도들이 다시 노호를 내지르며 검을 뽑으며 달려들었다.

유탄곡의 혈투는 그 두 번째 막으로 치닫고 있었다.

유수운은 몰려오는 적들을 바라보며 몸의 움직임을 자연스레 절명기에 맡긴 채 근력을 풀었다.

보다 정확히 말하면 그의 근육은 이미 한 줌의 힘도 내기 힘든 상태라 자연스레 힘이 풀어졌다고 보는 게 옳았다.

그의 몸 상태만을 놓고 보면 '한계 상황' 이었다.

한계에 도달한 상태에서 멸명마공이 비어 있는 유수운의 몸 안에 휘몰아쳤다.

근력이 배제되었기에 하나의 잡티도 없는 순수한 절명기였다.

청혈교도들이 성난 물처럼 몰려들었다.

그 격류 속에서 유수운은 천천히 앞으로 전진하기 시작했다.

이 경전은 그 이치도 불가사의하고 그 과보도 불가사의하다.

끊임없이 구결을 참오해 가며 검으로 쳐낼 수 있는 것은 검으로, 몸으로 막을 수 있는 것은 몸으로 막아가며 유수운은 앞으로 달려갔다. 이미 무의식이나 다름없는 상태였다.

그의 동작은 단 두 가지뿐이었다.

움츠리며 왼손에 든 역수검으로 심장과 목을 노리는 적의 검을 막는다.

오른손에 든 검을 아무렇게나 휘두른다.

틈을 파고들어 유수운의 몸에 적중되는 적의 공격은 무모하긴 하지만 멸명마공의 호신 능력만을 믿고 무시한다.

'죽지만 않으면… 내가 이긴다.'

그랬다. 수운의 목적은 단 하나였다.

적의 몸에 접촉해서 절명기를 역류시킨다.

이 단순한 공격의 효과는 너무도 명확했고 또한 가혹했다.

"커헉!"

먹이를 도륙하기 위해 달려들던 한 떼의 청혈교도는 오히려 자신들이 피를 뿌리며 나가떨어졌다.

공격에 성공한 이들도, 걸리적거리는 수운의 검을 걷어낸 이들도 모두 동일한 결말을 맞이했다.

죽음.

그들이 뿌려대는, 그리하여 하늘에서 떨어지는 비와 어울린 피가 진흙 바닥의 색상을 더욱 선명하고 진하게 만들어간다.

그것은 괴이하기까지 한 광경이었다.

죽음에 임해 비명도 없으며 전조조차 없다.

이해할 수조차 없다.

한 청혈교도가 만신창이가 된 수운의 몸에 검을 꽂아 넣었다.

"큭……."

수운의 입에서 신음성이 터져 나왔으나 결국 피를 토하고 쓰러지는 것은 그 청혈교도였다.

검상으로 인해 비틀거리던 수운이 안간힘을 쓰며 검을 허위적 휘두르자 또 다른 청혈교도가 손쉽게 그 검격을 튕겨낸다.

"크허억!"

잠시 후 그 청혈교도 역시 피를 토하고 경련을 일으키며 바닥에 처박혔다.

이해할 수는 없지만 결론은 한 가지다.

청혈교의 무인들이 바닥으로 바닥으로 쓰러져만 간다. 그리고 쓰러진 이는 다시 일어나지 못한다.

"괴, 괴물……."

괴물…….

드디어 '겁'이라는 단어와 가장 먼 거리에 있던 청혈교 정예들의 눈에 조금이지만 공포라는 감정이 생성되었다.

청혈교도들이 긴장한 채 수운에게서 거리를 두고 떨어졌다. 그들은 합벽진을 형성한 채 그를 견제하며 틈을 노리기 시작했다.

"쿡쿡쿡……."

아직까지 분노에 사로잡혀 있던 수운이 자신을 둘러싼 채 잔뜩 긴장하고 있는 청혈교도들을 차례로 돌아보며 냉소를 터뜨렸다. 그는 어깨가 들썩일 정도로 숨을 몰아쉬면서도 왼손의 검도 정으로 고쳐 잡았다.

"기억해 둬. 먼저 시작한 건 너희들이야."

그는 자신과 떨어져 있는 청혈교도들의 거리를 눈으로 어림잡았다.

'이걸로…….'

순간 유수운이 이를 악물며 자신의 몸을 다시 한 번 한계의 영역으로 가져갔다.

'으아아압!'

절대부동을 가미해서 전신을 던지는 태고.

그 강렬함이 다시 한 번 재현되었다.

축이 되는 발에서 생성된 충격이 빗물을 하늘로 퍼 올리고, 수운의 몸이 빗물을 안개로 만들며 사라져 간다.

안개가 다시 몸으로 생성된 곳은 합벽진을 형성하고 있던 한 청혈교도의 정면이었다.

엄청난 속도로 수운의 몸이 그와 충돌한다.

으직!

강렬한 그 충격이 수운의 몸에도 고스란히 전해졌다.

'으음……'

우둑거리는 소리가 나는 것이 그 자신도 어깨뼈 어딘가가 으스러진 듯도 하다.

그러나 그 효과는 확실했다.

절명기가 아니라 그 충격만으로 몸이 으스러진 채 날아간 시신이 몸에 잔류해 있던 절명기를 다른 이에게 불어넣는다.

연쇄 효과가 일어났다.

"크에엑!"

순식간에 서너 명이 피를 토하고 쓰러졌다.

"놓칠까 보냐!"

절호의 기회를 맞이한 수운 역시 비명을 지르는 몸을 억지로 다독여 흐트러진 청혈교도들 틈으로 진입해 들어갔다.

빨리 끝내야 한다. 그렇지 않으면 몸이 더 버티지 못한다. 수운은 그렇게 판단하고 있었다.

합벽진이 깨진 채 허둥거리던 청혈교도들이 하나둘 무의미한 죽음을 맞이하기 시작했다.

"이럴 수가……!"

그 광경을 지켜보던 도유천은 믿을 수 없다는 표정이었다.

장소, 상황, 그리고 면면이 달랐으나 이것은 너무나 익숙한 장면이었다.

그의 몸이 순식간에 오십삼 년 전으로 돌아갔다.

그 기억이 달을 불러낸다.

대낮. 비가 오지만 이미 이 자리엔 월광이 그득했다.

그랬다. 아아, 저것이야말로 그가 꿈에서조차 기다리던 그것이다.

"사신……. 월광사신……."

혈성곤이 몸을 떨었다.

그의 눈에 이미 이 장소는 월광혈사가 벌어진 바로 그 장소였으며, 유수운은 월광사신이었다.

그가 이를 드러내고 웃고 있다.

교주의 목숨을 빼앗으며 비웃고 있다.

"월… 광… 사… 신……."

기쁜 듯 웃고 있는 도유천의 몸에서 투기가 뿜어져 나왔다.

검다.

도유천이 들고 있는 철곤에서 투기와 비슷한, 그러나 전적으로 다른 오싹한 기운이 벌컥벌컥 쏟아져 내리기 시작했다.

듬성듬성 남아 있는 흰머리가 줄기줄기 일어서며 끝에서부터 적색으로 물들어간다.

핏발 선 눈동자, 뿌득거리는 이빨이 웃는 얼굴을 강조해 준다.

도유천의 눈은 오직 피에 절어 있는 월광사신만을 바라보고 있었다.

그날과 같다.

수십 년 전 그날처럼 또다시 혈교의 소중한 교도들을 죽음의 세계로 안내하고 있다.

으드득!

그는 이빨을 한 번 갈아붙이고 철곤을 들어 올렸다.

“이노옴!”

내력이 실려 있는 그 엄청난 외침이 곡 내에 아직 생존해 있는 사람들의 고막을 울렸다.

분노로 인해 반쯤 무의식 상태에 있던 유수운의 청정이 도유천이 내지른 일갈과 그 몸에서 뿜어져 나오는 사악한 기운에 반응하기 시작했다.

‘우욱!’

미망에서 반쯤 깨어난 수운의 귀에 도유천이 들고 있는 장중한 철곤에서 울려 나오는 귀곡성이 들려왔다.

“…마왕.”

육칠 장 밖에서 도유천이, 마왕이 자신을 노려보고 있다.

그 주변은 빗방울마저 비껴가고, 그가 딛고 있는 곳은 땅마저 사악하게 혀를 날름거린다.

핏물이 자신을 감싸 오는 느낌이 든다.

장무성과 상대할 때의 장난기있는 노인이 아니다.

그 모습 그대로, 그 별호 그대로 마왕에 다름 아니다.

그가 수운을 보고 말을 걸었다.

“고맙군.”

안 그래도 과중한 마기가 또 한 번 폭발적으로 증가되었다.

“내가 늙어 죽기 전에 나타나 줘서.”

귀곡성을 내지르며 엄청나게 회전하고 있던 철곤이 폭풍처럼 수운에게 다가왔다.

아찔했다.

철곤이, 아니, 거대한 무언가가 하늘에서 떨어져 내리고 있었다. 순간 유수운은 오금이 저린다는 뜻을 절감했다.

자신을 공격해 오는 것은 한 손으로 잡을 수 있는 철곤 따위가 아닌 것 같았다.

손오공이 썼다는 무게 일만 삼천오백 근의 여의금고봉이 떨어져 내리면 이럴까?

그 공격은 마치 유성과도 같고, 힘을 잃은 달과도 같다.

아름답고 장중한 그 철곤은 예의 바르게 그의 머리로 내리 꽂혔다.

이를 앙다문 수운은 공포를 떨쳐 내고 혼신을 다해 들고 있던 양쪽의 검을 겹쳐 들어 부딪쳐 갔다.

'막아내기만 하면……'

막아내면, 막아내기만 하면 멸명마공이 어떻게든 해주리라. 그런 한가닥 기대를 가지고 전력을 다해 부딪쳐 갔다.

그리고,

검이 흩날렸다.

박살났다기보다 도유천의 철곤이 만들어낸 태풍에 가루처럼 흩날려 허공으로 흩어져 버렸다.

도유천의 일만 삼천오백 근짜리 여의금고봉은 그렇게 검을 흩날린 채 그대로 수운의 어깨에 내리 꽂혔다.

우두둑!

"아아악!"

수운은 자기 몸의 뼈가 으스러질 때 나는 소리를 귀가 아닌 몸으로 들어야 했다.

철곤이 수운의 몸을 그대로 바닥에 내리꽂았다.

그 엄청난 힘은 비교적 연한 진흙 바닥이라지만 수운의 몸을 두 치 이상이나 바닥에 틀어박아 버렸다.

어깨는 으스러져 정상적인 형태가 아니었다.

"커……."

하늘을 바라보고 있던 유수운의 몸에서 생기가 급속히 빠져나갔다. 너무나 엄청난 일격이었다.

몽롱한 그의 시선에 부서진 어깨에 여전히 닿아 있는 철곤이 느껴졌고, 그 끝을 잡고 있는 도유천의 모습이 아른거렸다.

'마지막… 기회!'

수운은 아직 움직일 수 있는 팔을 들어 철곤을 틀어쥐었다.

"가랏!"

그는 있는 힘을 다해 멸명마공을 일으켜 남은 공력 모두를 쥐어짜 철곤 속으로 밀어넣었다.

"뭘 하는 거냐?"

도유천은 죽지 않았고, 오히려 그의 발악을 구경이라도 하듯 비릿한 냉소를 지으며 그를 바라보고 있었다.

유수운은 절망에 빠졌다.

'오성의 멸명마공으로는… 지금 내 화후로는 이런 말도 안 되는 고수를 여기서 막을 순 없나…….'

그는 멸명마공의 성취와 살상력에 대해 떠올릴 수밖에 없었다.

"멸명마공이 삼성이면, 상대방의 내력이 자신보다 높으면 역류한 절명기에 자신이 죽는다. 사성부터 칠성까지는 정도의 차이가 있으나 상대방의 내력에 따라 사망하는 시간이 조금씩 달라진단다."

"왜 그러나, 월광사신? 내게도 그 불가사의한 죽음을 선물해 보지 그러나……?"

스산한 증오로 가득 찬 말이었다.

"빨리 해봐……. 안 그러면……."

그 순간 철곤이 웅웅거리며 회전을 시작했다.

"내가 먼저 갈 테니까."

부서진 왼쪽 어깨를 짓누른 채 회전하는 철곤 때문에 불로 지져지는 듯한 고통이 느껴졌다.

"크으윽……."

수운은 신음을 삼키며 다시 한 번 있는 힘 없는 힘 다 동원해서 절대부동을 응용하여 하늘로 솟구쳤다.

"어딜!"

공중에 떠 있는 그의 몸을 비웃기라도 하듯 도유천의 철곤이 따라붙었다. 수운은 그나마 멀쩡한 오른손의 부서진 검편으로 그에 맞섰으나 도유천의 철곤은 그의 허약한 오른손을 튕겨내고 늑골에 깊숙이 틀어박혔다.

"훅!"

수운은 제대로 비명도 지르지 못한 채 허공에서 아이들의 오재미처럼 삼 장 밖으로 날아가 구겨지듯 처박혔다.

끄응 소리를 내며 바닥을 기고 있는 그의 귀에 분노에 찬 도유천의 고함 소리가 들려왔다.

"뭐가 이래!"

그에게 다가선 혈성곤 도유천이 분노에 차서 철곤을 바닥에 박아 넣었다. 그리고 형편없이 구겨져 있는 유수운을 잡아 올려 그 눈을 응시했다.

"이게… 이게 교주님을 앗아간 사신이란 말이냐? 이런 벌레 같은 놈에게 교주님이 목숨을 잃고, 본 교가 오십여 년이나 벌벌 떨며 살아왔단 말이냐? 이런 놈 따위에게?"

흥분한 도유천은 이미 수운을 완전히 월광사신과 동일시하고 있었다.

유수운은 '저… 사실 그건 우리 사조님 중 한 명이에요. 아마 오대나 사대 사조님일 겁니다' 라고 친절히 알려주고 싶었으나 이미 한마디도 할 수 없을 정도로 망가져 있는 처지였다.

도유천이 그렇게 축 늘어져 있는 수운의 눈을 바라보며 한 자 한 자 씹어먹듯 내뱉었다.

"어쨌거나 좋아. 그날의 일을, 그 빚을 한꺼번에 갚아주지. 전신의 포를 떠주마. 혈관 하나하나까지 갈라주마. 눈, 코, 입을 모두 베고 고막을 뚫어주지. 어허허허, 사지를 잘라내 죽지도 살지도 못하게 해주마. 잘됐어. 이런 쪼잔한 계획, 마음에도 들지 않았는데 이렇게 뜻하지 않은 수확이."

수운은 소름이 돋았다. 뭔지 모르겠지만 도유천의 증오는 정상이라 볼 수 없을 정도였다.

'사부님, 그 혈사라는 거, 뭔지 모르지만 너무 축소해서 알려주신 거 아닌가요?'

분노는 이미 완전히 사그러져 있었고, 원래의 소심한 유수운으로 돌아와 있던 데다 한계의 한계까지 도달한 자만이 느낄 수 있는 안온함 덕에 수운은 사부에게 이런 장난스런 불평도 할 수가 있었다.

완전히 축 늘어져 있던 수운은 팔성에 이르기 전까지는 상대방의 내력에 따라 절명기가 침투하는 시간이 달라진다는 사실에 투덜거리기까지 했다.

'그래도……'

도유천이 그의 몸을 질질 끌고 가는 것이 느껴졌다.

'당신도 결국은 죽은 거야.'

수운이 힘없이 웃었다.

도유천은 수레가 있는 쪽으로 가며 서너 명 남짓 남아 있는 혈교의 수하들에게 뭐라고 지시를 하고 있었다.

아무래도 여기서 끝인 것 같았다.

'죄송해요, 사부님.'

사부에게 미안했다. 사부의 당부라는 당부는 모두 어겼고, 세 가지 할 일 중 하나도 해내지 못했다.

삼 년의 강호행도, 창주 무관행도, 후계를 두는 일조차 하지 못하고 이 대로 생을 마감해야 한다는 점에서 사부에게 정말 미안했다.

가족들에게도 미안했다.

아직 태어나지 못한 얼굴도 못 본 조카에게도 미안했다. 부모님에게 미안했고 형에게도, 누나들에게도 미안했다.

수운이 세상 모든 사람들에게 마음속으로 미안하다며 사과하고 있을 때 그를 수레에 던져 올린 도유천이 칼 한 자루를 들고 서서히 다가왔다.

"우선… 사지부터 시작해 보지. 어허허, 이 나이에 이런 복을 누리다 니……. 염려하지 마. 포를 뜨고 눈, 코, 입을 베어내는 건 교에 있는 다 른 녀석을 위해 남겨둘 테니 조금은 더 세상을 볼 수 있을 거야."

수운은 조용히 체념한 채 빗방울이 떨어지는 하늘을 바라보고 있었다. 그의 말대로 될 생각은 없었다.

'어디 쉽게 죽을 방법이나 찾아봐야겠구만.'

그저 조용히 목숨을 끊을 방법을 찾을 따름이다.

일체의 현상계는 꿈결과 같고…….

빗방울이 눈망울에 떨어져 세상이 일그러져 보이자 칼을 치켜든 도유 천조차 일그러져 보였다.

아, 그렇군. 꿈결과 같고, 물거품이지.

여래가 말하는 것은 참되지도 않고 헛되지도 않다.

아, 그런 거구나.

그렇게 중얼거리는 사이에도 도유천의 검이 떨어져 내리고 있었다.

가히 하나의 깨달음이란 무너뜨릴 수 없고 부술 수도 없나니, 결정성인 까닭이니라. 빈 것도 아니요 비지 않는 것도 아니며, 비었느니 비지 않았 느니 할 것도 없나니라.

몸도 나고 마음도 나지만 결국은 허상인가.

수운은 뇌에 새겨져 있을 정도로 외우고 있던 멸명마공의 행공체련 구결 중 전혀 이해가 가지 않던 한 가지가 떠올랐다.

수운은 손바닥을 올려 자신의 사지를 토막 내려 다가오는 검과 마주쳐 갔다.

왼쪽은 어깨가 도유천의 철곤에 완전히 부서져 아예 움직일 생각을 하지 않았기에 자연 오른손을 올려서 검을 마주해 갔다.

시간의 흐름이 이해가 되지 않았다. 자신이 빨리 움직이는 것인지 도유천이 천천히 움직이는 것인지조차 알 수 없었다. 심지어 자신이 움직이는 것인지도 알 수 없었다.

그래서 행공체련의 자결 상(橡)을 깨달을 수 있었다.

곡선을 그리며 어깨를 베려 내려오던 검과 손바닥이 맞닿았다. 곡선의 궤도가 직선으로 바뀌며 그의 검이 손바닥을 뚫고 튀어나왔고, 곧 어깨에 틀어박혔다.

그리고,

그리고 유수운의 손과 도유천의 손이 공중에서 마주쳤다.

유수운의 절명기가 남김없이 도유천의 전신 대혈을 추궁과혈하듯 흘러들어 갔다.

오성의 절명기로도 그 정도면 충분했다.

절명기는 그의 내부를 타고 들어가 '불가사의하며 알 수 없는 그 무언가'를 도유천에게 베풀고 있었다.

그 순간 도유천이 무엇인가 깨달은 듯 지그시 유수운을 바라보았다. 유수운은 자신의 마지막 일격이 성공한 것인지 확인이라도 하듯 그를 마주 보았다.

그렇게 두 사람의 눈길이 서로를 바라보았다.

"교주는……."

뭔가 마지막 말을 하려던 도유천은 끝내 말을 맺지 못했다. 그리고 이 일세의 마인은 허름한 수레 위에서 인생의 마지막을 맞이했다.

겨우 죽음의 위협에서 벗어났지만 상황은 조금도 나아지지 않았다. 수운은 수레에 개구리처럼 꿰뚫려 조금도 움직일 수가 없었다.

아직 남아 있는 청혈교도들도 있다고, 위험하다고 자신을 채찍질해 봤지만 그저 졸려만 왔다.

도유천과 맞닿은 검에 꿰뚫려 있는 손을 조금씩 의도적으로 움직이며 그 고통으로 정신을 차렸다. 그러나 절명기를 움직이려 했음에도 한 점의 내공도 모여들지 않았다.

출혈 때문인지, 아니면 고통 때문인지 점점 의식이 흐려졌다.

수운은 있는 힘을 다해 오른손을 쭉 뻗으며 동시에 몸도 일으켜 세워냈다. 꿰뚫린 오른손 손바닥이 검병에 닿아 수레에 박혀 있던 검이 빠져나왔다.

도유천의 시신이 바닥으로 쓰러지며 그가 잡고 있던 검이 수운의 어깨에서, 그리고 손에서 빠져나간다.

이제는 고통도 느껴지지 않는다.

수운은 간신히 수레의 귀퉁이에 몸을 기댄 채 다시 한 번 숨을 몰아쉬었다.

그와 동시에 갑자기 깨달은 상자결을 쓰느라 통제에서 벗어났던 절명기가 날뛰기 시작했다. 멸명마공은 그 특성상 느긋하고 평화로워 일평생단 한 번도 마음대로 날뛴 적이 없었던지라 유수운은 의식이 혼미한 가운데서도 당황할 수밖에 없었다.

아까와는 다른 의미에서 몸을 움직일 수가 없었다.

날뛰던 유수운의 절명기가 세맥에 갇히더니 곧 폐맥 현상을 일으키기 시작했다.

마치 손끝에서부터 바위로 변하는 느낌이었다. 확실히 여래의 말은 참되지도 헛되지도 않았다.

천천히 의식을 잃어가는 유수운의 귀에 다시금 병장기 소리가 들려왔다.

'누구지?'

그는 자신의 의식을 잃은 채 흩어진 절명기와 함께 어딘가 다른 세계로 빠져들기 시작했다.

생각의 파편 같은 것들이 가끔씩 떠올라 완전히 의식을 잃지 않게 만든다.

"여기! 이 사람, 살아 있어요!"

얼마나 시간이 지났을까? 유수운은 병장기 소리가 멈춘 뒤 누군가 자기 손을 잡으며 외쳐 대고 있다는 것을 느꼈다.

'살아 있다고? 아직은 그럴지도 모르지.'

수운은 그렇게 생각하며 의식을 놓쳤다.

'아마 이런 게 죽음일 거야.'

◆ 第九章 ◆
쟁자수 유수운, 증언을 하다

<h1 style="text-align:center">쟁자수 유수운, 증언을 하다</h1>

당소류의 고집 때문에 잠시 주변을 훑어보고 곧 사라지려 했건만 상황이 남궁정의를 몰아붙이고 있었다.

혹시 남아 있을지도 모르는 추혈대의 공격, 게다가 추혈대를 전멸시킨 미지의 세력까지 신경 쓴 덕에 남궁정의 일행의 진행은 느릿할 수밖에 없었다.

그렇게 유탄곡이 내려다보이는 곳까지 도달해서 상황을 살펴보던 이들의 입에서 경악성이 터져 나왔다.

"이럴 수가……!"

그들의 심정을 대변이라도 하듯 남궁정의가 중얼거렸다. 그럴 수밖에 없었다.

그들의 예측대로 모든 일이 끝나 있긴 했다. 문제는 끝난 방식이 도무지 상상할 수 없는 방식으로 끝났다는 점이었다.

곡은 시신으로 가득했다.

문제는 유성표국 표사들의 시신이 아니라 청혈교도의 시신이 훨씬 더 많이 바닥에 깔려 있다는 점이었다. 세심하게 아래쪽 길을 살펴보며 남궁정의는 복잡한 계산을 해야 했다.

'양패구상? 설마……?'

겨우 세 명의 청혈교도가 안절부절못하며 칼을 빼 들고 멍하니 있는 모습은 그에게 '양패구상'이라는 상황을 떠올리게 했으나 '혹시 함정이 아닐까?' 하는 생각에 쉽게 몸을 움직일 수 없었다.

'내려가 확인을 해야 하나, 아니면 그냥 머무르며 상황만 파악하다 몸을 피할까.'

아직도 청혈교와 적혈마왕 도유천에 대한 공포가 남아 있던 그가 생각을 정리하기도 전에 당소류가 어느새 검을 빼 들고 날렵하게 몸을 날려 곡으로 내려가기 시작했다.

"이런!"

가슴이 철렁해진 남궁정의가 '야, 이 말괄량이야!'라는 외침을 가슴속으로 삼킨 뒤 어쩔 수 없이 검을 빼 들고 그녀의 뒤를 따랐다.

그는 경공을 펼치며 힘겹게 전음을 그녀에게 보냈다.

[돌아와, 소류! 함정일지도 몰라!]

그러나 당소류는 그의 전음은 들은 척도 않고 장내로 뛰어들어 얼이 빠져 있는 청혈교도들을 덮쳐 갔다.

남궁정의 역시 굳은 얼굴로 한발 늦게 도착했지만 우선 그녀와 손을 맞춰 청혈교도들을 공격하기 시작했다.

얼이 빠져 있는 청혈교 무인 셋은 애초에 상대가 되지 않았다.

단숨에 그들을 베어버린 뒤에야 남궁정의는 아차 싶었다.

'함정이 아니야?'

그렇다면 살려서 상황을 들었어야 하는 건데 얼결에 당소류를 따라 내려오다 보니 판단이 늦었다.

'저 말괄량이…….'

그는 잠시 당소류를 노려보았지만 소류가 신경도 쓰지 않고 쓰러져 있는 사람들을 살피기 시작하자 어쩔 수 없다는 듯 주변을 둘러보기 시작했다.

"대체 이건……."

현장을 둘러보기 시작했지만 그들은 도대체 어떻게 이런 상황이 만들어졌는지 알 수가 없었다.

분명 유성표국의 절대적인 열세였다.

고수들의 우열도 분명했고, 서로 간의 머릿수의 격차도 분명했다.

하지만 지금 바닥에 쓰러져 있는 이 무수한 시신들은 대체 뭐란 말인가? 역시 그가 내릴 수 있는 결론은 단 하나였다.

"양패구상… 양패구상이란 말인가? 유성표국이 그렇게까지 강했단 말인가?"

그가 믿을 수 없다는 듯 장내를 훑어보며 중얼거렸다.

그러나 아무리 다시 생각해 봐도 그럴 수가 없었다. 만약 표두나 표사가 생각보다 고강해 일반적인 청혈교도들과 상잔했다 치더라도 적혈마왕 혈성곤 도유천 혼자 그들을 몰살시킬 수 있을 것이다.

'설마 장무성이 도유천과 양패구상……?'

장무성이 도유천에게 번번이 밀리는 것을 확인하고 몸을 피한 남궁정의로서는 도저히 믿을 수가 없었다.

'아니야. 장무성 혼자 도유천을 이겨냈을 리가 없어. 그렇다면… 추혈대의 예를 봐도 역시… 숨은 안배인가? 유성표국의 숨은 안배가 여기까지 작용한 건가? 살펴봐야 해. 유성표국에 그 정도 힘이 숨어 있다면 안휘성에서의 세력 판도가 뒤바뀔지도 몰라.'

문득 한 가지 생각이 떠올랐다.

만약 이번 표행이 함정이라는 걸 유성표국의 국주가 알았다면 그 함정을 이용해 표국 내의 반골들을 없애고 반골들이 없어질 때쯤 자신이 안배한 제이의 함정을 이용해 표물을 지킨다.

가능성은 있었다.

'그래, 있을 수 있는 일이지. 장무성은 너무 커. 후계자가 누가 되든 그를 감당하기에는 역부족……'

그러나 달리 생각하면 이렇게 큰 희생을 내면서까지 내부 정리를 할 필요가 있는 것일까?

머리 속이 복잡해졌다.

그는 우선 장무성이나 도유천의 시신이 있는지 찾아보기로 했으나 모두 비슷한 피풍의를 입고 있어 유성표국의 표두와 표사는 누가 누군지 구분하기 쉽지 않았다.

더디긴 하겠지만 어쩔 수 없이 한 명 한 명 얼굴을 확인하며 생존을 확인하는 방식을 택해야 했다.

남궁정의가 천천히 주변을 살피고 있을 때 당소류와 나머지 무인들 역시 생존자가 있는지, 혹시 죽은 척 누워 암습할 청혈교의 무리가 있는지 확인 중이었다.

남궁추성으로서는 썩 좋지 않은 추억의 유성표국 인물들이었기에 처참하게 도륙되어 있는 모습을 봐도 별다른 감정이 일지 않았다.

이들이 청혈교도를 막아섰기에 자신들이 수월하게 몸을 뺄 수 있었다는 것은 이미 잊은 지 오래였다.

"음?"

맥을 확인해 가던 그의 손에 미약한 맥동이 잡혔다. 생존자다. 그는 피풍의의 표사 얼굴 쪽에 귀를 대고 호흡을 확인했다.

미약하지만 아직 숨도 남아 있었다.

남궁추성이 손을 들어 다른 이들에게 생존자가 있다는 것을 알리려던 순간 그 사내의 얼굴이 눈에 들어왔다.

"여벌이 없습니다. 우마에 부담이 가기 때문에……. 남궁세가의 무인이 그런 간단한 이치도 모른단……."

장씨라는 것 외에는 아는 바가 없는 무뚝뚝했던 표두.

남궁추성은 미약하게 숨을 몰아쉬고 있는 그를 물끄러미 내려보다 자연스러운 동작으로 주변을 슬그머니 살펴보았다.

남궁정의를 비롯 당소류와 세가의 다른 무인은 각기 분주히 사상자를 살피느라 자신을 바라보지 않고 있었다.

"누가 감히 유성표국의 짐을 검사한다는 말이오?"

이자가 자신에게 가했던 모욕이 순간 떠올랐다.

자세히 보니 커다란 검상을 입은 모습이 가만히 둬도 이미 죽을 목숨이었다.

그는 그 주변에 널려 있는 검을 본 순간 묘한 충동이 일었다. 그는 슬그머니 떨어져 있는 칼을 집어 든 뒤 다른 사람들을 살펴보았다.

그리고 재빨리 그의 심장 어림에 검을 틀어박았다.

죽은 듯 늘어져 있던 장 표두의 몸이 한차례 꿈틀거리는 것이 검을 타고 전해졌다.

그는 검에서 손을 떼고 조용히 일어나 사람들을 살펴보는 척 자리를 옮겼다.

‘놈, 감히 대남궁세가를, 그리고 거기 속한 무인을 능멸한 죄다. 그런 이치도 모른 네놈의 무지를 탓해라.’

지난 시간 유성표국 때문에 쌓였던 울화가 조금은 시원하게 풀어지는 느낌이었다.

당소류와 길을 떠난 뒤, 정확히는 월하대루라는 곳에서 유성표국 놈들과 마주친 이후 줄곧 쌓여온 불만이 일시간에 폭발한 것이다.

그가 슬그머니 자리를 떠서 다른 사람을 살펴보는 척하고 있을 때 당소류의 외침 소리가 들려왔다.

“여기! 이 사람, 살아 있어요!”

그녀는 수레에 쓰러져 있던 사람 하나가 미세하게 꿈틀거리는 것을 보곤 곧바로 소리친 뒤 달려갔다.

생존자를 확인하던 사람들도 잠시 확인을 멈추고 당소류가 진맥하고 있는 사람 쪽으로 몰려갔다.

‘이런 상처들을 입고 살아 있는 게 용하네. 만약 살아난다 해도… 불구를 면하긴 힘들겠어.’

그녀는 혀를 차면서 우선 지혈을 시키기 위해 심경과 비경에 속해 있는 혈도를 따라 올라가며 조심스레 혈도를 자극한 뒤 걸레 조각처럼 찢겨 있는 피풍의를 벗겨냈다.

상처에는 이미 천이 감겨 있었으나 피와 흙탕물로 엉망이 되어 있었다. 소류는 그 천을 조심스레 벗겨내며 말했다.

“천 좀 구해와. 깨끗한 걸로.”

아무 대꾸도 없자 그녀가 고개를 돌려 재촉하려 했으나 남궁정의는 이미 그녀를 보고 있지 않았다.

그녀가 올라타 부상자를 돌보고 있는 수레 앞에 비참하게 쓰러져 있는 시신.

"도유천……."

남궁정의는 신음하며 그를 바라보았다.

적혈마왕 혈성곤 도유천. 일세를 풍미하던 마인이 너무나 초라한 몰골로 죽어 있었다. 게다가 그는 손에 철곤이 아니라 검을 들고 있었다.

"나중에 확인하고 일단 붕대로 쓸 천부터 달라니까!"

당소류가 다시 한 번 재촉하자 남궁정의는 옆에 있던 무사에게 알아서 하라는 눈짓을 보냈다.

그 무사는 눈치를 보다 얼른 자신의 봇짐에 있던 무명옷 한 벌을 내밀었다. 그녀는 하늘에서 내리는 비에 상처 부위의 피가 씻겨 출혈이 멈추지 않는 것을 보고는 천을 찢어내 단단히 감기 시작했다.

얼굴에 난 상처를 보기 위해 피와 진흙으로 더럽혀진 그의 얼굴을 씻어냈을 때 그녀의 눈이 동그래졌다.

"이 사람은……."

자신을 유수운이라 밝혔던 쟁자수.

그녀의 눈빛이 빛났다.

'분명 뒤따라오는 걸 확인했었는데?'

그런 그가 왜 여기에서 이런 몰골로 누워 있단 말인가? 뒤에서 그녀의 치료를 지켜보던 남궁추성도 그의 얼굴을 단번에 알아보았다.

"아는 사람이야?"

당소류가 아는 척을 하자 도유천을 살피고 있던 남궁정의가 슬쩍 끼어들어 물었다. 대답은 그녀의 입이 아니라 옆에 서 있던 남궁추성의 입에서 흘러나왔다.

"그… 주제를 모르던 쟁자수 놈입니다."

"쟁자수? 쟁자수들은 이미 다 도망가지 않았나? 왜 여기 쓰러져 있는 거야?"

남궁정의는 고개를 갸웃하면서도 쓰러진 쟁자수의 입에서나마 뭔가 얻을 게 있을까 생각해 봤다.

'그럴 리가 없겠군.'

별반 얻을 게 없다 생각되자 그는 다시 도유천의 시신을 조사하다 다시 주변을 빠르게 훑기 시작했다.

믿을 수 없는 일이 실제로 일어난 현장이다.

도유천이 쓰러져 있다면 근처 어딘가에 장무성도 쓰러져 있을 것이다. 그가 주변을 훑기 시작하자 머뭇거리던 남궁가의 무인들도 다시 생존자 수색을 시작했다.

그리고 유성표국 쪽에서는 세 명의 생존자가 추가로 발견되었다. 표사가 두 명이었고, 놀랍게도 장무성이 숨어 붙어 있는 채 발견되었다.

청혈교도들 중 살아 있는 자도 두 명을 확보한 남궁정의가 생존자들을 수레에 실었고, 당소류가 그들의 상처를 돌보며 중얼거렸다.

"이 사람은 왼쪽 팔이 절단됐어. 출혈도 심하고. 살기 힘들지 모르겠네."

당소류가 살펴보던 표사를 살펴보며 안타깝게 중얼거렸지만 남궁정의의 관심은 오직 하나에만 쏠려 있었다.

"장무성 대표두는? 그는… 어떻지?"

당소류가 고개를 갸웃거리며 자신없는 목소리로 말했다.

"난 감당할 수 없어. 외상도 심하지만 내장을 심하게 다쳤으니 빨리 요상을 해야 해. 일각이라도 빨리 제대로 된 치료를 하지 않으면……."

남궁정의가 그 소리에 침음성을 뱉으며 고개를 끄덕였으나 속으로는 복잡한 계산을 하고 있었다.

'만약, 만약 장무성이 도유천과 양패구상을 한 거라면 그의 존재는 우리 남궁세가에 있어 전혀 도움이 되지 않는다. 강서의 합비에 터를 둔 이

상 남궁세가의 명성에 도전할 만한 무력은 결코 이롭지 않아. 잘됐군. 치료를 조금만 늦추면 되는 것이니.'

그는 마찬가지로 숨만 붙어 생존해 있는 청혈교도 두 명을 같이 수레에 실어놓고 세가의 무인 한 명에게 지시를 내렸다.

곧바로 정마련 지부에 뛰어가 정마련 총본산에 이 사실을 알리라는 지시였다.

당소류나 남궁정의가 장내를 수습하기 위해 정신을 팔고 있자 바삐 움직이는 척하던 남궁추성이 슬그머니 유수운이 누워 있는 수레 쪽으로 다가섰다.

유수운은 깨끗한 천으로 상처가 지혈되었고, 비교적 깨끗한 피풍의로 그를 둘러싸 비에 체온이 빼앗기는 것을 막아놓은 상태였다.

아까 장 표두의 심장에 검을 박아 넣은 것은 순간적인 충동이었으나 지금은 달랐다.

'이왕 내친걸음.'

남궁추성은 독하게 마음을 먹었다.

'네놈 때문에 내 출세길은 끝났다.'

어떻게 쌓아 올린 신뢰던가? 그러나 남궁정의의 마음은 이미 자신을 떠났을 것이다. 방계로 태어나 중용되기 위해 그간 이를 악물고 노력했던 모든 것이 물거품이 된 것이다.

'하찮은 놈 주제에……'

어차피 살기 힘들고, 살아야 사람 구실 하기도 힘들 상처들이었다. 깨끗하게 저 세상으로 보내는 게 자신의 화도 풀고 저 쟁자수에게도 은혜를 베푸는 일일 터.

'놈, 어차피 악연이었으니 지금 가면 바로 앞에 장가라던 그 건방진 표두 놈이 있을 것이다. 부지런히 가면 저승길도 심심치 않을 터.'

그는 남궁정의의 명에 따라 수레를 정리하는 척하다 혼절해 있는 유수운의 사혈을 조심스레 짚어나갔다.

곧바로 때려죽이면 당소류에게 들킬 우려가 있었던 것이다.

그러나 동자료, 결분, 천돌 등을 상당한 힘을 주어 짚어나갔건만 반응이 없었다.

'상처가 심해서 그런가?'

남궁추성은 다시 고개를 들어 당소류 등의 동정을 살핀 뒤 이번엔 제법 강한 내공을 실어 단중혈을 가격했다.

약해진 유수운이라면 절대 견딜 수 없으리라.

그 순간 유수운의 눈이 반개(半開)했다.

남궁추성은 그의 단중을 때렸을 때 자신의 손을 타고 뭔가 미약하게 반탄되는 느낌을 받은 데다 수운의 눈이 반개하자 얼른 손을 뗐다.

지난번 객잔에서 겪은 그의 숨겨진 한 수를 생각하자 혹시 자신에게 뭔가 반격이라도 하지 않을까 하는 불안감이 든 것이다.

그러나 눈이 잠시 뜨인 것 외에는 아무 반응도 없었다.

더구나 잠시 그 상태로 있던 수운의 몸에서 미약한 경련이 일기 시작했고 반개되어 있던 눈도 스르르 감겼다.

그가 보기에는 전형적으로 사혈을 짚여 죽어가는 사람의 모습이었다.

'됐군. 원망 마라. 어차피 죽을 목숨이었으니.'

그는 주위를 정리하는 척하며 유수운이 실려 있는 수레에서 천천히, 자연스럽게 떨어져 나갔다.

다른 무인에게 지시를 전한 남궁정의가 사람들이 실려 있는 수레를 대충 끌고 갈 준비를 한 뒤 남궁추성을 불렀다.

목소리는 여전히 차가웠고, 그것이 충성심 가득한 남궁추성의 가슴에 아프게 틀어박혔다.

"추성 넌 추가 지원이 나올 때까지 이곳에서 표물을 지켜라."

남궁정의는 이 기회에 유성표국에 확실한 빚을 지워줄 생각이었다. 소국주 남매의 목숨을 도모한 일이나 위급한 상황에서도 표물을 보호해 준 일 등을 들어서.

"그럴 리는 없겠지만 청혈교의 잔당들이 다시 공격을 해오면 도주해도 좋다."

"명을 받들겠습니다, 공자님."

"쉬운 일이다. 또 망치지는 마라."

그 말에 고개를 숙인 남궁추성의 입술이 지그시 물렸다.

너무 쉽게 죽였다. 그는 조금 전 자신이 사혈을 짚었던 유수운을 떠올리며 그렇게 중얼거렸다.

남궁정의와 당소류가 수레를 몰고 부상자들을 추려 떠나가자 남궁추성은 근처에 널려 있던 다른 수레 위에 올라탄 채 화를 삭이기 시작했다.

직계인 남궁정의의 눈에 확실히 들 수도 있었건만 오히려 눈 밖으로 완전히 벗어났다.

이번 여행에서 건진 것은 아무것도 없다는 점에서 그는 답답한 심정을 어떻게 벗어나야 할지 알지 못했다.

그때 촤악 하는 소리가 나며 피풍의를 입고 검을 뽑아 든 괴한 하나가 현장으로 날아들었다.

"누구냐?"

남궁추성이 급히 검을 뽑아 들고 수레에서 내려섰다.

그러나 갑작스레 등장한 괴한은 대충 정리가 된 장내를 둘러보곤 스산한 목소리로 남궁추성에게 물었다.

"어찌 된 거냐?"

"누구냐고 물었다! 적이냐?"

유성표국의 피풍의여서 언뜻 적은 아닌 듯했지만 남궁추성은 긴장을 늦추지 않았다.

그러나 돌아온 답은 또다시 그가 기대하던 답이 아니었다.

"아, 새끼, 더럽게 말 많네. 적이면 칼질부터 하지 말은 왜 하냐? 어떻게 된 거냐? 벌써 싸움이 끝났단 말이냐? 왜 너 혼자 살아 있는 거지? 다른 사람들은 어떻게 된 거냐? 청혈교도들은? 도유천은? 우리 대표두님은?"

흥분했는지 연신 거친 물음을 던져 내는 사내의 얼굴을 보자 기억이 났다.

거친 수염이 잔뜩 난, 그 조장인가 하는 쟁자수였다. 그걸 기억해 내자 남궁추성의 눈이 더욱 흉악해졌다.

"네놈은… 쟁자수 조장인가 하는 놈이구나. 맞지?"

"알아봤으면 말해 봐. 어떻게 된 거냐? 청혈교도들은? 씨팔, 아가리에 물엿이라도 처박았냐! 빨리 말 안 해!"

그의 반말에 남궁추성의 눈에 살기가 어른거렸다.

어차피 유성표국의 인원 두 명을 자기 손으로 저승길로 보냈다. 이 판에 쟁자수 한 놈 더 보낸다 해도 누구도 알지 못한다.

가뜩이나 화를 삭일 길이 없던 그가 검을 곤추세워 남궁세가의 일반 무인들에게 전수되어지는 창궁이십팔검의 기수식을 취한 뒤 외쳤다.

"미친놈! 쟁자수 주제에 손에 검을 잡으니 보이는 게 없나 보구나. 다른 동료들 따라 저 세상으로나 가라!"

그의 손에서 화려한 검로가 펼쳐졌다.

일반 무인이라 하기엔 그 무위가 사뭇 격해 보였고 '과연 남궁세가'라고 감탄할 정도로 창궁이십팔검의 검로는 위력적이었다.

그러나 그의 검은 그 장비수염의 쟁자수가 콧방귀를 뀌며 뻗어낸 검에 그 검로가 막혔고, 뿜어 나온 반탄력에 하늘로 튕겨 나갔다.

"이 미친노무 시키가 어디서 함부로 칼질이야? 안 그래도 환장하겠구 만!"

하늘로 튕겨 나가 바닥에 처박힌 자신의 검을 보며 넋이 빠져 있는 남 궁추성의 귀로 그 쟁자수의 격한 상소리가 들려왔다.

"오호라, 이 새끼, 너 그러고 보니까 저번에 수운이 팼던 새끼지? 이제 보니까 이 새끼, 뻑하면 연장질하는 게 취미구먼? 날도 궂고, 씨팔, 우리 식구들 때문에 열받아 죽겠는데 너 오늘 잘 걸렸다!"

그가 사람을 잡는 솜씨는 장무성과 사뭇 달랐지만 또한 비슷한 구석이 있었다.

만류귀종이라……. 모든 것의 극은 통하는 것처럼 그들의 사람 패는 솜씨 또한 다른 듯 비슷했다.

"내가 씨발, 표사 애들 몇 데리고 도망시켜 주느라, 에이, 그것만 해도 열받는데, 너 오늘 잘 걸렸어! 비 오는 날 먼지 나는 게 뭔지 모르지? 모 르지? 이 새끼, 너 오늘 운 좋은 거야!"

뭔가를 계속 중얼거리며 화풀이라도 하듯 그가 검면으로 때려잡고 있 는 남궁추성의 몸에서 피어오르는 물보라가 마치 흩날리는 먼지와도 같 았다.

진흙 바닥을 벌레처럼 기며 얻어맞던 남궁추성은 결국 탈진한 채 패는 대로 맞다가 자신의 몸에서 피어오르는 먼지를 보며 정신을 잃었다.

사람 잡는 게 유성표국의 비전절예가 아닐까 하는 의심을 가슴에 품고.

＊　　　＊　　　＊

여러 가지로 시끄럽던 정마련 내부에 또 하나의 복잡한 소식이 날아든 것은 저녁 무렵의 일이었다.

청혈교 적혈마왕, 추혈대와 함께 출도. 유성표국 습격. 적혈마왕, 추혈대 모두 패사.

안 그래도 삼엄한 감시의 눈길을 받고 있는 청혈교의 파견 무인들 중 죽은 추령을 제외하고 가장 높은 자리에 있던 진추웅은 장명과 여타 수뇌들이 내민 전서를 보고 말을 잃었다.
"어찌 생각하십니까?"
진추웅의 손이 부들부들 떨렸다.
"있을 수 없습니다! 적, 녹의 두 분께선 절대 교 밖으로 움직이지 않으십니다! 착오가 있는 겁니다! 아니, 음모예요!"
장명이 차분한 목소리로 그를 진정시킨 뒤 같이 배석해 있는 마맹주 고욱현을 바라보았다. 아무래도 같은 마도인끼리 대화를 진행하라는 뜻 같았다.
"진정하고 들어봐. 이 전서는 남궁세가와 사천당문의 아이들이 보냈어. 게다가 증언을 할 증인도 확보되어 있다고 하더구먼. 자네 진짜 아는 거 없나?"
"제가 어찌 맹주 앞에서 거짓을 고하겠습니까? 맹세코 청혈교는 그런 일을 함부로 벌이지 않습니다."
장명은 묵묵히 그들의 대화를 듣고 있었지만 특별히 건질 만한 대화가 오가지는 않았다.
진추웅은 정말 아무것도 모르거나, 아니면 탁월한 연기력을 가진 자가 분명했다.

하긴 이곳 정마련에 파견되어 있는 장로들 모두가 탁월한 연기력과 적당한 협상 능력을 갖춘 인물들이지만 말이다.

어느 순간 장명은 흥분하고 있는 진추웅을 진정시켰다.

"진 장로의 말은 잘 들었습니다. 어차피 내일쯤이면 남궁세가의 아이가 청혈교의 도유천 태상장로라고 주장하는 자의 시신과 살아남은 유성표국의 표두, 표사를 이끌고 도착한다니 그때쯤이면 시비가 가려질 겁니다. 오늘은 이쯤하지요."

진추웅은 몇 마디 더 억울하다는 듯 항변을 한 뒤 불쾌함을 감추지 않으려는 듯 빠른 걸음으로 밖으로 나섰다.

"어떻게 보십니까, 고 맹주?"

"글쎄……."

"역시 청혈교가 정마련의 울타리에서 벗어나려는 것 아닐까요? 그렇다면 자연 추령의 일도 청혈교가 벌인 게 되는 걸 테고."

"련주도 아시겠지. 일이 좀 크긴 한 것 같지만 추령의 일과 동일시해야 하는지는 장담 못한다는걸."

"그렇지요."

말 그대로 누구도 확신을 가지지 못했다.

정마련이 생긴 지 오십여 년.

마도인들은 자파의 운영 자금 상당수를 불법적인 방법으로 얻고 있었고, 정도무인들은 그 선만 지키면 그것을 눈감아주었다.

특검대를 비롯한 감사대가 생긴 이유가 그 정도가 어느 정도인지, 너무 심하지는 않는지를 파악하기 위해 생긴 것이니까.

미묘한 시기에 일이 터졌고 도유천이라는 거마의 이름까지 터져 나왔지만 이것을 청혈교가 정마련에서 벗어나려 한다고까지 확대 해석할 근거가 없었다.

그저 근자에 와서 청혈교가 크게 한탕 벌이려던 것이라 볼 수도 있는 것이다.

비록 이번에 유성표국이 살아남았다지만 그간 흔적도 남기지 못하고 사라진 표물이나 불타 버린 소규모 장원이 그 얼마던가.

지금은 월광사신의 후예가 나타났다는 사실을 서로가 인지하고 있었으며, 다른 문파의 지원 세력이 아닌 순수 정마련의 핵심 무력의 상당수가 온전히 련주의 손으로 들어가 있었다.

정마련은 월광사신을 겁내고 그를 증오하는 이들이 서로 힘을 합친, 그러나 영원히 하나가 될 수 없는 불안정한 개체들이 모여 있는 곳이었다.

의심은 가지만 청혈교가 미치지 않고서야 이런 시국에 큰일을 벌이려 하지는 않았으리라는 점 역시 생각해 둬야 했다.

정련의 제갈영호가 입을 열었다.

"고 맹주 말이 맞는 것 같소이다. 추령의 일은 추령의 일대로, 유성표국의 일은 유성표국의 일대로 풀어야겠지요. 그런데……."

신기박 제갈영호의 입이 잠시 멈추는가 싶더니 갑자기 화제를 다른 쪽으로 돌렸다.

"이번에 벌어진 일, 정의라는 아이가 뒷수습을 썩 잘했다는 생각이 들긴 합니다만… 역시 몇 가지 이상한 생각이 끊이질 않는군요. 다른 분들도 마찬가지겠습니다만."

"어떤 점 말씀이십니까?"

장명이나 다른 모든 이들도 짐작하는 바가 있었기에 가장 두뇌 회전이 빠른 제갈영호의 의견을 듣고 싶어 짐짓 모르는 척하고 묻자 제갈영호가 수염을 쓰다듬으며 고개를 끄덕였다.

“전서에 적혀 있는 대로라면 청혈교의 파견 공격대는 과했소이다. 정
말 과했지요. 아무리 대표두 장무성이 끼어 있다고는 하나 그쪽도 도유
천이 끼어 있고, 게다가 추혈대까지……."

“흔적을 남기지 않으려고 그랬을 수도 있겠지요.”

“물론 그랬겠지요. 내가 말하려는 게 그런 게 아님을 아시지 않소이
까? 내가 말하고 싶은 건 절대 이길 수 없는 상황에서 유성표국이 그들을
이겨냈다는 데 있어요.”

그랬다. 다른 명숙들이 모두 찜찜해하고 있는 이유.

“정의라는 아이가 거론한 것은 다른 사람도 아닌 적혈마왕 혈성곤 도
유천입니다. 거기에 추혈대까지 들먹였어요. 련주, 결례인 건 알지만 한
가지만 묻겠소이다. 도유천과 어울려 승패를 장담할 수 있겠소?”

“그건……."

장명이 생각에 잠겼다.

“이런 건 정확히 가늠하기 어려운 일이긴 합니다만 여하튼 승자가 누
가 되든 일천 초는 겨뤄봐야 승패가 갈릴 듯하군요. 그렇게밖에는 말씀
못 드리겠습니다.”

“고 맹주는 어떻소?”

그 말에 불쾌하다는 듯한 표정을 지어 보이는 고욱현이었지만 그 역시
떨떠름한 표정을 지어 보이며 대답할 수밖에 없었다.

“내가 이길 거요. 하지만 나 역시 천 초의 겨룸 정도는 있어야 제압할
수 있다는 점에는 동의하오.”

“그렇다면 장무성은 어떻겠소?”

고욱현의 인상이 더욱 찌푸려졌다.

“백 초 내에… 제압할 수 있겠지.”

“련주?”

장명은 말로써 대답하지 않았지만 눈빛으로 고욱현과 비슷할 거라는 뜻을 전달했다.

그랬다.

아무리 장무성의 무위가 대단하다 하더라도 그들과 같은 선에 놓고 볼 수는 없었다.

제아무리 무림삼십대고수가 대단하다지만 그 위에 팔대천인이나 십대마인과 견줄 수는 없기 때문이다.

"그렇지. 장무성의 무위가 대단하다 하지만 아무리 생각해도 도유천보다는 명백히 한 수 아래. 게다가 남궁정의가 전해온 이야기에 따르면 또한 장무성이 도유천과의 겨룸에 있어 계속 한 수씩 손해를 보고 있었다 말하지 않소? 그런 상황에서 유성표국과 청혈교가 양패구상을 했다? 게다가 도유천은 목숨을 잃고 오히려 장무성이 살아남았다?"

제갈영호가 고개를 저었다.

"내 아까부터 아무리 생각해 봐도 이건 말이 안 되는 거 아니겠소? 다들 아시겠지만 적어도 드러난 무력을 수치로 바꿔서 비교해 보면 승패가 일목요연하게 보인다오. 두 세력이 맞붙었을 때 드러난 전력으로만 생각해 보자면 유성표국은 이 할, 청혈교가 팔 할이었소."

그와 함께 곰곰이 생각하던 고욱현이 제갈영호의 말을 받았다.

"그렇다면 제갈 맹주께서는 여기에 뭔가 야료가 있다 생각하시는 거구면. 이를테면 유성표국이 오히려 청혈교를 유인했다?"

마교의 행사는 아니었지만 같은 마맹 소속이 벌인 일이라 조금 궁지에 몰린 듯했던 고욱현이 대번에 이렇게 말했으나 제갈영호가 태연히 고개를 저었다.

"그런 얘기가 아니오, 고 맹주. 난 지금 유성표국의 모자란 전력을 채워준 것이 과연 무엇이었을까를 얘기하는 것뿐이오."

"장무성이 실력을 숨겨왔을 가능성도 있지 않을까요?"

"련주께선 그렇게 생각하시나?"

"희박하지만… 어쨌거나 그도 가능성이 있으니까요."

"정도를 따르는 이들이 술책을 부렸을 리가 없다 그 말인가? 나 고욱현의 명예를 걸고 말하지만 술책을 부리는 덴 정도도 사도도 없는 법."

"그렇게 생각하기엔 오히려 유성표국의 피해가 너무 컸소이다."

"청혈교는 추혈대와 도유천을 잃었으니 어느 쪽 피해가 더 큰지는 일목요연한 일."

"끌끌, 고 맹주, 도유천과 추혈대가 사망한다 해서 유성표국에 떨어지는 이득이 대체 뭐라 생각하오? 아니면 청혈교의 전력이 줄어든다 해서 유성표국에 이로운 점은?"

"그건……."

그 말에 고욱현이 입을 닫았다.

"아까도 말했지만 남궁정의라는 아이의 보고가 정확하다면 그 현장에서는 우리가 알 수 없는 무언가가 일어났소. 내 그래서 이리 장황히 말을 꺼낸 것이오. 련주, 만리추종 무현종을 현장에 보내 거기서 일어난 일을 정확히 복기해 보도록 하지요."

장명이 난색을 표명했다.

"하지만 만리추종은 곧 이후성 부대주와 함께 월광사신의 후인을 찾아 나서기로 되어 있지 않습니까?"

"아직 도착 안 했고 현장은 가까우니 시간은 충분하지 싶소이다. 게다가 반드시 조사할 필요도 있어요. 아까 고 맹주가 말했듯 누군가의 음모가 개입했다면 그 주체가 되는 게 누구인지 밝힐 단서가 되니 말이오."

"음모라……. 너무 앞서 생각하시는 건……."

"그렇지요. 그럼 말을 바꾸겠소이다. 그곳에서 무슨 일이 일어났는지 최대한 알아봐야겠다는 생각이오.”

제갈영호가 생각해 봐도 유성표국이 음모를 꾸몄다고 보기엔 개연성이 적다.

그러나 객관적으로 절대 약세인 유성표국이 청혈교와 양패구상했다는 것은 그럴 만한 이유가 있었을 것이다.

만약 유성표국을 미끼로 다른 세력이 음모를 꾸몄다면 이는 또한 추령을 암산한 인물이 속해 있는 곳일 확률이 높다.

제갈영호는 책사답지 않게 매사를 단순하게 생각하고 거기서부터 하나하나 풀어가는 방식을 좋아했다.

모든 불합리한 가정을 제외하면 나오는 답이 아무리 불가능해 보여도, 혹은 아무리 유치해 보여도 그게 정답이라는 게 그의 지론인 것이다.

“그러하니… 그 현장에 아직 흔적이 남아 있는 지금 만리추종을 보내 보는 것이 좋을 것 같다는 말이오.”

다른 사람들은 삼 인의 거두가 토론하는 광경을 물끄러미 지켜만 보고 있었다.

“알겠습니다. 이후성 부대주는 내일이나 모레쯤에 도착할 테니… 뭐, 좋겠지요. 만리추종을 보내 현장에 대한 세밀한 검수를 지시하겠습니다.”

제갈영호가 고개를 끄덕이자 장명이 좌중을 둘러보며 말을 이었다.

“자, 어쨌거나 전투가 벌어지기 전에 탈출한 쟁자수들을 제외하고도 현장에서 대표두를 맡고 있던 천중검 장무성과 표두, 표사들을 비롯해서 증인들이 많이 있습니다. 그들이 오면 이 건에 대해서는 보다 많은 정보를 취합할 수 있으리라 기대하고 있으니 만리추종의 파견 이외의 논의 사항은 그 이후로 미뤘으면 합니다.”

“그게 옳겠지요. 물론 호송대는 파견하셨겠지요?”

“지부에서 무인들을 충분히 보냈고, 일이 글렀다는 게 알려진 이상 청혈교 쪽에서도 딱히 무슨 일을 벌이진 못할 겁니다.”

“여하간 사실로 드러나면 책임을 묻긴 물어야 할 텐데… 어느 선까지 생각하고 계시오?”

제갈영호가 힐끗 고욱현을 바라본 뒤 물었다.

“글쎄요. 우선 여러 가지 정보 취합이 끝나면… 추령의 건과 함께 특검대가 알아서 하게 할 생각입니다.”

그는 몇 가지 소소한 이야기를 전달하는 것을 끝으로 회의를 끝내며 문득 이렇게 중얼거렸다.

“이렇게 일이 연달아 터지다니… 이거 참, 방에 틀어박혀 유유자적하던 좋은 시절은 다 끝나 버렸군요.”

*　　　*　　　*

동자료와 삼초혈에 강한 고통이 느껴지는 순간, 순간적으로 수운의 의식 일부가 깨어났다.

깨어난 의식은 곧 무의식적인 공포에 빠졌다.

고통 속에서 본능적으로 움직인 절명기가 명령을 거부한다. 전신 어느 한곳 막힘이 없던 몸이 차츰차츰 그 문을 걸어 닫는다. 그의 본신 진력이 차례로 거부당하고 박대받으며 고립되어 간다.

온몸 어디서도 절명기를 끌어낼 수가 없었다. 마치 그런 것을 수련한 일이 없는 것처럼.

그는 마지막 순간 무리한 상자결을 일으키고 난 뒤 몸이 폐혈 증상을 일으키던 것이 그제야 기억났다.

‘환장하겠군.’

단전은 비어가고 기력은 떨어져만 가는 암흑 속에서 그는 한 줌 진기라도 부여잡기 위해 안간힘을 쓰고 있었으나 아무 힘도 쓸 수 없었다.

그의 오감은 완벽히 외부 세계와 차단되어 있었다.

그는 자신이 어디에 있는지, 눈을 뜨고 있는지 감고 있는지조차 알 수 없었다.

심지어 자신이 숨을 쉬고 있는지, 죽었는지조차 알 수가 없었다.

공허였다.

모든 것이 괴뢰와 같이 허망하여 실체가 없으나 그럼에도 무릇 사람들은 이에 집착하여 항상 생사에 윤회하고 있도다.

'후우, 그럼 내가 지금 생사 윤회 중인 걸까? 생에 대한 집착은… 있긴 하지만… 아직 조카도 못 봤고… 장가도 못 가고… 사문에 대한 일도 잔뜩 있긴 하지만… 그래도……'

법문에 빠져 이런 상념에 빠져 있을 때였다. 갑자기 몸 어딘가에서 잇달아 고통이 그를 습격했다.

'우헉!'

자극.

고통스럽긴 했으나 그 순간 그가 가장 원한 것이었다.

자신이 어디에 있는지조차 모르던 그에게 뇌를 자극하는 강렬한 느낌은 한줄기 시원한 감로수였다.

수운은 느껴진 부분에 고집스럽게 절명기를 보냈으나 여전히 기는 흩어져만 갔다.

마음은 가벼워 흔들리기 쉽고, 지키기 어려우며, 조절하기 어렵다.

진정 법구경의 가르침 그대로였다.

　십여 년이나 수련하여 익숙하다 생각한 멸명마공이었으나 절명기는 그의 당황한 마음 그대로 천지사방으로 날뛰다 사그러져 갔다.

　'이런, 어쩐다지?'

　한 줌 진기도 단전으로 이끌지 못한 수운은 절망감에 빠져들었다. 이대로는 이 암흑 속에서 벗어날 수 없다. 마치 생명이 손아귀에서 가는 모래처럼 빠져나가는 느낌이었다.

　그런데 그 다음 순간, 단중에서 폭발하는 듯한 힘이 전신으로 몰아쳤다.

　투투툭!

　막혔던 혈도들이 일시에 터져 나가는 듯 갇혀 있던 진기들이 한순간 풀려 나왔다.

　그는 눈을 떴다.

　하늘이 보였다.

　눈으로 빗방울이 들어왔다. 일그러지는 세상 속에 조금 전 자신이 했던 일이 주마등처럼 지나갔다.

　그것이 실제로 있던 일이었을까? 지금 떠올려 보니 그 역시 하나의 환상이며 허상과도 같았다.

　'나도 꽤 강했지, 그리고 보면?'

　전신을 휘돌던 절명기는 또다시 잠잠해졌으나 이제 그는 겁내지 않았다.

　나의 삶이 이미 편안하니 누가 원망을 해도 성을 내지 않는다.

　진기들은 곧 사그라들었고, 유수운도 곧 편히 정신을 놓고 말았다.

어느 정도 시간이 지났는지는 모르겠지만 그 뒤 유수운이 잠시 의식을 회복해서 눈을 떴을 때 눈에 보인 것은 뜻밖에도 상혁의 뒷모습이었다. 상혁은 누군가와 나지막이 이야기를 나누고 있는 중이었는데 다른 하나는 젊은 여자의 목소리였다.

"…정말 몸이……."

"제 의술로는……."

뭐야? 아직 살아 있잖아? 안도한 수운은 뭔지 모를 말이 오가는 것을 들으며 혀로 바싹 마른 입술을 한 번 핥고 난 뒤 다시 깊은 잠으로 빠져 들었다.

"하기사 그 난리통에 목숨이라도 건졌으니 다행이긴 하지만 그래도 젊은 놈한테는 견디기 힘들 텐데."

상혁은 깊은 한숨을 내쉬었으나 당소류는 다시 고개를 저었다.

"그것도 확신하진 못해요. 전신의 맥이 너무 불규칙해요. 처음 보는 증상이라……."

어지간한 동네 의원보다는 나은 실력을 지니고 있다고 자부하는 당소류였지만 수운을 진맥하면서는 모를 일투성이였다.

쓰러진 남궁추성을 끌고 자신들을 따라잡은 상혁 때문에 약간의 소요가 있었지만 곧 정리되었고, 이후 길을 재촉해 객잔을 통째로 빌린 뒤 치료를 시작했다.

하나같이 위급을 다투는 환자들이기 때문에 근처 의원까지 불러 치료를 하는 상황이었다.

그런데 그녀가 수운의 상세를 확실히 알기 위해 약간의 진기를 그의 맥문으로 집어넣어 봤을 때 진기는 피부를 통해 사라지거나 되돌아올 뿐 조금도 그의 몸 안으로 들어가지 않았다.

맥이 고르게 오지 않고 사방으로 분산되고 있으며 호흡이 짧고 헐떡거린다.

열이 있으나 떨지 않는 증상.

외상을 제외하고라도 망가진 내부는 그녀의 상식을 뛰어넘고 있었다.

그녀의 말을 듣자 상혁은 고개를 끄덕였다.

"그 녀석, 어릴 때 무슨 절맥을 앓았다더니 그거 때문에 그럴 거요."

"절맥이요?"

"그거 때문에 내공을 쌓지 못한다고 하더군요."

그 말을 듣자 그제야 의문이 사라진 듯 그녀는 고개를 끄덕였지만 그 순간 그녀의 눈 깊은 곳에서는 전혀 다른 의문이 자리하고 있었다.

그렇다면 수운의 상처를 치료하며 발견한 '그것'은 어떻게 해석해야 하는가.

"하지만 내공이 없으면… 어떻게 그때……."

그녀가 자신에게도 불미스러운 일인 객잔에서의 일을 조심스레 되짚어 묻자 상혁이 피식 웃으며 말해 주었다.

"어릴 때 그 절맥을 치료해 준 분이 이 녀석의 스승이 되었다는데 그분이 상당한 실력을 지닌 은거기인이셨던가 그랬답디다. 몇 가지 재간을 전수해 준 것 같은데, 씨발, 이 녀석이, 아, 죄송하오, 소저. 요 몇 년 사이에 욕이 입에 붙어서 안 떨어지니. 아무튼 이 녀석, 원체 몸이 약해서 제대로 쓰지 못하고 그랬던 모양이오. 객잔에서야 위기 상황에서 있는 힘 없는 힘 다 끌어내 쓴 거겠지."

은거기인이라는 말이 나오자 순간적으로 그녀의 눈빛이 반짝였으나 상혁은 그것을 발견하지 못했다. 그는 피곤한 듯 누워 있는 사람들을 바라보고 있었으니까.

몇 년이나 한솥밥을 먹고 정을 나눠오던 사람들이 수십이나 죽었고 남은 이들은 또한 이렇게 생사의 기로에 서 있다.

피곤할 만도 했다.

둘은 각자 상념에 빠진 채 말없이 그렇게 서 있었다.

남궁정의는 한쪽에 서서 그렇게 둘이 나누는 대화를 들으며 잠자코 문을 지키고 있었다.

그는 가끔 상혁의 언사를 지켜보며 이따금 날카로운 눈빛을 보냈다가 곧 누그러뜨리는 일을 반복하고 있었다.

'상인검 하상혁이라니……. 변복하고 표행에 따라붙었던 건가?

앞서 가고 있던 자신들을 남궁추성을 질질 끌고 따라잡은 사내.

엉망으로 두들겨 맞은 추성을 보고 어이가 없다는 표정으로 가만히 그를 바라보자 그는 남궁추성을 앞으로 던져 놓고는 툭 자신의 정체를 밝혀왔다.

그 어투에선 이 이상 귀찮은 일 당하기는 싫다는 느낌이 강하게 느껴졌다.

"남궁세가 친구들은 쟁자수라면 무조건 칼부터 뽑는 가풍이 있는 거 같아서 미리 밝혀두는데, 나, 상인검 하상혁이라고 하오. 유성표국의 핏줄로 공동의 검을 익혔수."

"상인검? 당신이?"

믿지 못하겠다는 듯 남궁정의의 눈이 커졌다.

한때 후기지수 중 최강자로 이름을 날리다 홀연 폐관 수련을 한다며 사라진 상인검 하상혁이 왜 쟁자수 복장으로 여기 있단 말인가?

믿지 못하겠다는 듯한 낌새가 느껴지자 상혁은 검을 뽑아 허공에 투박한 검로를 새겨 넣었다.

만마복종.

복마검법의 유명한 기수식이라고도 할 수 있는 이 검로를 그가 펼치자 투박한 검로 곳곳에서 예리하고도 둔중한 검기가 날카로운 이를 드러내며 으르렁거리는 듯했다.

"더 시비 붙을 정신도 없고 해서 말하는 거요. 아, 이 친구는 날 보자마자 자기가 먼저 검을 뽑았으니 이 정도는 양해해 주쇼."

남궁정의는 불쾌했으나 상황을 보니 그의 언사를 참아 넘길 수밖에 없었다. 방금 그가 펼친 일검으로 그가 상인검 하상혁이라고 확신하게 되었고, 그렇다면 시비를 가릴 필요가 없었다.

하상혁은 현 유성표국주의 배다른 동생이다. 전대 표국주가 늘그막에 들인 애첩의 아들로 그녀가 홀연 하상혁을 출산하자 모두가 곤란해했다.

서자인데다 표국주와의 나이 차가 어마어마하게 나는 탓에 표국 내에서의 위치가 어정쩡했던 그는 열한 살 어린 나이에 안휘에서 멀리 떨어진 공동파의 속가로 들어가 버렸다.

공동에 가서 속가제자 중에서도 말썽꾼으로 이름을 날리다 마찬가지로 공동의 골칫거리인 명복 선인의 눈에 들었다.

눈이 맞은 둘은 같이 닭을 훔치고, 밭을 파헤치고, 장문인 식사에 개고기를 넣었다.

둘은 사제지연을 맺지는 않았으나 실질적으로 하상혁은 명복 선인의 제자나 마찬가지였다.

그런 인연으로 속가에게 전수하지 않는다는 복마검법을 배운 최초의 속가제가 되었고, 강호에 뛰어든 뒤 그는 호방한 성격과 놀라운 무위로 순식간에 명성을 날렸다.

남궁정의로서는 실력이야 둘째 치고 유성표국과 공동을 등에 업고 있는 그와 사소한 일로 시비를 가려봐야 이로울 게 없었기에 그의 행동이 너무 지나치지만 않으면 참고 넘기기로 한 것이다.

부상자들과 함께 수레에 실렸던 남궁추성은 이동 중에 정신을 차린 뒤 상혁의 얼굴을 보자 다시 길길이 날뛰며 달려들려 했으나 남궁정의가 차갑게 만류하자 곧 고개를 숙이고 물러섰다.

게다가 상혁이 상인검이라는 이야기를 듣자 속으론 이를 갈면서도 무례를 사죄해야 했다.

남궁추성은 자신을 바라보는 남궁정의의 시선에서 다시 한 번 출세길이 완전히 막혔다는 것을 느껴야 했다.

하상혁은 이동해서 객잔에 방을 잡는 내내 부상자들 옆에서 그들에게 뭔가 중얼중얼 말을 걸고 있었다.

지금도 뭔가 말이라도 거는 것처럼 친근한 눈빛으로 쓰러져 있는 사람들을 바라보던 상혁이 갑자기 정색을 하며 당소류에게 정중히—상혁으로서는—감사의 말을 전했다.

"아무튼 인사가 늦었군요. 유성표국을 대신해서 고맙다는 말을 전하겠소."

상혁의 인사를 받은 당소류가 당치 않다는 듯 고개를 천천히 저었다.

"고맙다는 인사는 받을 수 없겠군요. 한 일이 그다지 없습니다. 게다가 장무성 대표두님께는 거의 아무런 치료도 하지 못했어요. 내상이 심하셔서 제가 다스릴 수가 없으니 빨리 적절한 조취를 취하지 않는다면 목숨이 위험하세요."

"소저 책임이 아니니 신경 쓰지 마쇼. 아무튼 다른 의원은 불렀수?"

"정마련에 무당의 청정 진인이 계시다고 들었어요. 장무성 대표두께서 위독하다는 소식을 들으시면 곧 달려오시겠지요. 어설픈 치료는 오히려 해가 될 수 있어서 근처의 의원은 부르지 않았습니다."

그 말에 상혁이 고개를 끄덕였다.

"이런 말 하는 게 예의는 아니지만 부상자들을 부탁드리오. 나는 흩어져 자리를 피한 쟁자수와 표사들, 남겨진 표물에 대한 처리를 마무리 지어야 하니."

그는 당소류와 남궁정의에게 차례로 포권한 뒤에 어두운 표정으로 사라져 갔다.

"아무튼 상당히 무례한 자야. 한마디 한마디 예의를 찾아볼 수가 없군. 안 그래, 소류?"

그가 완전히 사라지자 남궁정의가 냉소적으로 한마디 내뱉었다.

"갑자기 닥친 일 때문에 신경이 날카로워졌나 보지."

당소류는 이번엔 청혈교도들의 상처를 살피며 건성으로 대꾸했다. 청혈교도들은 혹시 정신을 차려 반항할지도 모르기 때문에 다리와 손이 침상에 꽁꽁 묶여 있었다.

"그나저나 공동에서 폐관 수련 중이라고 알려진 자가 왜 쟁자수로 변장해서 이 표행에 끼어 있었던 거지?"

"글쎄……."

남궁정의는 대화를 이어가려 했으나 당소류는 계속 건성으로 그의 말을 받을 뿐이었다.

"너, 계속 그럴 거야?"

"내가 뭘?"

"무슨 말만 하면 계속 피하잖아. 내 얘길 제대로 좀 들어봐."

"듣고 있어. 환자들 때문에 그런 거지."

"그럼 내 청혼은 어쩔 건데?"

"글쎄……."

"너 진짜……!"

남궁정의가 발끈 화를 내려 할 때 당소류가 획 돌아서더니 그의 앞으로 뚜벅뚜벅 걸어와 그를 노려보았다.

"혼인이 장난이야? 시간 충분히 준다며? 안 그래도 정신없는데 지금 너까지 정신없게 만들 거야? 너 지금 내가 싫다고 그러면 어쩔 건데?"

"아니, 내 말은 그게 아니라……."

갑작스런 반격에 남궁정의가 한걸음 물러섰다. 소류도 그 이상 몰아붙이지 않고 적당한 선에서 싸움을 끝내고 다시 환자들 옆에 앉아 맥을 재고 상세를 지켜보았다.

남궁정의도 한숨을 쉬고는 묵묵히 입구 쪽에 앉아 자리를 지켰다.

얼마나 시간이 지났을까. 갑자기 아래층이 떠들썩해지는가 싶더니 몇 명인가가 그들이 치료를 하고 있는 방으로 다가오는 것이 느껴졌다.

무인의 발걸음이었다.

남궁정의가 검 손잡이에 손을 가져다 대며 문 쪽을 노려보았다.

"남궁세가의 남궁 소협이 머물고 계시오?"

문밖에서 정중한 물음이 들려오자 남궁정의는 당소류와 잠시 눈길을 교환한 뒤 한 걸음 물러나 발검에 유리한 자리를 확보한 후 약간의 내공을 실어 말했다.

"그렇습니다만 어디의 누구신지?"

"정마련 하남 지부의 진려천이라 하오. 소협과 부상자들을 호위해 정마련으로 들어오라는 명을 받고 지금 도착했소."

"아, 그렇군요. 문은 열려 있으니 들어오시면 됩니다."

긴장했던 남궁정의는 그들이 들어서자 확실히 정마련에서 파견 나온 무인들이라는 걸 확인했고, 그제야 설핏 긴장을 풀었다.

다시 한 번 통성명을 한 양측은 사건의 전말에 대해 이야기를 나누었고, 파견 무인들은 중상자들을 살피며 혀를 찼다.

"치료가 시급한 부상자들이 많군요. 알았다면 의원을 같이 데려왔을 것을……."

“그게… 경황이 없어 부상자들의 상태에 대해 자세한 사정을 얘기 못한 듯합니다. 제 실수겠군요.”

장무성 때문에 고의로 그의 생사가 위급하다는 것을 보고에서 누락시킨 남궁정의가 곤혹스럽다는 듯 말을 흐렸다. 그 말을 듣고 있던 당소류가 다소 긴장한 듯 진려천에게 물었다.

“그럼 청정 진인께서도 오시지 않았나요? 그분이 돌보지 않으신다면……. 장무성 대표두께서는 한시가 급한데…….”

당소류가 안타깝다는 듯 그들을 바라보자 그들은 잠시 상의를 하더니 몇 명인가가 나섰다.

“그런 상황인 걸 알게 된 이상 이대로 있을 순 없겠군요. 밤을 도와서라도 장무성 대표두를 먼저 련으로 모셔야겠군요.”

남궁정의가 슬쩍 끼어들었다.

“하지만 상인검의 허락도 받지 않고 함부로 위중한 분을 옮기는 것은 모양새가 좋지 않을 것 같군요.”

“상인검 하상혁? 그가 여기 와 있소?”

진려천이 제법 익숙한 별호를 기억해 내자 남궁정의가 고개를 끄덕였다.

“같이 표행 중이더군요. 그게 좀 특별한 직위인 것 같긴 했지만… 여하간 상인검이 여기 있는 것은 맞습니다.”

“그렇다면 그의 동의를 구하고 옮기는 게 좋겠군요. 행여 옮기는 중에 상태가 악화라도 되면 감당할 수 없으니.”

“무슨 소리예요? 제가 여기서 기다리고 있던 건 련에서 솜씨 좋은 신의 분들께서 오시길 바랐기 때문이에요. 부상자들을 옮기는 것보다 그분들이 오는 게 더 빠르기 때문이었다고요. 상인검 하 대협은 분명 환자들을 저에게 부탁한다고 나가셨어요. 제가 책임질 테니 빨리 옮겨야 합니다.”

딱 부러지는 당소류의 말에 진려천이 어깨를 으쓱하더니 같이 온 무사 몇에게 부상자를 옮길 준비를 하라고 지시를 내렸다. 그들이 바삐 내려가는 것을 본 당소류가 한마디 더 거들었다.

“이왕이면 다른 부상자들도 함께 옮기는 게 좋겠어요. 모두 상세가 썩 좋지 않아요.”

당소류가 끼어들어 그렇게 말하자 진려천이 그것만은 좀 곤란하지 않겠느냐며 말을 흐렸다.

“상세가 위중하니 흔들리지 않게 싣고 가야 할 텐데… 그렇게까지 신경 쓸 인원이 없소이다, 소저. 장무성 대표두와… 잘해야 한 명 정도가 밤에 움직일 수 있는 전부일 거요. 이곳을 호위할 무인들도 남겨둬야 하니 사람이 부족하오.”

“그렇다면……..”

당소류의 시선이 자연스럽게 수운 쪽으로 향했다.

“이 중 저 사람의 상세가 가장 심해요. 장무성 대표두님과 저 사람, 이렇게 두 사람을 빨리 운반하는 게 좋을 듯하네요.”

그녀는 당연히 ‘쟁자수를 위해 청정 진인의 손을 더럽히게 하는 것은 예의가 아니다’ 운운하며 남궁정의가 반대할 줄 알고 힐끗 그를 바라보았지만 그는 예상외로 무덤덤했다.

“그렇게 하는 게 좋겠군요. 이왕 정했으니 빨리 움직입시다.”

그들은 장무성과 유수운을 조심스럽게 들어서 아래쪽의 수레로 이동시켰다. 그리고 수레에 두껍게 천을 깔고 무사들이 동승해서 덜컹거림을 최소화하기로 정했다.

또한 이왕 가는 김에 수레 한 켠에 도유천의 시신을 면포로 둘둘 말아 임시로 염을 한 뒤 같이 련으로 옮기기로 결정했다.

"두 분은 여기서 저와 함께 계속 머물면서 내일 다른 부상자들과 같이 련으로 들어가시지요. 추가 지원을 요청했으니 내일은 좀 더 수월하게 이동할 수 있을 겁니다."

호위를 위한 최소한의 병력만을 남겨놓고 나머지를 장무성 등의 호송으로 떠나보낸 진려천이 그렇게 말하자 다들 고개를 끄덕였다.

떠나는 수레를 보며 당소류는 말없이 고개를 돌렸다.

그녀는 소매 안에서 유수운의 상처에 매어져 있던 피에 전 더러운 천을 꺼내 들었다.

'이 붕대……'

피와 오물에 더럽혀지긴 했으나 그녀는 똑똑히 기억하고 있었다.

추혈대가 입고 있던 옷, 그리고 군데군데 잘려 있던 그 천 조각들.

'뭐가 있었든 그도 관계가 있어.'

그녀는 다시 소매에 천을 집어넣고 조용히 환자들이 머물러 있는 방으로 올라갔다.

추혈대와 맞선 것이 유수운일 수도 있다.

이 엄청난 가설은 우선, 우선은 그녀만 알고 있는 사실로 남겨둬야 했다.

*   *   *

먼저 떠난 한 명이 날랜 말을 타고 먼저 련으로 떠나 위독한 장무성이 급히 정마련으로 오고 있다는 것을 알렸다.

늦은 밤 잠을 이루지 못하고 월광사신의 손속을 연구하던 청정은 연락을 받자 심히 놀라 치료 약재를 준비하기 시작했다.

장무성과 무당의 인연은 가볍지 않았다. 장무성 본인이 무당의 속가출신인데다 그의 아들들 역시 모두 무당에서 사사한 인물들로 달리 말하자면 무당과 한식구나 마찬가지인 셈이었다.

그런 그가 도유천을 물리쳤다니 필경 심한 부상을 당하긴 했을 거라 짐작했으나 보내진 서찰에 그런 내용이 없어 안심하고 있었는데 갑자기 위독하다며 심야에 도착한다니.

그가 일어나 부산히 준비를 하자 아직 정마련에서 하릴없이 지내던 괴의 후준열도 덩달아 일어나 부상자를 기다려야 했다.

둘은 치료 방법에 대한 견해 차 때문에 앙숙이나 마찬가지였으나 이번에 마우를 치료하며 같이 겪은 좌절감 때문에 그 감정이 많이 희석되어 최근에는 오래된 지기처럼 서로를 대했다.

기다리던 부상자들이 도착한 것은 인시 중(새벽 4시경) 무렵이었다.

곧 의당으로 옮겨진 두 사람의 상세를 본 청정과 괴의는 한눈에도 두 사람의 부상이 심상치 않자 곧 환자를 돌보기 시작했다.

"당가의 여식이 끼어 있다더니 응급 처치는 그런대로 되어 있군. 당가의 비전인 용형상성고를 써서 상처를 막았어. 그나마 다행이로군."

상처에 발린 약재의 냄새를 맡아본 청정이 단번에 약재의 이름을 중얼거리자 괴의도 고개를 끄덕였다.

"크게 좋을 것은 없지만 나쁠 것도 없지. 아니, 이런 상황에선 조금 좋다고 해야겠군."

피류의 상처를 살핀 청정이 장무성의 맥을 짚고 그 내부의 상세를 신중히 살피기 시작했다.

맥을 짚고 내기를 조사하고, 침을 찔러 경락의 흐름과 반응을 살펴본다.

일 다경도 지나지 않아 청정은 짙은 한숨을 내뱉으며 상세의 관찰을 끝냈고, 비슷한 시간에 괴의도 눈살을 찌푸린 채 유수운에게서 떨어졌다.

"그쪽은 어떤가?"

"어찌어찌 생명은 건질 수 있겠지만 공력의 팔 할 이상이……. 어쩌면 무공이 전폐될 수도 있을 듯하군. 무인이… 장 표두 정도의 달인이 그런 현실을 견딜 수 있을지……."

그 말에 괴의가 고개를 끄덕이더니 수운을 가리켰다.

"무공이야 어찌 되었든 목숨 건지고 난 다음 얘기지. 여기 이 꼬맹이를 살펴보면 그런 배부른 소리는 못할 거다. 이 녀석은 지금 생명도 장담 못할 지경이니 외상도 외상이지만 몸 내부는 말도 못할 지경이다. 기경팔맥이 모두 막혀 있는데 수태음폐경과 비경만 어찌어찌 유지되고 있는 상황인 것 같으니……."

후준열의 말에 청정은 혀를 차며 창백하게 누워 있는 젊은이를 내려다보았다.

청정과 후준열이 명의로 이름을 날린다 하더라도 그들은 신이 아니었다. 그가 보기에도 유수운은 가망이 없어 보였고, 살아난다 하더라도 사람 구실 하기 힘들어 보였다.

내부는 직접 맥을 잡지 않았으니 알 수 없으나 외상만 봐도 살아 있는 게 이상한 일이었다.

왼편 어깨뼈부터 늑골이 산산히 흩어졌고, 오른손 손바닥의 자상으로 근맥과 신경이 모두 파괴되어 앞으로 숟가락도 제대로 쥐지 못할 것이다. 오른쪽 어깨도 검이 휘저어놨으니 자기 팔을 들어 올리기도 힘들 것이 분명했다.

다리도 참혹하긴 마찬가지였다.

허벅지에 뭐가 박혔었는지 근육이 뭉텅이로 잘려 나가 있다. 잘 치료를 해도 아마 절름발이 신세를 면치 못할 것이다.

그러나 불구가 된다는 예측도 살아난다면의 일이다.

전신 어디 할 것 없이 깊은 자상이 있었고, 비에 오랫동안 노출되어 있어 잡균이 들어갔을 수 있다. 출혈이 많았을 거라는 점도 그의 생사를 예측하는 데 불분명하게 작용했다.

그 모습을 보고 청정은 혀를 찼다.

"목숨을 부지하고 있는 게 용하구먼. 아직 어린 청년 같은데 안됐어. 살아나도 평생 불구를 면치 못할 듯싶으니……."

멸명마공의 호신 능력을 모르는 두 사람이 보기에 유수운은 살아도 산 사람이 아니었다.

"강호란 곳이 원래 그렇지. 죽고 죽이고. 어쨌든 더 지체할 시간이 없을 듯하군."

청정은 그의 말에 고개를 끄덕이고 장무성의 몸에 시침을 하는 것으로 치료를 시작해 갔다.

이렇듯 두 명의 명의가 긴급한 부상자를 돌보기 시작할 때 입구 쪽 대전에는 때 아닌 횃불이 낮처럼 밝혀져 있었고, 많은 사람들이 한 구의 시신을 둘러싸고 모여 있었다.

장명을 비롯하여 대부분 정련의 무인들이었고, 보아하니 누군가를 기다리는 듯했다.

잠시 시간이 지나자 한 떼의 인원이 급히 다가들었다.

진추웅을 비롯한 청혈교도와 마맹의 원로들이었다. 그들이 다가오자 장명이 짧게 인사를 했다.

"이리 이른 새벽에 불러 미안합니다. 하지만 사안이 사안인지라 빨리 진행하는 편이 나을 듯하여……."

진추웅이 옅은 불만을 애써 감추며 손사래를 쳤다.

“중요한 일이라면 시간이 무슨 상관이겠습니까?”

“그렇게 말씀해 주시니 안심이 되는군요. 그럼 확인을 시작하지요. 풀어라.”

장명이 말하자 무인 하나가 도유천을 덮고 있던 천을 풀었다.

그러자 시신의 얼굴이 불빛에 일렁거리며 드러났고, 그 얼굴을 확인한 진추웅의 눈이 가늘게 떨리기 시작했다.

“이분이 청혈교의 전대 호법이신 도유천 노사 맞으신지 확인을 부탁드리겠습니다.”

진추웅은 할 말을 잃은 채 묵묵히 시신의 얼굴을 바라보다가 떨리는 목소리로 고개를 떨군 채 간신히 한마디를 내뱉었다.

“그분이… 맞습니다.”

그는 더 이상 말을 잇지 못했고, 장명은 그것으로 충분하다는 듯 고개를 끄덕였다.

환한 횃불 속, 모여 있는 사람들은 모두 바닥에 놓여진 시신을 바라보며 침묵만을 지키고 있었다.

십대마인 중 한 명, 청혈교의 실질적인 최고수 중 하나.

그 적혈마왕 혈성곤 도유천이 싸늘한 시체가 되어 볼품없이 바닥에 누워 있는 것이다.

“그렇군요.”

긴 침묵 끝에 장명이 입을 열었다.

“이해해 주십시오. 도 노사의 지위가 지위니만큼 곧바로 고인의 시신을 넘겨 드려야 옳겠지만 첨예한 사건이니만큼 여타 다른 조사가 끝난 뒤 정중히 인도해 드리겠습니다.”

진추웅은 별다른 항의 없이 그저 고개만 끄덕이다 말없이 자리를 떴다. 남겨진 장명도 도유천의 시신을 다시 염해서 시신들을 장기 보관할 때 쓰이는 서늘한 석실에 모시라고 지시했다.

도유천의 시신이 조심스레 움직이는 것을 보며 장명은 또 다른 무사에게 지시를 내렸다.

"의당으로 가라. 가서 환자를 돌보고 있는 청정 진인께 환자들과 언제 면담이 가능한지 알아오너라."

그 무사는 복명한 뒤 황급히 의당으로 움직여 갔다. 그 모습을 물끄러미 바라보며 장명은 내일 해야 할 일을 속으로 하나하나 꼽아갔다.

'도유천의 신원까지 확인되었고 증인도 확보되었으니 남은 것은 도유천이 어떻게 죽은 것인지 목격자들에게 듣는 일뿐이군. 그리고 만리추종을 현장에 보내고 나중에 물어다 줄 정보와 취합해 봐서 진위를 판가름해야 하고. 보자, 특검대는 내일 곧바로 청혈교로 증파해야겠군. 후우, 이렇게 되면 무료할 때가 정말 그리워지는군. 월광사신에 청혈교, 정마련이 다시 재통합되는 건 예상보다 쉬울 것 같지만……'

쓴웃음을 짓는 그의 머리 속은 복잡하기만 했다.

*　　　*　　　*

사부 진현우가 그의 머리를 쓰다듬으며 잔잔하게 이야기해 준다.

"수운아, 내가 뭐라고 말했지?"

"수련에 힘쓰지 말고 높아짐을 경계하며, 절대 강호의 대소사에 휘말리지 말라고 하셨지요."

"그랬지. 그런데 지금 너, 반항하는 거냐? 지금 그 꼬락서니는 또 뭐냐?"

다정하던 사부의 손이 쇠망치처럼 변해 머리를 쥐어박는다.

'사부님, 잘못했어요. 다시는 안 그럴게요' 따위의 흔한 말을 중얼거리며 수운은 머리를 움켜쥐고 바닥에 납작 엎드렸으나 진현우의 강철과 같은 주먹이 계속 머리를 두드렸다.

뇌수 깊은 곳까지 욱신거릴 정도로 매운 손속이다.

"하지만 사부님, 어쩔 수 없었어요. 그놈들이 제 눈앞에서 사람을 죽였다구요. 보세요."

그는 잘려진 장은의 머리를 사부에게 내밀었다.

"그뿐이 아니에요. 여기 쓰러진 이분을 보세요. 매형이 얼마나 슬퍼하겠어요? 누나는요? 그런데 가만히 있어야 했나요? 네, 사부님? 제가 정말 잘못한 건가요?"

그 말에 진현우가 머리를 두드리던 손을 멈추었다가 다시 수운의 머리에 손을 얹었다.

머리가 쾅쾅 울리는 고통은 계속되었으나 수운은 그 손길에서 느껴지는 온기를 느낄 수 있었다.

사부를 올려다보자 자신을 떠나보낼 때의 그 애잔한 눈을 볼 수 있었다.

그가 부처인지 사부인지 알 수 없었다. 문득 사부가 부처의 말을 그에게 전해주었다.

사랑하는 것에 다가가지 말고 사랑하지 않는 것에도 다가가지 말지니. 사랑하는 것을 보지 못하면 절로 근심이 되고 사랑하지 않는 것을 보는 것 또한 근심이 될지니……

"어쩌라구요?"

익숙한 법구경의 한 구절을 읊어주는 사부를 향해 그는 자신도 모르게 신경질적인 반응을 내보였다.

그러나 사부는 더 이상 대답이 없이 고개를 저으며 사라져 갔다. 수운은 꼬마 때처럼 사부를 찾아 부르다 결국 꿈에서 깨어났다. 눈가에 눈물이 작게 매달려 있는 게 느껴졌다.

그는 서서히 주위를 인지하기 시작했다. 짙은 약탕의 향이 코끝을 맴돌고 있었다.

차츰 머리가 맑아졌고, 난투를 벌이기 시작한 이래 처음으로 제정신이라 부를 만한 상태로 돌아가기 시작했다.

그가 눈을 뜨자 깡마른 얼굴에 키가 껑충한 중년인이 그 곁으로 다가섰다.

"흐으, 그 녀석, 밤새 고생하게 하더니 결국 눈을 뜨긴 떴구나. 고마워하거라. 살아났으니."

"여긴……?"

수운이 힘없이 눈동자를 굴리며 간신히 이 한마디를 입 밖으로 내뱉었다.

"위풍당당한 정마련 내의 의당이지. 난 천하에 이름을 날리고 있는 신의 후준열이다. 이름은 들어봤겠지? 네 녀석 살리느라 새벽부터 죽을 고생을 했다. 삭신이 다 쑤시는구나."

뒷말은 제대로 듣지도 못했다.

정마련. 정마련?

'정마련!!'

그 단어에서 이미 수운은 공황 상태에 빠져들었다.

'여기가 정마련이라고?'

말 그대로 호랑이 뱃속으로 기어들어 간 것이 아닌가? 그는 메마른 입술을 다시 한 번 혀로 적신 뒤 용기를 내어 눈앞의 깡마른 의원에게 말을 걸었다.

“저… 정마련이라면 제가 왜 이곳에……? 다른 사람들은……?”

“강호에 이렇듯 대단한 분쟁이 생겼는데 련에서 가만히 있겠느냐? 더군다나 청혈교가 끼어들었는데. 지금 조사하느라 개미 떼처럼 사방으로 인원이 퍼져 나갔을 거다. 네 녀석이야 다 죽어가니까 먼저 이쪽으로 보낸 거지. 어떠냐, 지금 기분이? 죽었다 살아나니 모든 게 새롭지 않나?”

“그러니까… 다른 사람들은요? 어떻게 됐죠? 저 혼자인가요?”

“몇 사람 더 살아 있다고 들었다. 그리고 여기엔 너와 대표두 장무성이 같이 실려왔다.”

“대표두님이요? 그분, 살아 계신가요?”

그렇게 외치며 유수운은 고통도 잊고 몸을 일으켜 세우려다 전신을 엄습하는 고통에 기절할 듯 놀라고 말았다.

“거참, 아직 움직이려고 하지 말거라. 안 돼. 그리고… 그 사람이라면 살았다. 청정 그 돌팔이가 손을 썼으니 여간해선 죽을 리가 없지.”

“정말인가요? 그분, 어디 계시죠? 지금 좀 만나뵙고…….”

그때 괴의의 손가락이 지그시 수운의 왼쪽 어깨를 눌렀고, 그 엄청난 고통이 발생되었다.

“진정해라. 이 몸 가지고 뭘 어쩐다고? 내 비록 네 목숨을 이어놓긴 했지만 아직 위험하다. 일시적으로 기운이 돋아난 거니까 진정하고 몸이나 신경 써라. 목숨만 붙어 있으면 어차피 곧 만나게 될 테니까.”

후준열이 격통에 부들부들 떨고 있는 유수운을 재미있다는 듯 바라보더니 잠시 후 약을 가져왔다.

“마셔라. 모자란 피를 보해줄 거다. 내장에 얽힌 응어리도 문제긴 하지만 일단 살아야 되니까. 아, 못 움직이지? 내가 먹여주마.”

그 약은 이제까지 수운이 살아오며 먹어본 그 어떤 것보다도 썼다. 그는 상처로 인한 고통과는 또 다른 이유로 몸서리를 쳐야 했고, 수운의 입에 약을 쏟아 붓고 있는 괴의는 어찌 보면 그것을 즐기는 듯까지도 보였다.

"뭔데 이렇게 쓴 겁니까?"

아직까지 속에서 올라오는 쓴맛에 수운이 인상을 구기며 힘없이 말하자 괴의는 명약은 원래 쓴 법이라며 어깨를 으쓱하더니 맥을 잡으며 수운의 상세를 살피기 시작했다.

"흠……."

그가 심각한 표정으로 손을 놓고는 침을 어깨, 무릎, 그리고 손가락 끝, 어깨 부위에 꽂아 넣었다.

그리고 다시 수운의 단전 부위에 하나의 침을 살짝 꽂아 넣은 뒤 손가락으로 가볍게 튕겼다.

침은 가벼운 울음소리를 내며 서서히 휘청거리며 아주 조금씩이지만 피부 안으로 파고들기 시작했다. 그러나 곧 공명을 멈추고 다시 튕겨 나왔다.

괴의가 '역시' 라고 중얼거리며 고개를 젓더니 가볍게 헛기침을 하며 수운을 바라보았다.

"지금 깨어난 녀석에게 할 얘긴 아니다만 미리 말을 해두마. 나중에 알고 충격받느니 미리 알아두는 게 정신적으로도 아무는 시간이 빠르겠지."

그가 수운을 바라보았다.

"다시는 무공을 쓸 수 없을 거다."

뜬금없는 소리였다. 다시는 무공을 쓸 수 없다니?

"혈맥은 굳었고 단전은 깨져 나갔다. 그리고… 아마 팔다리도 예전처럼 쓸 수 없을 테고. 여하간 이제 강호에서 칼밥 먹기는 글렀다. 다시 칼 잡을 생각은 말고 다른 살길을 찾는 게 좋을 거야."

대절명문 칠대 장문인으로서 멸명마공의 호신, 활근, 연골, 강장의 탁월한 위력에 대해 이야기를 꺼내볼까 고민하며 눈만 꿈벅거리던 수운은 '칼 잡을 생각' 운운하는 얘기를 듣자 자기 처지도 잊은 채 피식 웃었다.

"딴 건 몰라도 그건 걱정 마세요. 전 쟁자수거든요."

"쟁자수?"

뜬금없는 이야기가 나오자 그를 영락없이 젊은 표사 정도로 알고 있던 후준열이 괴상한 표정을 지어 보였다.

"쟁자수가 왜 이리 박살나 있어?"

"그게 좀… 사정이……."

"사정? 듣자 하니 다른 쟁자수들은 대부분 잘 도망갔다더만 젊은 녀석이 뜀박질을 못해 뭘 못해? 거참, 여하간 쉬고 있거라. 네 녀석이라도 깨어났으니 가서 기별을 넣고 오마."

"기별이라뇨?"

"대체 뭐가 어떻게 된 건지 궁금해하는 사람들이 잔뜩 있다. 누구든 깨어나는 대로 당시 정황을 듣겠다는 사람이 한가득이거든. 특히 정마련주가 가장 궁금해하더구나."

"련주요?"

"그래."

수운은 꿈에서 자신의 머리를 두드리던 사부의 주먹이 실은 이런 상황을 예고한 예지몽이 아니었을까 생각해야 했다.

정마련, 게다가 정마련주까지?

'상황을 얘기해야 한다고? 게다가 정마련주에게?

절명문주로서 피해야 할 모든 것이 한꺼번에 다가오고 있었다. 사부의 정감 어린 목소리가 들려왔다.

"정마련하고 얽히면 어떻게 되냐고? 음, 그런 상황이 되면 그저 내 손으로 널 때려죽인다고 보면 된다."

자칫 절명문 육대 문주가 칠대 문주를 때려죽이고 문파가 절맥될지도 모르는 상황이 되자 수운은 어찌해야 할까 고민하기 시작했다.

그리고 혼절한 사람에게는 아무 말도 들을 수 없다는 것을 깨닫고 혼절하기 위해 애쓰기 시작했다.

'정마련주? 당시 정황? 뭐라고 말하지? 아니, 그때 내가 뭘 했더라?'

공황에 빠져 있는데다 해결책을 생각할 시간 자체가 그리 많지 않았다.

그가 망상에 빠져 허우적거리는 사이 금세 그가 누워 있는 의당에 몇 명의 근엄한 노인네들과 날카로운 인상의 중년인들이 몰려들어 왔다.

그들은 아직 몸을 가누지 못하는 수운 근처에 모여들어 있었고, 그중 몇 명은 살의에 가까운 눈빛으로 그를 쏘아보고 있었다.

수운은 알지 못했지만 그들은 구파일방과 삼교이곡에서 나온 장로들 중 일부였다.

그 틈을 비집고 후준열이 앞으로 나서더니 못마땅한 기색으로 사람들을 물러서게 했다.

"자자, 아직 몸이 좋지 못하니까 조용히들 하시오. 환자인데다 아직 심적인 충격도 가시지 않았으니 너무 강한 자극은 금물이오."

괴의가 그렇게 말하자 사람들은 헛기침을 하며 조금씩 물러서 공간을 만들었다.

잠시 소란스런 장내가 정리되는가 싶더니 누군가가 새로 장내에 들어섰다. 사람들도 일제히 그에게 포권하는 품이 꽤나 높은 사람 같았다.

'저 사람이… 정마련주인가?'

정, 사, 마를 아우른다는 정마련의 상징. 무공이 천하제일에 한없이 가까운 사람 중 하나.

'그리고 내가 살아생전 절대로 만나면 안 되는 사람 일위.'

예상대로 그가 정마련주가 맞는 듯했다.

그는 제법 인자한 미소를 지으며 다가와 수운에게 따뜻한 어조로 말을 걸었다.

"자네, 그러고 보니 아직 이름도 모르는구먼. 그래, 이름이 어떻게 되나?"

"유수운이라 합니다."

"유수운이라……. 좋은 이름이야. 오다 들었지. 쟁자수라지? 졸지에 큰일당했어. 정마련의 한 사람으로 면목이 없군 그래."

"네……."

"그래, 아직 몸도 안 좋은데 묻기는 좀 그렇지만… 중요한 일이니 이해해 주게나. 알겠나? 아아, 불안한 표정 짓지 말게. 무슨 국문 같은 게 아니야. 일종의 확인 절차라네. 다른 사람들이 오면 모두 같은 절차를 거칠 거야. 지금은 자네 차례일 뿐이야. 걱정 같은 건 하지 말아. 알겠나?"

수운은 힘없이 고개를 끄덕였다.

"좋아. 우선 간단한 것부터 확인하지. 자네들을 공격한 게 청혈교가 맞는가?"

이미 도유천의 시신이 손에 들어왔으니 이건 확인할 필요조차 없었으나 만에 하나라는 게 있었기에 장명은 수순에 맞춰 확인 질문을 던졌다.

"자세히 모르겠지만 사람들이 외치는 걸 들었습니다. 청혈교, 그리고 무슨 마왕이 습격한다고.”

그 말을 듣자 뒤에 서 있던 검붉은 포의를 입고 있던 사내의 얼굴이 실룩였으나 대부분은 잠자코 그의 얘기에 고개를 끄덕였다.

역시 공격자는 청혈교. 여기까지는 대수로울 것도 없는 이야기다. 그들이 궁금한 것은 그 뒤의 일이었으니까.

“그래, 그러면 정확히 무슨 일이 있었나? 유성표국과 청혈교도들이 부딪친 이후에 자네가 본 대로 설명을 해보게.”

“네, 그게…….”

어떻게 말할 것인가? 수운은 잠시 고민하다 사람들이 자신을 바라보는 초롱한 눈망울을 느끼며 힘겹게 입을 열었다.

“그러니까… 저희가 길을 가고 있었는데요… 갑자기 한 노인이 나타났지요. 그러더니 갑자기 몽둥이로 저희 대표두님을 패는데… 대표두님이 말을 탄 채로 나가떨어지시더군요. 그렇게 되니까 저희 쟁자수를 관리하던 상혁 조장이 모두 수레를 원형으로 둘러싸 방어진을 만들라고 말했고…….”

“상혁이라고?”

뒤에 도열해 있던 이들 중 도사 한 사람이 고개를 갸웃하더니 눈살을 찌푸렸다.

“왜 그러십니까?”

“아, 아무것도 아닙니다. 계속 진행하시지요.”

자신도 모르게 장명의 행사를 방해한 노도사가 어색한 표정으로 얼굴을 붉힌 뒤 손사래를 쳤다.

“자, 그 다음엔 어떻게 됐는가? 장 대표두와 격투하던 그 노인 말이야. 그 다음 어떻게 됐는지 알고 있나?”

유수운은 반쯤은 솔직히 얘기했다.

“저… 그때쯤에 조장이 쟁자수는 모두 도망가라고 했습니다. 그래서 저도 무작정 도망쳤지요.”

그 말에 무심코 고개를 끄덕이던 장명이 곧 의아한 표정을 드러내며 되물었다.

“아니, 그런데 어떻게 도망을 쳤길래 현장에서 다시 구조되었나?”

‘컥!’

수운은 상상으로나마 자신의 머리를 두드려 대는 사부의 주먹을 느낄 수 있었다.

‘참 잘했다, 이 녀석아’ 하는 자애로운 목소리까지.

“그게… 그게… 산으로… 도망가는데… 제가… 몸이… 그때 부상 중이라… 네, 부상, 부상 중이어서… 제대로 뛰지를… 뛰지를 못했어요. 그래서 처졌는데… 갑자기 칼이… 아아, 머리가……”

수운은 당황한 채 더듬더듬 이야기를 읊어대다가 문득 손을 들어 머리를 감싸 안았다.

괴의가 황급히 다가들어 그의 맥을 잡았다.

“계속해도 괜찮겠습니까?”

장명이 맥을 잡는 괴의에게 묻자 괴의가 고개를 갸웃하더니 그에게서 떨어졌다.

“심맥이 좀 빠르긴 해도 아직 안정되어 있군요. 아직은 괜찮겠습니다.”

위중한 환자의 순간적인 꾀병조차 알아보다니 ‘명의는 명의다’ 라고 수운이 잠시나마 감탄하고 또한 원망할 때 장명이 다시 말을 걸어왔다.

“자, 마음을 가라앉히게. 그래, 그 다음엔 어떻게 되었나?”

“아, 네. 그래서 그냥 주저앉아 숨어 있다가 아래쪽이 조용해지는 것 같아서 그쪽으로 내려갔는데…….”

“숨어 있었어? 흐음, 조금 이상하구먼. 쟁자수들이 도망간 그 절벽의 숲 속에는 무림에서도 악명 높은 살수들이 숨어 있었다고 적혀 있었네. 추혈대라고 하지. 무공이 없는 쟁자수들은 그들이 마음먹고 도륙하면 일 각도 버티지 못했을 거야. 실제로 몇인가의 시체는 서신을 보낸 이들이 직접 목격했다고…….”

장명이 그의 증언에서 이상한 점을 잡아내자 아차 싶었던 수운은 다시 신음 소리를 내며 머리를 부여잡으며 그의 말을 끊어버렸다.

“아아… 머리가… 그게… 기억이 잘… 너무 놀라서… 그러니까… 그러니까…….”

“충격이 컸던가 봅니다. 으레 있는 현상이지요.”

괴의가 이번엔 고마운 소리를 하며 끼어들었다. 장명도 고개를 끄덕였다.

생각해 보면 무공도 없는 평범한 사람이 그 아수라장 속에서 멀쩡한 정신을 가지고 있을 수는 없다.

그는 속으로 혀를 차며 좀 더 부드럽게 물어봐야겠다고 생각하곤 수운에게 말을 붙였다.

“그래, 여하간 다른 거 본 거 없나? 장무성 대표두와 청혈교의 도유천 노사의 일이라거나…….”

“그… 지팡이를 든… 영감님…….”

그가 자신에게 달려들 때를 회상하자 전신이 오싹해져 왔다.

그가 뿜어내던, 인세의 것이라고 상상할 수 없던 그 사악함. 그는 부들부들 떨었다.

이번엔 연기가 아니었다.

“그, 그 사람…….”

심드렁하니 서 있던 사람들도 수운이 뭔가 알고 있는 듯하자 숨을 멈추고 그의 입을 주시했다. 십대마인 중 한 명인 도유천과 강호삼십대고수의 한 명인 장무성의 대결이 어떤 결과를 냈는가?

"…처음 도망간 다음엔 못 봤는데요."

그러면 그렇지 하는 표정으로 사람들은 입맛을 다시며 눈빛을 풀었다.

쟁자수라 들었을 때부터 별다른 증언을 듣지 못할 거라고 생각하긴 했지만 이 정도로 알맹이가 없을 줄은 몰랐다.

역시 장무성이나 얼마 있으면 도착할 유성표국의 다른 생존자들에게 기대를 거는 수밖에 없었다.

장명은 실망한 표정을 겉으로 드러내진 않았으나 더 이상 알아낼 게 없다는 듯 천천히 허리를 폈다.

"그렇군. 그런데 자네, 몸에 상처는 언제 입은 건가? 얼핏 보기에도 보통 심한 상처들이 아닌데."

"그게……."

수운의 등은 온통 땀으로 축축해졌다.

"숲에 있을 때… 그러니까… 살수들이… 아까 말하신 살수가… 갑자기 하늘에서 나타나서… 저에게……."

그 순간 검붉은 포의의 사내가 버럭 소리를 질렀다.

"웃기지 마라! 추혈대가 손을 썼으면 네놈은 여기까지 살아오지도 못했어! 아니, 그전에 네놈이 그 눈으로 추혈대를 봤다고? 그렇다고 말하는 거냐? 어디서 함부로 입을 놀리는 거냐!"

"아아… 시… 심장이……."

그가 버럭 고함을 지르자 수운은 오히려 고마워하며 심장을 부여잡으며 슬쩍 몸을 부들부들 떨었고, 괴의가 또다시 자신의 맥을 짚어왔다.

"진 장로, 고정하십시다. 이 청년이 뭘 알고 말하겠습니까? 그보다 후의원님, 어떻습니까? 얘기를 좀 더 할 수 있을까요?"

"아직은 괜찮겠소만… 거 이놈, 골골하게 보이는데 제법 알차군요."

괴의가 손을 놓고 일어서자 '아무리 명의라도 이쯤에선 속아줘야 하는 거 아닐까?' 하는 원망이 일었지만 어쩔 수 없었다.

"그래, 아무튼 자네 말로는 실수들이 나왔다 이거지? 그들이 자네를 이렇게 만들었다고? 계속해 보게."

"그게… 그러니까 정신없이 도망치느라 저도… 그저 실수가… 칼이… 그러니까… 덤비는 걸 피하는데… 그래서……."

횡설수설하던 수운은 돌연 몸을 부들부들 떨며 덮여 있던 이불을 손으로 꼭 쥐고 침을 한 번 꿀꺽 삼켰다.

이 이상 둘러댈 방법이 없자 그는 최후의 길로 들어섰다.

"아, 악마! 악마들이 습격해요! 으아아! 칼이! 우와아아아아아악!"

그는 갑자기 격렬하게 고함을 지르고 눈을 까뒤집으며 경련을 일으키기 시작했다.

유수운, 이십 년을 살아오며 이렇게 열심히 무언가에 몰두한 것은 상혁이 시킨 왕복 달리기 이후 처음이었다.

덕분에 괴의도 이번엔 속아주었다.

"몸을 눌러요! 발작이오!"

유수운의 비명 소리는 더욱 커져 갔다.

그들이 건드린 곳이 대부분 상처 부위였기에 이번엔 연기가 아니었고, 덕분에 괴의는 더 더욱 확실히 사람들을 격려해 수운을 억눌러 갔다.

"도착했군."

정마련의 화려한 정문이 보이자 앞서서 말을 몰고 있는 화산삼검과 이후성을 보며 설우준이 중얼거렸다.

"그래, 어찌어찌 다시 왔네."

남궁정후도 그렇게 중얼거렸다.

그들은 여기까지 오면서 줄곧 침묵을 강요당하고 있었다.

이후성에게 질문하는 것도, 화산삼검에게 묻는 것도 완곡하게 거절당했기에 즐거워야 할 감사행이 왜 이렇게 험해졌는지 알 방법이 전혀 없었다.

정마련으로 오면서 귀동냥으로 들은 이야기로 추론해 보건대 추령의 죽음과 자신들의 습격이 무언가 관련이 있다고 생각은 되지만 이후성이나 화산삼검이 입을 꾹 다물고 있어 확인이 불가능했다.

그들이 도착해 화산삼검이 정문 위사에게 정마련주의 직인이 찍힌 서찰을 건네자 그것을 훑어본 위사가 잠시 기다리라 말한 뒤 급히 사라졌다. 그들은 말에서 내려서 말을 다른 이에게 인계하고 잠시 위사가 돌아오기를 기다렸다.

위사와 몇 명의 련주 직속 무인이 곧바로 달려와 화산삼검에게 예를 표했다.

"원로에 고생이 많으셨습니다. 별다른 일은 없으셨는지?"

"별다른 일은 없었습니다. 우려하던 일은 벌어지지 않았지요."

"다행이군요. 우선 연청 진인을 뵙고 편히 쉬시지요. 그분이 따로 말씀을 전하실 거라고 련주께서 말씀하시더군요."

"알겠습니다. 맡은 임무는 여기서 끝내겠습니다."

화산삼검이 포권한 뒤 이후성 일행을 돌아보며 말했다.

"그동안 따르느라 수고했다."

"아닙니다. 그간 돌봐주셔서 감사할 따름입니다."

화산삼검은 그렇게 정마련 내로 들어섰고, 그들이 사라질 때까지 이후성과 다른 감사대원은 꿀 먹은 벙어리처럼 가만히 서 있어야 했다.

"이후성 부대주, 련주께서는 부대주가 도착하면 당신이 계시지 않더라도 우선 련주님의 처소로 곧바로 와서 련주님이 오실 때까지 대기할 것을 명하셨습니다. 또한 다른 분들은 일단 쉬고 계시면 다음 명이 올 것입니다. 우선 이들을 따라가시지요. 다만 명이 있을 때까지는 다른 이들과의 대화를 삼가라는 명이 있었습니다."

감사대로 활동하는 동안 눈치가 많이 늘어난 설우준과 남궁정후는 선선히 고개를 끄덕였다.

대강 이렇게 되리라 예상해 놓은 탓에 놀랄 일도 아니었다. 그렇지만 속으로 치미는 화기는 억누를 필요가 없었기에 호위를 따라 련주의 처소로 향하는 이후성을 불타는 눈으로 째려보고 있었다.

'흐흐흐, 너, 나중에 두고 보자' 등등의 의미를 담은 눈길이 등 뒤를 핥았으나 애써 그 눈길을 무시하며 발걸음을 옮기는 이후성이었다.

남겨진 셋에게는 다른 무인이 다가왔다.

그의 인도를 받아 잠시 격리가 될 장소로 향하던 중 설우준이 작은 목소리로 오유란에게 물었다.

"야, 유란아, 솔직히 말해 봐. 정말 너도 무슨 일인지 모르냐?"

그 말에 유란이 얼굴을 굳히고 고개를 저었다. 그녀는 그 장난꾸러기 같은 본성에도 불구하고 얼굴을 굳힐 때의 이 표정이 몹시 차갑고 도도하게 보이기에 강호에서 설향검으로 불린다.

그녀의 진면목을 아는 사람들은 그녀의 별호를 들을 때마다 배를 잡고 구르거나 명성의 덧없음을 중얼거리며 자리를 빠져나간다.

"네가 좀 더 졸랐으면 후성이도 입을 열었을 텐데……."

설우준이 아쉽다는 듯, 원망스럽다는 듯 그녀를 바라봤지만 유란은 한숨을 폭 내쉬더니 고개를 내저으며 눈을 치켜떴다.

"설 오라버니, 사문의 어른들이 와 계신데 제가 어떻게 사형을 졸라 요? 저도 무서운 건 있다구요. 기사멸조라구요, 기사멸조."

"뭐 그런 거 가지고 기사멸조씩이나……."

"웃어른을 무시하는 게 곧 기사멸조잖아요."

"이야, 화산이 그렇게 쪼잔한 데였냐? 그런데 넌 어떻게 여태껏 살아 남았냐?"

심심한 나머지 수준 낮은 말싸움을 벌이는 우준과 유란이었다. 그들의 대화를 말없이 들으며 주변 분위기를 살피고 있던 남궁정후가 틈을 타고 끼어들었다.

"그런데 이렇게 얼핏 지나가면서 봐도 련이 몹시 어수선해 보이지 않 아?"

"그래 보이는군. 뭐, 아무래도 추령 어르신이 급사했다니 그 뒤처리도 있겠고… 그 때문 아니겠나?"

"그렇기야 하겠지만서도. 한 번 돌아보지. 무슨 일인지 함구 명령이 풀리는 대로 알아봐야겠어. 감사대 체면에 세상 돌아가는 꼴을 몰라서야 말이 되나."

앞서 인도하는 무인의 등을 보며 남궁정후가 약간 비꼬듯 말하자 설우 준도 피식 웃으며 그에 동의했다.

"나중에 소저께서도 같이 돌아보겠소?"

남궁정후가 정중히 그녀에게 말했으나 오유란은 주변 돌아가는 데 별 관심 없다는 듯 손을 흔들었다.

"때 되면 사형이 어련히 말해 주시겠죠. 말 안 해주면 뭐, 그땐 또 다 른 방법도 있고."

"아, 네."

남궁정후는 그렇게 말하고 슬쩍 뒤로 빠졌다. 그런 그의 귀로 설우준의 전음이 파고들었다.

[정신 챙겨라. 아직까지 말도 제대로 못 붙이면서 쫓아다니기만 하면 뭐 어쩌자는 거냐? 너 하는 짓 보면 그러니까 본가에서 쫓겨나서 여기로 유배당했다는 걸 절로 알 수 있다.]

[대정마련의 감사대로 왔는데 그게 영전이지 어떻게 유배냐?]

[어절씨구리, 많이 능글맞아졌는데?]

[건드리지 마라. 안 그래도 괴로운 거 많은 몸이다.]

[유란이 때문에?]

[크아악!]

몇 마디를 전음으로 나누던 설우준이 마지막 귓전을 울리는 전음성에 귀지를 파내고는 피식 웃으며 남궁정후의 어깨를 툭 쳤다.

그때 갑자기 저 어딘가에서 남자의 찢어지는 비명 소리가 들려왔다.

악다구니를 쓰는 듯한 그 고함 소리에 사람들은 어리둥절해서 걸음을 멈추었다.

대정마련 내에서 이 무슨 비명 소리란 말인가?

"뭐야? 요즘엔 련 내부에서 고문이라도 하나?"

고래고래 질러대는 비명 소리를 들으며 설우준이 시큰둥하게 말하자 남궁정후가 비명이 들려오는 쪽으로 고개를 돌렸다.

"의당 쪽인 것 같은데? 중한 환자라도 있나 보지?"

"제가 좀 보고 올게요."

호기심이 발동한 오유란은 선두의 무인이 말릴 틈도 없이 날쌔게 몸을 날려 비명이 들려온 곳으로 경공을 펼쳐 달려갔다.

"이런!"

선두의 무인은 이들의 격리 조치를 책임져야 하는 상황에서 오유란이 마음대로 몸을 빼내자 잠시 당황하다 곧 그녀를 따라 달려나갔다.

그 외중에도 설우준과 남궁정후를 향해 한마디 남기는 것을 잊지 않았다.

"두 분은 안에서 대기하시길."

덩그러니 남겨진 둘은 이제 잦아드는 희미한 비명 소리 속에서 서로를 바라볼 따름이었다.

"또 우리만 남겨졌구나."

"어, 요즘 줄곧 버림만 받는 거 같아."

"젠장, 후성이 이 자식, 나중에 걸리면 아작 내버려야지."

"후유."

버려진(?) 인물들이 자조적인 대화를 나누고 있을 무렵 곧장 의당에 도착한 오유란은 창 너머로 몇 명인가의 강호 명숙이 곤혹스런 표정으로 누군가를 붙잡아 안정시키는, 평생 가도 구경할 수 없는 진풍경을 목격하고는 즐거워할 수 있었다.

"그, 그마안……!"

누워 있는 젊은 청년이 다 죽어가는 목소리로 간청하고 있었다. 몹시 안쓰러운 장면이었으나 주변에서 당황하는 명숙들 때문에 그저 우습게만 느껴졌다.

"킥!"

그녀는 좀 더 대담하게 창으로 빼꼼히 고개를 들이밀었다가 화산의 연청 진인과 눈이 마주치자 '헤' 하고 웃어 보였다.

연청이 평소에도 말썽 많은 여제자를 보고 쓴웃음을 지어 보일 때쯤 호원 무사가 당도했다.

"오 소저!"

잠깐의 즐거움이 끝나고 그녀 역시 곧바로 따라온 호원 무사에게 온갖 잔소리를 들으며 끌려가야 했다.

그러나 끌려가는 도중 오유란은 슬쩍 고개를 갸웃거렸다.

'저 환자, 내가 어디서 봤던가?'

분명 처음 보는 사람인데 어쩐지 낯이 익은 듯도 했다.

◈ 第十章 ◈
정마련, 월광사신 추적을 시작하다

정마련, 월광사신 추적을 시작하다

련주의 처소를 경비하던 무사 하나가 급히 고개를 숙인 뒤 처소에 이후성 부대주가 대기하고 있음을 알렸다. 장명이 알았다고 고개를 끄덕이자 그 무사는 안쪽으로 기별을 넣었다.

"련주께서 돌아오셨습니다."

곧 문이 열렸고, 장명이 들어서자 이후성의 일거수일투족을 말없이 감시하고 있던 정마련주의 그림자 하나가 자취를 감추었다.

이후성은 정마련주의 호위만을 위해 키워진 호성육마 중 일인이 배후에서 사라지자 안도감에 자신도 모르게 한숨을 내쉬었다.

그만큼 호성육마의 압박감은 대단했던 것이다.

이후성은 급히 일어서서 들어서고 있는 장명에게 예를 올렸다.

"정마련 제이감사대 부대주 이후성, 련주께 안부 인사 올립니다."

장명은 언제나와 같이 특유의 유쾌한 기도를 잃지 않고 있었지만 어쩐지 약간 피곤해 보였다.

그 같은 절대강자가 피곤한 기색을 보인다는 게 말도 안 되지만 후성은 얼핏 그런 생각이 들었다.

"흐음, 기다리게 해서 미안하군. 마침 지금 긴요한 일 하나를 처리하고 오는 중이라……."

장명은 조금 전 있었던 소동을 생각하곤 쓴웃음을 지어 보였다. 유수운이라는 쟁자수 젊은이는 완전히 착란에 빠져 객관적인 정보를 빼낼 수가 없었다.

역시 장무성이 깨어나기를 기다리거나 다른 믿을 만한 인물이 도착하기를 기다리는 수밖에 없었다.

그는 조금 전의 소동을 머리 속에서 지워 버리곤 눈앞의 이후성을 바라보며 자리에 앉았다. 사실 이 일에 비하면 유성표국이나 청혈교가 통째로 사라지는 일이 생겨도 별거 아닐 수도 있다.

그만큼 중요한 것이다. 월광사신은.

아직 이후성 스스로는 자신이 어떤 일에 연관되어 있는지 모르리라.

"이 부대주, 이번에 큰 사고를 쳤더구먼."

장명은 대뜸 그렇게 말하며 아직 엉거주춤하게 서 있는 이후성에게 앉으라며 자리를 권했다.

자리에 앉아 불안한 눈으로 자신을 주시하는 이후성에게 장명이 약간 강압적인 목소리로 한 번 더 밀어붙였다.

"추령 장로가 무슨 일을 했는지는 자네 서신에 써 있었네만 개인적인 부탁을 공권력을 이용해서 들어주려 하다니, 성급했어. 그게 얼마나 위험한 일이었는지 다시 생각해 보게. 있을 수 없는 실수를 한 거야."

"죄송합니다. 하지만 그 당시 정황이……."

추령의 부탁은 몹시 급작스러운 데다 그가 수락하지 않았을 경우 강호무림의 안위까지 위험하다는 단서가 붙어 있었다. 적어도 이후성의 경험으로는 그런 경우를 무사히 넘길 만한 요령을 알 수가 없었다.

장명은 별다른 내색 없이 그를 물끄러미 바라보고만 있었다. 이후성은 말을 멈추고 그의 부담스러운 시선을 피해 자신도 모르게 고개를 숙이고 말았다.

"그래, 정황이 그랬다 이거지. 문제는 그 정황 말인데… 무척 궁금해. 서신으로 보고받았지만 다시 한 번 이렇게 얼굴을 맞대고 얘기하고 싶군."

장명이 그렇게 말하자 후성은 자신도 모르게 등 뒤에서 식은땀이 흐르는 것이 느껴졌다.

"자, 그 당시의 상황을 다시 한 번 기억나는 대로 세세히 말해 보게. 시간은 상관하지 말게. 알다시피 정마련주 자리는 시간이 남아도는 자리니까."

이후성은 도착하기 전까지 속으로 정리해 뒀던 내용을 천천히 풀어나가기 시작했다.

추령의 돌연한 부름, 전달해 준 봉서, 목적을 숨긴 감사행, 그리고 돌연한 습격, 위기의 순간 도와준 신비 고수의 출현, 그리고 의심을 품은 자신이 정련 쪽에 비밀 전서를 보낸 것까지.

그의 세세한 설명을 듣고 있던 장명이 고개를 끄덕이며 '그렇군, 그래'라고 중얼거리더니 천장을 바라보며 생각을 정리하는 듯했다.

"아, 그런데 자네들을 구했다는 그 은인 말인데, 뒷모습이나마 본 사람이 자네뿐 아니라 자네 사매도 깨어 있었다고?"

"네? 아, 네. 사매도 그때 깨어 있었지요. 혼절하지 않고 제압되어서… 사매는… 그 사람에게 감사의 인사를 전하겠다고 혼자 백방으로 수소문하기도 했지요."

"알았네. 우선 가서 쉬고 있게. 알고 있겠지만 이번 일에 관련된 것은 모두 비밀이니 입단속을 잘 시키게. 특히 자네들을 구했다는 그 수수께 끼의 인물에 대해서는 어디 가서도 입을 열지 말게. 절대로. 이건 명령이 야. 자네 사매에게도 전하게. 저녁에 자네 사매와 다시 한 번 보세. 사람 이 갈 거야."

그는 그렇게 말한 뒤 이후성에게 손짓을 했다. 이후성은 황급히 의자 에서 일어서 다시 련주에게 예를 표한 뒤 뒷걸음쳐 밖으로 사라져 갔다.

"뒷모습과 목소리라……. 터무니없이 적은 단서로군."

장명은 손가락으로 탁자를 톡톡 두드리다 다시 고개를 저었다.

사실 월광사신은 군림하되 나타나지 않는 게 최선이었지만 다시 등장 한다면 그 나름대로 이득이 있었다.

지금의 무림은 준비가 되어 있었다. 월광사신을 상대할 준비가.

*　　　*　　　*

하상혁이 밤새 뛰어다니며 흩어진 쟁자수들을 불러 모으고 그가 혈로 를 뚫어 탈출시킨 표사들과 약속 장소에서 다시 접선했다. 남궁세가의 무인들과 은신해 있던 하태진, 혜진 남매를 부상자가 있는 객잔으로 데 려온 것이다.

오는 길에 쟁자수와 표사를 독려해 버려져 있던 나머지 소소한 표물과 시신들도 수습해 와야 했다.

실제로 청혈교의 미끼였든, 아니면 그저 청혈교가 정보를 알아내고 털 어내려 했던 것이든 표물은 표국의 신용이었다.

다행히 정마련에서 현장을 보존하고 시신들 역시 수습을 해놓은 상태 라 그 일은 생각보다 빨리 끝났다.

상혁은 개중 경험이 많은 두 명의 표사와 다섯 명의 쟁자수를 남겨서 표국 식구들의 시신을 유성표국으로 운구하도록 권한을 위임하고 다시 객잔으로 향했다.

국주에게 급히 쓴 서찰 하나도 그들 손에 딸려 보냈다. 도유천까지 나선 이상 청혈교가 어찌 나올지는 모르지만 표물의 행방은 어디까지나 국주가 정해야 했다. 적어도 손 안에 있는 동안은 그것의 보호에 최선을 다해야 하는 것이다.

그렇게 밤새 뛰어다닌 뒤에 다시 돌아온 객잔에서 그는 정마련에서 의원이 오지 않아 급히 장무성과 유수운을 후송했다는 아찔한 얘기를 들었다.

"어찌 된 거요?"

"착오가 있었던 것 같습니다. 련에서는 장무성 대표두께서 생명이 경각에 달릴 정도로 위중하다는 사실을 몰랐고, 의원 요청도 없었다고 하더군요."

상혁은 순간 울컥했으나 혼란한 상황에서 일어난 실수라는 걸 생각해 내고 화를 삭였다. 게다가 이러니저러니 해도 도움을 받은 처지가 아닌가?

그는 남은 부상자들을 살핀 뒤 날이 밝자 유성표국의 잔여 인력과 정마련 지부에서 파견된 호위 무사들, 그리고 남궁세가의 인물들과 함께 정마련을 향해 길을 나서야 했다.

"우리는 표물을 가지고 다시 되돌아가야 하는 거 아닌가요?"

"지금 남은 이 인원 가지고? 죽을 거면 사약이라도 먹지 그러냐? 무슨 일이 벌어질지 어떻게 알고 이 인원 가지고 떠난다는 거냐? 거기다 부상자들은? 안전한 곳에서 추가 증원이 올 때까지 기다리는 게 제일이야. 정마련보다 안전한 곳이 어딨냐?"

하상혁이 스스로 정체를 드러냈으므로 하태진은 별수없다는 듯 그에게 존대를 하고 있었다.

인정하려 하지 않아도 그는 자신의 숙부였으니까.

하태진에게 싫은 소리를 몇 마디 던진 상혁이 앞으로 나아가 임시 호위대를 지휘하는 진려천에게 말을 걸었다.

"얼마나 더 걸릴까요?"

"이 속도라면 점심 지나고 반 시진 정도 더 가면 련에 닿을 듯하군요."

상혁은 알았다며 뒤쪽 부상자들이 있는 쪽으로 다가섰다.

"좀 어떻습니까?"

"다행히 크게 악화되지는 않고 있네요."

부상자들을 돌보고 있던 당소류가 안심하라는 듯 그렇게 말하자 상혁은 점심 시간 때 잠시 쉬어갈 테니 그때까지 잘 부탁한다며 자리를 떴다.

그리고 침울해져 있는 쟁자수들과 애써 우스갯소리를 하며 분위기를 약간 북돋웠다.

어떤 상황에서도 유쾌함을 잃지 않아야 하는 것이 험한 일을 하는 사람들의 본분이었다.

비록 친인들의 죽음이라 하더라도 그 안에서 침울하게 함몰하는 것보다는 적당히 풀어지는 편이 여러모로 좋았다.

그러나 적당히 낄낄거리며 쟁자수들을 다독거린 이후에도 상혁의 기분은 여전히 더러웠다.

그런 그의 눈에 울긋불긋한 얼굴을 한 채 잔뜩 굳은 얼굴로 기승해 있는 이가 들어왔다.

그가 어제 엄청나게 화풀이를 해댔던 인물, 남궁추성이었다.

그는 짓궂은 미소를 지은 채 슬슬 남궁추성 쪽으로 다가섰다.

"거, 몸은 좀 괜찮나?"

남궁추성은 불끈 치밀어 오르는 말을 밖으로 내뱉으려다 간신히 안으로 눌러 참은 채 고개를 돌렸다.

그 모습을 보자 상혁은 더욱 친근한 웃음을 지으며 말을 몰아 그에게 다가섰다.

"거 너무 인상 긁지 말라구. 상황이란 게 말이야, 그런 게 있는 거잖나? 나도 흥분해 있었고 자네도 흥분해 있었고. 게다가 칼이라는 게 그거 보면 기분 더럽잖아? 그래서 좀 과도하게 때린 것뿐이니 이해하라구. 따지고 보면 자네 잘못이 더 크잖나. 얼굴 풀어. 씨발, 이렇게까지 말하는데 얼굴 안 풀면 싸나이도 아니지. 그래, 안 그래?"

그가 넉살 좋게 남궁추성을 붙잡고 사과 아닌 사과를 하는 동안 남궁추성은 얼굴을 굳힌 채 그의 사과—혹은 협박—를 묵묵히 듣고만 있어야 했다. 근처에 있던 다른 남궁가 사람들 역시 그들을 내버려 둘 수밖에 없었고.

"사실 우리끼리 척지고 살 일 없잖어? 그날 일진이 재수 옴 붙었다고 생각하면 된다고. 그런 일이 일어날지 누가 알았겠느냐고. 그런데……."

상혁이 키득거리며 얘기하다 갑자기 추성의 얼굴을 보더니 그의 어깨를 툭 건드렸다.

"이 사람, 피곤했나 보구먼. 아무리 그래도 깡으로 먹고사는 무인이 코피 같은 거 흘리고 그러면 안 되지."

그 말에 남궁추성은 자신도 모르게 코를 손등으로 문질렀다. 벌건 코피가 손등에 묻어났다.

'빌어먹을 놈, 너한테 어제 그렇게 맞았으니 이렇게 대낮에 코피가 터지지. 그나저나 몸이 영…….'

그는 손등에 묻는 피를 닦아내고는 계속 떠들어대는 상혁을 지겹다는 눈빛으로 바라보았다.

"그쯤해 두시고 이쪽으로 오세요."

저 뒤에서 그 모습을 지켜보던 하태진이 보기 민망했던지 작은 목소리로 하상혁을 불렀다. 상혁은 그가 부르자 다시 예의 심술궂은 미소를 지으며 말했다.

"지금 나한테 명령하는 거냐?"

하태진이 애써 미소를 지으며 고개를 저었다.

"아닙니다, 숙부. 그저……."

"그저 뭔데? 응? 우리 귀염둥이께서 이 작은아버지께 할 얘기가 뭐가 있을까?"

상혁이 싱글싱글 웃으며 그쪽으로 다가갈 때였다.

남궁추성의 중얼거림이 들렸다.

"피가……."

그 말에 근처에 있던 남궁세가의 무인 하나가 추성을 돌아보더니 곧 경악성을 발했다.

"이봐, 추성! 너, 너, 얼굴이……."

"내 얼굴이… 왜……?"

자신의 얼굴을 쓰다듬던 남궁추성이 손을 내밀었다. 온통 피가 묻어 있었다. 남궁추성이 그런 자신의 손을 보며 외쳤다.

"이게 뭐야?"

이미 다른 사람들도 멈춰 서서 갑작스레 칠공에서 조금씩 피를 흘리는 남궁추성을 놀란 눈으로 바라보고 있었다.

개중 상혁이 가장 반응이 빨랐다.

그가 재빨리 남궁추성에게 다가가 그의 명문에 장을 가져다 대고 진기를 불어넣었다.

"침착하고 우선 심맥을 보호해! 당 소저!"

"모두 사방을 살펴 기습에 대비해라!"

진려천이 거의 동시에 호위들에게 명령을 내리자 무인들이 일제히 바깥쪽으로 넓게 자리를 벌렸다.

그리고 다음 순간 남궁추성은 몸을 부르르 떨더니 뜨거운 핏덩이를 뱉어냈다.

그가 타고 있던 말등이 온통 피투성이가 되었고, 상혁이 계속 진기를 불어넣고 있음에도 추성은 그것을 받아들이지 못하고 있었다.

"땅에 누이세요!"

당소류가 급히 뛰어와 상혁에게 말하자 상혁도 그를 말에서 내려 땅에 누였다. 사람들이 지켜보는 가운데 당소류가 급히 맥을 짚었다.

"대체 무슨 일이오? 독공이오?"

진려천이 무사들을 독려해 사방을 경계하며 물었다.

당소류는 맥에서 손을 놓고 은침을 인중에 슬쩍 꽂은 뒤 빼내 그 색을 지켜보았다.

아무 변화도 없었다.

"모르겠어요. 이런 증상은 정말 처음이에요. 맥을 잡아봐도 약할 뿐이지 큰 이상이 없고 독에 중독된 것도 아닌 듯해요."

남궁정의가 끼어들었다.

"적의 암습인가?"

"그건 아닌 듯하군요."

진려천이 주변을 돌아보다 남궁정의의 말에 대답한 뒤 당소류와 상혁을 바라보았다.

그들도 암습이 아닌 듯하다는 점에는 동의했다.

"그렇다면 당신의 무공 탓이겠군."

돌연 남궁정의가 상혁을 노려보았다.

“뭐라고?”

“추성은 어제 당신에게 심하게 당했지. 암습도 아니고 독도 아니라면 내상뿐인데, 그가 입은 부상은 어제 입은 것뿐이니까. 당신에게.”

“이런 씨발, 껍데기만 조금 상하게 팼어. 피 쏟아내고 죽을 정도면 어제 갔겠지.”

“그걸 어떻게 알지? 당신이 내가장법으로 추성의 몸을 상하게 했다면…….”

“내가 얼간이냐? 금방 드러날 일을 왜 해? 이 판에 자꾸 앞뒤 못 가리고 헛소리나 찍찍 해댈래?”

둘의 말다툼이 심각하게 진행되자 당소류가 끼어들었다.

“그만두세요. 어차피 련에 도착하면 뭣 때문인지 다 알 수 있어요. 청정 진인도 계시고 백부님도 계시다구요. 지금은 그런 것보다 이 사람을 빨리 옮기는 게 중요해요.”

남궁정의와 상혁은 서로 노려보는 것을 멈추지 않았지만 당소류의 말에 따라 추성을 급히 정마련으로 옮기기 시작했다.

*　　　*　　　*

만리추종은 유탄곡 초입의 나무 위에 앉아 전체를 바라보고 있었다.

“유탄곡으로 가게. 가서 자네가 알아낼 수 있는 건 다 알아내서 내게 말해 주게. 여기 이 전서는 지금 읽어두고. 현장에 가면 도움이 될 거야. 현장은 현재 봉쇄되어 있으니 이 패를 가지고 가.”

장명은 그렇게만 말하고 무현종을 유탄곡으로 보냈다.

련주가 바라는 것은 지극히 간단했다. 그곳에서 무슨 일이 있었든 객관적인 시각에서 정리해 보여달라는 것.

만리추종은 은밀히 움직였다.

련에서 지급한 패를 보여주고 쉽게 들어설 수도 있었으나 그는 굳이 은밀히 숨어 들어가는 방법을 택했다.

남들을 따돌리고, 숨은 자를 발견하고, 대지가 말하는 진실을 듣는 것이 그의 기쁨이기 때문이다.

만리추종이라는 별호가 붙은 만큼 그는 강호 경험이 풍부했으나 또한 이 분야의 인물로 치자면 젊다고도 할 수 있었다.

백발이 성성하고 눈가에 지혜를 가득 담은 노년들이 주도하는 세계에서 만리추종 무현종만큼 어린 나이에 강호에 뛰어들어 이름을 드날린 이도 드물었다.

그는 자신의 일에 긍지를 갖고 있는 몇 안 되는 전문 추적인 중 하나였다.

유탄곡에 성공적으로 숨어든 그는 몰래 수레와 시신이 있는 땅을 눈여겨봐 두었다. 시신들이 수습되긴 했다지만 그의 눈은 그들이 원래 놓여 있던 자리를 고스란히 볼 수 있었다.

비 온 뒤 땅이 곧바로 굳어 어지러웠던 당시 정황을 정확히 간직하고 있었다. 그는 한 시진이나 땅을 바라보고 있었다.

그냥 바라보는 것이 아니다. 흔적을 오래 바라보면서 그는 당시 일어난 사건을 마치 눈앞에서 보듯 재생하려 노력하는 것이다.

무현종은 신중하게 일이 끝난 뒤 오간 최근의 발자국이나 흔적을 머리 속에서 지워 나갔다.

얼마나 지났을까.

서서히 그의 눈앞에 어떤 영상들이 떠오르기 시작했다.

짓이겨진 발자국들 위로 느리게 한 사람, 한 사람 그림이 떠올라 간다.

그들이 움직이는 모습이 천천히 그 눈앞에 떠오른다.

미리 와서 기다리고 있던 한 사람.

표행이 들어서고, 격투가 벌어진다.

사람들이 도주하고 표사들 역시 버티다 일부 도주한다.

그리고…….

만리추종은 고개를 저었다.

역시 비와 그 이후 오간 사람들 때문에 정확한 그림을 그려내는 것은 무리였다.

대강의 얼개만 잡은 뒤 코를 땅에 박고 또 다른 미세한 흔적들을 찾아 그림을 완성하는 수밖에 없다.

다만 일이 생겼을 때 내렸던 많은 비가 바로 자신을 방해하는 가장 큰 적이라는 건 명백했다.

많은 흔적들, 혈흔, 족적들이 비로 인해 자연스레 사라져 갔을 것이다.

정마련에서는 사건 이후 곧바로 조치를 취했다지만 이런 땅에서 건져 낼 정보는 그리 많지 않았다. 그는 눈길을 들어 경사가 낮은 계곡을 바라보았다.

'이쪽으로 도주했으니 여기서부터 사냥이 시작되었겠군.'

추혈대가 끼어들었으며 아마도 전멸했다는 얘기는 이미 전해 들었다. 아래쪽은 이미 시신들도 대강 수습되어 있었으나 산은 다르다.

정마련에서 흔적의 보호를 위해 아예 건드리지도 못하게 해놨으니 적어도 저 아래쪽보다는 건질 게 많을 것이다.

그는 눈을 빛내며 수림 속으로 몸을 옮겼다.

여기서부터는 그의 세계다. 추혈대는 은밀하며 흔적을 남기지 않기로 유명하다. 비가 모든 것을 쓸어가지 않았어도 추적하기 극히 힘든 상대이지만 만리추종은 그에 도전해야 했다.

‘추혈대라……. 홍미롭군, 홍미로워.’

미세한 흔적을 따라 이동하면서 만리추종이 호승심에 불타올랐다. 그는 산속에 남아 있는 인위적인 모든 흔적을 머리 속에 담으며 산을 조심스레 헤집었다.

그리고 드디어 나타난 추혈대의 시신 앞에 멈춰 섰다.

“격투, 격투라?”

그는 시신 앞에서 잠시 혼란에 빠졌다. 그럴듯한 격투의 흔적이 없었다.

무현종은 자신이 놓친 것이 있는지 근처의 땅, 나무, 나뭇잎, 풀잎, 나뭇결까지 다시 세심히 살폈으나 마찬가지였다.

머리 속에 영상을 구현해 본다.

미지의 인물은 이 아래에 있다.

그 순간 추혈대가 공격해 왔다.

그리고,

그 이상 상상이 이어지지 않는다.

‘이건… 마치…….’

마치 추혈대원 한 명이 아무 이유 없이 떨어져 죽은 것 같다. 무현종은 시신 앞에 무릎을 꿇고 한참을 있다가 시신의 옷을 조심스레 벗기며 사인을 조사하기 시작했다.

‘없어?’

몸 어디에도 상처가 없었다.

그가 둘러쓴 두건과 입 근처에 미세하게 피의 흔적이 남아 있는 걸로 봐서는 토혈을 했다 짐작할 수 있다.

그는 시신 코에 은침을 조심스레 찔러 넣었다. 굳은 피가 묻어 나오는 걸로 봐서 토혈이 맞는 듯했고, 독에 당한 것은 아님을 알 수 있었다.

'중수법에 당한 것인가?'

그는 조심스레 시신을 뒤집어 시반을 살피기 시작했다.

아무리 겉에 흔적을 남기지 않는 중수법이라도 내장이 파괴된 시신은 시반에 그 흔적이 드러나게 마련이다.

'없다.'

만리추종은 생각에 잠겼으나 조사해야 할 것이 그 하나만은 아니었다.

그는 시신 위쪽 나무에 눈에 띄는 하얀 천을 매달아놓고 다른 흔적을 따라나섰다.

자신의 조사가 끝나면 련에서 사람들이 와서 시신들을 거둬갈 것이다.

그는 곧 목이 달아난 채 죽어 있는 시신이 있는 곳에 도착했다.

'여기서 죽어 있으니 쟁자수겠지. 단 한 번에 깨끗하게 목이 잘렸군.'

문제는 그 곁에 쓰러져 있는 또 다른 추혈대원이었다.

'여기도 없어.'

비가 모든 것을 쓸어갔다 하더라도 나뭇잎 밑, 나뭇결에는 드문드문 혈흔이 남아 있었고, 그로 인해 공격 방향을 유추해 낼 수 있었다. 다른 사람은 몰라도 무현종은 그럴 수 있었다.

그러나 이번에도 이전과 마찬가지로 별다른 흔적을 찾을 수 없었다.

목이 잘린 시신 하나는 분명히 추혈대원이 한 짓이겠지만 추혈대가 쓰러져 있는 이유를 알 수 없었다. 아무리 증거를 찾아봐도, 상상력을 발휘해 보아도 추혈대원이 왜 쓰러졌는지 알 수가 없었다.

그는 잠시 현장을 더 훑어보았다.

'한 명이 더 있었다.'

그러나 그가 남긴 발걸음의 희미한 흔적은 격투의 그것과는 전혀 달랐다.

뭐랄까? 군이 따지자면 그저 가만히 서 있었을 뿐.

'이것 외에는 이 쟁자수와 같이 있던 자가 추혈대와 부딪쳤을 가능성이 있긴 하지만······.'

그러면 자기가 알고 있는 정보와 달라진다. 그 당시 이 근처에서 흔적을 남기고 움직일 만한 사람은 모두 무공이 없는 일반인이다.

그는 쟁자수로 판단되는 그의 자취를 따라 이동을 시작했다. 조심스레 움직이는 그는 내심 갑갑했다.

추혈대와 붙었다면 그 정체 모를 적도 대규모로 움직였을 텐데 그 흔적을 잡아낼 수 없다.

생각보다 정보의 유실이 심각한 듯했다.

만리추종은 다시 전투의 흔적을 따라 발걸음을 옮겼다.

추혈대원이 몰살당해 있는 곳에 도달한 그는 입맛을 다셨다.

비도 비지만 오직 이곳만이 '더럽혀져' 있었다. 현장을 발견했다는 남궁가와 당가 아이들의 짓일 거다.

시신에도 현장에도 그 당시의 흔적이 많이 뭉개져 있었다. 저 아래 곡이 훼손된 것과 마찬가지로.

그는 나무에 남아 있을 흔적에 기대를 걸고 경공을 발휘해 나무 위쪽으로 뛰어올라 갔다.

그는 나뭇잎, 부러진 사소한 가지 하나 놓치지 않고 건질 수 있는 모든 것을 살펴보았다.

그러나 아무리 살펴봐도 그가 내릴 수 있는 결론은 믿을 수 없는 것이었다.

추혈대가 은신했음 직한 장소에 몸을 놓고 아래쪽으로 훤히 드러난 바닥을 보던 그는 믿을 수 없는 결론을 내고 고민했다.

‘그러니까… 추혈대가 노린 게 단 한 명이었다는 얘기인데… 그거참, 말이 안 되는데…….’

말이 안 되는 게 한두 가지가 아니었다. 우선 여기까지 걸어온 쟁자수의 시체가 없었다.

“분명 이 싸움 이전에 이곳으로 온 것인데…….”

쟁자수의 시신이나 그 흔적이 이곳에서 흐트러져 있다.

그는 유실된 정보가 아까웠다.

바닥이 뭉개지지 않고 시신들이 원래의 위치에만 있었으면 좀 더 많은 걸 알아낼 수 있었을 텐데.

“후…….”

그는 나뭇가지 위에 몸을 의지해서 하늘을 바라본 채 누웠다.

모아들인 정보를 가공할 때 흔히 취하는 편한 자세였다.

그는 누운 상태 그대로 이제까지 축적된 정보를 가공하기 시작했다. 그러자 말도 안 되는 이야기가 생생히 움직이기 시작했다.

누군가가 추혈대 하나를 거의 움직이지 않고 쓰러뜨린다.

“말도 안 되는 일이지.”

쟁자수가 혼란에 빠져 걸어간다. 그곳은 추혈대가 모두 모여 있는 곳이다.

“왜 추혈대가 한곳에 모여 있지? 추살을 근본으로 하는 자들이?”

그는 잠시 생각을 하다 손뼉을 쳤다.

“유인한 거군.”

뭔가가 추혈대를 유인한다. 뭘 어떻게 해서 유인했는지는 모르겠지만 여하간 모든 추혈대가 이곳에 모였다.

쟁자수는?

“으음…….”

쟁자수는 큰 적을 앞둔 추혈대가 그냥 버려뒀다. 쟁자수는 동료가 당한 충격에 비틀거리며 사라져 간다.

"흠, 대충 맞는 거 같아."

문제는 지금부터였다.

그는 이 장소의 특징과 그나마 남아 있던 흔적을 생각해 보았다.

"이건 정말 말도 안 되는 건데 말이야."

모든 추혈대를 단 일 인이 단 한 수씩에 쓰러뜨리고 있는 광경이었다.

팔대천인이라도 오지 않으면 있을 수 없는 일이었다.

"으음……."

그는 머리를 긁적였다.

'비가 생각보다 심했나 보군. 아무것도 알아낸 게 없으니.'

모든 것을 비 탓으로 돌린 그는 다시 한 번 땀을 뻘뻘 흘리며 미심쩍은 정보까지 추가해서 재조사를 시작했다.

그러나 사방을 훑으면 훑을수록 점점 머리만 복잡해질 뿐이었다.

만리추종은 이 이상의 조사가 무의미하다고 느껴지자 다시 미세한 흔적을 따라 곡 아래로 내려가기 시작했다.

'추혈대가 당한 뒤 누군가가 다시 곡 내부로 내려갔다. 누구지?'

그는 이제까지 모은 모든 정보를 다시 한 번 복기하고 몇 가지 가설을 세웠다.

"사라졌던 쟁자수, 추혈대를 습격했던 방수 중 부상자, 이 둘 중 어느 한쪽이라는 게 타당하긴 한데 말이야."

추혈대를 몰살시킨 이들 중 하나인가, 아니면 관계없는 사람인가? 그가 가는 곳에서는 혈흔이라 의심될 만한 흔적들이 발견되었으므로 부상을 입었거나 혹은 부상자를 운반하고 있었다고 할 수도 있었다.

그는 곡 내로 들어섰다.

그 자리를 지키는 련의 무사들이 뛰어왔으나 패를 보이자 얌전히 사라 져 갔다.

그 자리에서, 뭉개진 지면에서 무언가를 발견하기를 원했으나 시신들 의 위치도, 제대로 된 발자국도 없는 이상 무리가 있었다.

다만 한 가지. 그게 한 명이든 여러 명이든, 부상자든, 혹은 추혈대의 누군가이든.

그가 내려온 이곳에서 심한 격투가 있었다.

그는 현장을 다시 한 번 꼼꼼히 훑어보았으나 그 외의 것은 알아낼 수 가 없었다.

비로 인해, 그리고 수습 인원들 때문에 현장이 너무 훼손되어 알아낸 것이 아무것도 없다는 보고를 해야 한다는 것이 그의 자존심에 상처를 냈으나 거짓 보고나 가짜 보고를 한다는 것은 생각할 수도 없었다. 그것 이 그에게는 더 큰 수치였으니까.

그는 자리를 뜨며 한 명이 추혈대를 절단낸 거 같다는 보고를 해야 하 느냐, 아니면 훼손이 너무 심해서 아무것도 알아낼 수 없었다고 보고해 야 하느냐를 놓고 고민을 해야 했다.

"멈춰보세요."

당소류가 질주하던 사람들을 멈추고 남궁추성의 맥을 짚고 귀를 그의 코 부위로 가져다 댔다.

맥과 숨 모두 멎어 있었다.

"길을 서두를 필요가 없겠군요."

그녀가 우회적으로 남궁추성의 죽음을 알리고는 몸을 보온하던 천을 그대로 끌어 올려 얼굴을 덮었다.

"내 이 일은 반드시 따지고 넘어가겠소."

시신에서 눈을 뗀 남궁정의가 상혁을 바라보며 그렇게 말하자 상혁이 이제까지의 건들건들한 태도를 버리고 푸르스름한 안광을 내뿜으며 남궁정의를 노려보았다.

"자꾸 같잖은 말로 열받게 하지 말랬지? 안 그래도 나 지금 터지기 일보 직전이야. 말조심하는 게 좋을 거야."

상혁의 반응에 남궁정의 역시 물러서지 않고 투기를 뿜어내며 한 걸음 앞으로 다가섰다.

"감히 대남궁세가……!"

"그만둬."

분위기가 또다시 심상찮게 흐르자 당소류가 얼른 끼어들었고, 진려천도 한마디 거들었다.

"그렇소. 자중지란은 질색이오. 두 분 다 화를 가라앉히고 생각해 보십시다. 어차피 정마련이 지척이오. 이 사람이 어째서 사망했는지는 가면 다 밝혀질 겁니다. 게다가 저 개인적으로도 하 대협이 아무 원한도 없는 자에게 살수를 썼으리라곤 믿겨지지 않는군요."

남궁정의는 입을 꾹 다문 뒤 소매를 떨치고 상혁에게서 멀어져 갔다. 그러나 한마디 하는 것을 잊지 않았다.

"지금은 참지."

"그러던가."

두 사람이 다툼을 멈추자 당소류는 작게 안도의 한숨을 내쉬었다.

이제 길을 서두를 필요가 없었기에 일행은 정상 속도를 유지하며 길을 갔고, 정오를 넘겨 정마련에 도착했다. 진려천이 자신의 신분과 같이 온 이들에 대해 밝히자 문이 열렸다.

"부상자 분들은 의당으로 보낼 겁니다. 그 외에 이번 일에 관계된 모든 분들은 련주님과 다른 간부들 앞에 출두해 주시기 바랍니다."

"알겠습니다. 부상자들을 잘 부탁드리겠습니다."

"이런 말 하긴 그렇겠지만 운이 좋은 편입니다. 청정 진인 외에도 괴의께서 와 계시고 직접 움직이진 않으시겠지만 신수 노사께서도 행차를 하셨으니까요. 부상자들은 최고의 치료를 받을 것입니다."

상혁은 고개를 끄덕이고 옮겨지는 부상자들을 바라보다가 위사의 인도로 련주의 처소가 있으며 각종 대소사를 정하는 운현전으로 향했다.

정마련주 같은 거물을 직접 만나는 것은 그들로서도 처음이었기에 거대 세가의 자손임에도 불구하고 그들은 상당히 긴장하고 있었다.

대회의실에 들어서자 각파의 대표들이 상당수 모여 있었다. 들어서는 이들의 면면을 살피던 사람들 중 남궁세가와 당가의 인물들은 들어서는 그들을 보고 슬며시 반가운 표정을 지어 보였다.

그와 별개로 그중 한 노도사의 얼굴이 상혁을 보는 순간 구겨졌다. 공동의 대표로 와 있는 도윤 산인이었다.

'설마 했더니 정말 저 녀석이었군.'

상혁이 공동에서 명복 선인과 함께 벌였던 화려한 난장을 떠올리자 자신도 모르게 골머리가 아파오기 시작했다.

그의 심정을 아는지 모르는지 상혁을 비롯한 나머지 인원이 모두 그들 앞에 도착해 정중히 자신의 신분을 밝히기 시작했다.

"유성표국의 하상혁입니다."

"남궁세가의 남궁정의입니다."

"사천당가의 당소류라고 합니다."

세 명이 나란히 인사를 하자 장명도 가볍게 포권하며 그들의 인사를 받았다.

"하상혁이라면 공동의 상인검이지? 처음 보고도 두 번째 보고에도 자네 이름이 거론되지는 않았었는데?"

"처음 보고할 때는 알지 못했고, 두 번째 보고 시에는 미처 언급할 틈이 없었습니다."

남궁정의가 짧게 해명했고, 장명은 새삼 빙그레 웃으며 하상혁을 바라보았다.

강호에 난 소문을 들어보면 그의 행사는 자신의 강호 초출 때와 비슷한 구석이 많았기에 자연스레 떠오른 미소였다.

상혁이 머리를 긁적거리며 굵은 미소를 지어 보였다.

"공동의 두통거리를 말씀하시는 거라면 제가 맞습니다. 아, 사백님, 오랜만에 뵙습니다?"

도윤 산인은 잠자코 시선을 돌려 버렸다. 장명은 잠시 같은 공동 문하의 두 사람이 하는 양을 보며 웃고 있다가 다른 이들의 시선을 느끼고는 가볍게 헛기침을 해서 주의를 환기시켰다.

"무슨 일로 불려왔는지는 알고 있겠지? 그 당시의 정황을 설명해 주기 바라네. 가급적 자세히. 순서대로 발언 기회를 줄 테니 우선 유성표국을 대표해서 자네가 말해 보게."

장명이 그를 지명하자 상혁이 한 걸음 앞으로 나섰다.

"그날 유탄곡으로 접어든 지 얼마 지나지 않아 표행의 선두가 한 노인과 접촉했습니다."

그답지 않게 정중한 하상혁의 이야기는 그렇게 시작되었다.

노인의 벼락 같은 일수, 튀어나가는 장무성, 그의 정체가 밝혀지고 청혈교도들이 몰려든다.

이 부분까지는 남궁정의의 서신으로 대강 알고 있는 부분이었으나 상혁의 이야기는 보다 세세한 부분까지 자세히 풀어나가고 있어 이들은 곧 그 이야기에 빠져들었다.

"…방법이 없었습니다. 표물을 지키다 죽는 게 표사의 본분이겠으나 그것도 어느 정도죠. 우선 도유천 한 사람만 해도 과분할 지경이었습니다. 그건 괴물이었죠."

"감히!"

청혈교의 진추웅과 몇 명의 마도인이 자리에서 벌떡 일어서 존장에게 '괴물' 운운한 무례한 애송이를 노려보았다. 그러자 정중하던 상혁의 어투가 돌변했다.

"감히? 감히 뭐? 아니, 내가 틀린 말 했나? 우선 우리 장무성 대표두님도 괴물 축에 들어가는 어른인데, 그런 사람을 고양이 쥐 잡듯 몰아붙이는 사람을 괴물 아니면 뭐라고 부른답디까? 그리고 백주에 그 잘난 무공 가지고 멀쩡한 표물이나 털어대며 사람 죽이는 인간 백정에게 존대말 따위를 붙이면 먼저 간 동료들에게 할 말이 없수다만."

그가 일어선 마도인들과 눈싸움을 하자 장명이 손을 들었다.

"소란은 용납하지 않겠소. 그리고 자네, 언사는 신중하게 하는 편이 좋아. 여기는 정마련이야."

묘한 여운을 남기며 인의폭렬도는 양 집단을 바라보았다. 정도를 자처하는 사람들과 거리낌없이 마도를 걷는 사람들이 한데 모여 이권을 조율하는 무림 집단.

역사상 이런 집단이 결성된 일은 없었기에 양자는 언제나 서로의 영역을 침범하는 일이 없도록 주의하고 있었다.

씩씩거리던 진추웅도, 건드리려면 건드려 보라며 마주 부딪칠 기세던 상혁도 장명의 말에 수긍하며 한걸음 물러서는 자세를 보였다.

양자 모두 진정이 되자 장명은 자신이 가장 물어보고 싶었던 일을 질문할 수 있었다.

"그래, 도유천 노사가 장무성 대표두를 압도하고 있었단 말이지?"

"제가 포위망을 뚫고 도주하기 전까지는 확실히 대표두께서 밀리고 계셨습니다."

"장무성 대표두가 승리한다면 그 승산은 어느 정도로 보였나?"

"양패구상을 각오하고 덤비셨다 해도 일 할이 넘지 못하셨을 겁니다. 게다가 장 대표두님은 주변 상황 때문에 심적으로도 여유롭지 못하셨으니 사실상 승산은 전무하다고 생각되더군요."

그럼에도 장무성은 중상을 입었지만 살아 있고, 도유천은 사망한 채 실려왔다. 과연 무슨 일이 있었을까?

"하지만 나타난 결과는 그게 아니지 않나? 무슨 일이 있었는지 말해 줄 수 있는가?"

"저도… 알지 못합니다. 그 자리에 없었으니까요."

상혁은 아쉽다는 듯 크게 한숨을 들이쉬더니 다시 당시 상황을 천천히 풀어갔다.

"왜냐하면 그런 경우 취해야 할 방법은 무조건 탈출이었기 때문입니다. 그래야 표국에 말이라도 전해서 복수를 꾀할 수도 있고 표물을 되찾을 수도 있으니까요. 목숨 바쳐 표물을 지키는 이상으로 중요한 것이 표물에 무슨 일이 생겼는지 알리는 일이지요. 그래서 우선적으로 비전투원인 쟁자수들을 도망시켰지요. 그리고 본 표국과 관계없던 남궁세가 분들에게 그들의 뒤를 부탁했습니다. 당시엔 그게 최선이라 생각했습니다."

사람들은 고개를 끄덕였다.

일류표국일수록 표물을 잃지 않는다. 표물을 잃는다면 신용과 함께 막대한 배상금까지 물어야 하기 때문에 열세일 경우 선선히 빼앗긴 뒤 협상으로 표물을 되사 오는 수까지 쓰는 곳이 바로 표국이다.

이번 경우처럼 '모두 죽어라' 하는 경우엔 우선은 한 사람이라도 살려서 전말을 표국에 알리고, 그 이후 방법을 쓰는 것이 표사들 입장에선 정석이었을 터.

"쟁자수들이 뜻밖에 쉽게 도주할 수 있어서 잠시 안도했는데 도유천이 추혈대를 언급하자마자 뒤통수 한 대 맞은 기분이더군요. 정말 추혈대까지 동원되었다는 얘길 들으니 앞이 캄캄하더라구요. 이건 씨, 아, 죄송합니다. 여하간 무슨 전쟁하자는 것도 아니고… 남궁세가의 무인들이 같이 움직였다지만 그들이 움직이면 무공이 없는 쟁자수들이 씨몰살당하는 건 순간이니까요. 아무튼 그래서 저도 싸움터에서 표사 몇을 이끌고 포위망을 뚫고 산으로 도망쳐 들어갔습니다. 원래는 표사들만 보내려 했지만 추혈대가 깔려 있다면 그들만 보내봐야 죽은 목숨일 테니까요. 그래서 같이 움직이고 안전한 곳에 다다랐다 판단되면 다시 돌아오기로 했습니다."

그는 싸움터를 버리고 도주했다는 것, 그래서 장무성이나 다른 표두, 표사들이 어떻게 최후를 맞았는지 모른다는 점을 별다른 주저함 없이 자세히 털어놓았다.

"다행인지 추혈대의 공격은 없었습니다. 나중에 듣자 하니 추혈대가 모두 전멸당했다는 얘기를 들었습니다만 여하간 제가 다시 도착했을 때 싸움은 모두 끝나 있었고, 장내는 정리되어 있었습니다. 아시겠지만 남궁세가에서 먼저 되돌아와 있었지요. 제가 본 것은 거기까지가 전부입니다."

그 말을 듣자 장명이나 다른 사람들은 상당히 아쉽다는 듯 나지막한 안타까움을 담아 한숨을 내쉬었다.

그리고 그들의 시선은 자연스레 남궁정의 쪽을 향했다.

빨리 이어서 말하라는 듯한 그들의 시선을 접하자 남궁정의도 가볍게 포권한 뒤 입을 열었다.

"하 형의 말은 대부분 정확하니 앞의 일은 이 이상 거론할 필요가 없을 듯합니다. 남궁세가의 무인을 이끌고 쟁자수들의 뒤를 맡으며 이동 중이었습니다만 심한 비바람에 쟁자수들도 뿔뿔이 흩어져 하태진 소협과 하혜진 소저만을 보호한 채 이동할 수밖에 없었습니다. 그런데 그렇게 길을 가던 도중 우리 일행은 누군가 분노에 차 외치는 고함 소리를 희미하게 들을 수 있었습니다."

"고함이라……."

장명이 얼핏 의자에 몸을 묻었다.

"뭐라고 하던가?"

"그게… 얼핏 듣기로는 살수를 잡았다, 뭐, 그런 내용 같았습니다만 그때는 정확한지 확신할 수 없었습니다. 여하간 그 고함 소리를 듣고 그냥 떠나갈 수가 없어서 유성표국의 소국주 일행을 세가의 무인들에게 맡기고 저와 몇이 소리가 났음 직한 곳으로 달려갔지요."

남궁정의가 말을 풀어가는 내내 당소류는 별다른 말 없이 그 설명을 듣고만 있었다.

그녀는 아직 자신이 알아낸 것을 공석에서 밝히고 싶지 않았다.

'확실하지 않으니까.'

별일 아닐 수도 있는 것이고 설혹 유수운이 추혈대를 몰살시킨 일에 뭔가 관계가 있더라도 최소한 자신이 먼저 그에 대해 조금이라도 알아내기 전에는 다른 이들에게 알릴 마음이 없었다.

당소류가 한구석에서 자신만의 비밀을 간직한 채 나름대로 추리에 추리를 거듭하고 있을 때 유수운은 괴의에게 요양시 주의 사항과 잔소리를 함께 듣고 있었다.

"부러진 뼈는 다시 맞춰놨다. 우선 금침을 박아 뼈가 움직이는 걸 막아놓기는 했지만 잊지 마라. 적어도 달포는 움직이지 말고 뼈가 제대로 붙기를 기다려야 해. 안 그러면 그나마 나을 확률도 없어진다."

금침은 금침이고 다시 가느다란 철괴와 나무로 부목을 삼아 전신을 교묘히 휘감아놓을 터라 움직이고 싶어도 움직일 수 없지 않느냐고 따져볼까 했으나 그랬다간 또 치료를 빙자한 고문을 받을까 싶어 얌전히 고개를 끄덕일 수밖에 없었다.

"여기 있는 동안은 계속 내가 탕재를 지어주겠지만 여기서 떠나가면 여기 약방문에 있는 대로 약을 지어 먹어라. 상한 내장을 다스리고 썩은 신경을 이어주는 데 효과가 있을 게야. 잘만 조리하면 그래도 거동은 할 수 있을 거다."

괴의가 그렇게 말하며 서찰 하나를 그의 머리맡에 던지듯 놓고 뒤돌아섰다.

"너희 표국의 부상자 몇이 또 도착했다. 다들 상세가 꽤 심하다 하니 가서 살펴보고 오마."

그 말을 듣자 유수운은 고개를 끄덕이고 싶었다.

전멸이라 생각했는데 그래도 몇은 그 겁화를 피해서 살아난 것이다. 비록 죽은 사람이 더욱 많긴 했지만.

그는 떠나가려는 괴의를 붙잡고 장무성의 안위를 물었으나 아직 정신을 되찾지 못하고 있다는 대답만을 들어야 했다. 장무성 정도의 위인이 여태 혼수상태라는 것이 그의 상태를 반증하고 있었다.

매형이나 누나의 슬퍼하는 모습이 가슴에서 떠나질 않는다.

그는 애써 그 생각을 접으려 했으나 한 번 떠오른 가족 생각은 쉽게 접히지 않아 결국 아버지와 어머니에게까지 생각이 미쳤다.

자신이 이렇게 누워 있는 걸 가족들이 알면 어떻게 될까?

우선 자신의 부상에 한 가지가 추가될 것이다. 아버지가 자신의 다리 몽둥이를 부러뜨려 놓을 테니까. 하나가 더 추가될지도 모르겠다. 형이 손모가지를 분질러 놓을지도 모른다. 첫째누나는 자신의 얼굴에 밭고랑이라도 만들어놓을까? 둘째누나 수란은 여기저기 부러뜨리고 할퀴고 한 뒤에 몹시 슬퍼하겠지. 수운은 무엇보다 가족들이 자신 때문에 슬퍼하고 걱정한다는 사실에 견딜 수가 없었다.

십 년이다.

십 년 동안 가족들을 걱정시키며 살아왔다. 그래서 멸명마공을 익혔다. 지금 와 생각해 보면 별로 쓸모가 없긴 하지만 그래도 이것 때문에 몇 번이나 목숨을 건졌다.

'사부님, 죄송해요. 그러니까 쓸모가 많이 없는 게 아니라 아주 조금 없었다고 한 거예요. 사문의 무공을 모욕한 건 아니구요.'

순간적이지만 자신도 모르게 쓸모없는 무공이라 푸념한 수운은 곧바로 사부 진현우와 조사에게 마음속으로나마 사죄를 올렸다.

그는 주변을 자세히 살펴보았으나 당분간 사람이 들어올 염려는 없을 것 같았다.

쓸모가 있든 없든 지금 자신이 믿을 수 있는 것은 멸명마공밖에 없었다.

멸명마공에 포함된 연골, 활근, 강장의 묘가 반드시 필요했으니까. 멸명마공을 익히고 행공할 때의 몸은 마치 금강과 같아 쉽게 상하지 않고, 부상당한 몸은 마치 허망한 인간의 마음과 같이 헛되이 나아버린다.

그러니 불구로 살아갈 마음이 조금도 없는 수운에게 현재 무엇보다 필요한 것은 멸명마공이었다.

생각해 보면 살아날 수 없는 몇 번의 절대 위기에서 자신을 구한 것 또한 멸명마공이라는 것은 부정할 수 없는 사실이었고, 그래서 수운은 멸명마공에 대해 깊은 신뢰를 가지고 있었다.

세상에 드러낼 수 없다는 점만 제외하곤.

주위를 살핀 수운은 곧 멸명마공의 심법에 따라 절명기를 일으켜 보았다.

그리고 온몸이 텅 빈 듯하자 잠시 당황했으나 곧 정신을 가다듬고 끊임없이 구결을 참오하며 몸 안의 절명기를 이끌기 시작했다.

미미했다.

그렇지만 아주 미세하기 흩어져 있는 절명기가 조금이나마 움직이는 것이 느껴졌다.

십여 년간 쌓아 올린 절명기를 휘두른 적 있는 수운으로서는 극히 미세한, 머리카락 한 터럭만큼의 절명기였지만 움직일 수 있었고, 단전으로 이끌 수 있었다.

지금은 그것으로 충분했다.

이제껏 그가 가장 걱정한 것은 완전한 폐맥 상태가 되어 아예 축기나 행공 자체를 못하면 어쩌나 하는 것이었으나 그 정도까지는 아닌 것이다.

서서히 각 세맥에 갇혀 굳어 있는 절명기를 되살리고 단전을 일깨우면 늦어도 한 달 정도면 이전의 절명기는 되찾을 수 있을 듯했다.

그는 안도의 한숨을 쉬었다.

그리고 다시 행공에 들어갔다.

이제까지와는 달리 조금만 마음이 흐트러져도 힘겹게 움직이던 절명기가 스러져 갔으므로 마치 처음 기를 느낀 초심자의 마음으로 한시도 마음을 놓지 않고 구결을 참오하며 한 시진에 걸쳐 행공을 할 수 있었다.

그 자신은 모르고 있었으나 이 한 시진의 행공 덕분에 그의 핼쑥하던 얼굴엔 약간이나마 혈색이 돌아와 있었고, 거의 기능을 잃고 있던 폐장이나 어깨 부근의 신경도 조금씩 자극을 받고 있었다.

그 덕분에 수운은 행공 전보다 더한 통증에 시달려야 했다. 행공을 할수록 고통이 심해지자 수운은 뭔가 잘못되고 있는 것이 아닌가 싶어 일단 행공을 멈추었다.

이제까지 행공을 하느라 집중했던 정신이 풀어지며 고통이 본격적으로 몰아쳤다.

이제까지의 격통이 무거운 철추로 쿵쿵 두드리는 듯한 둔중한 아픔이었다면 지금의 고통은 뾰족한 바늘로 상처 부위의 주요 혈들을 수없이 찌르는 듯한 예리한 고통이었다.

수운은 눈을 꼭 감고 식은땀을 흘리며 통증을 참아내기 시작했다.

세 명의 증언을 모두 듣고 사람들마다 많은 질문과 추측을 던져 봤으나 딱히 분명하게 확언할 만한 게 아무것도 없었다.

사람들이 가장 궁금해하는 부분인 '과연 도유천은 어찌하여 패사하였는가'에 대해 세 사람 다 아무것도 알지 못했기 때문이다.

"결국 장무성 대표두 본인이나 현장에서 발견된 다른 사람들 입을 통해서 알아낼 수밖에 없겠군요. 아무튼 이 문제는 좀 더 나중으로 돌리고 다른 의제를 논의하도록 하겠습니다."

장명은 그렇게 운을 뗐다.

현 시점에서 다른 의제라면 월광사신이나 청혈교의 내부 감사에 대한 건밖에 남아 있지 않기 때문에 장내는 다시 조용해졌다.

"뜻밖의 일이 생겨서 늦추기는 했습니다만 특검대를 내일 파견하기로 하겠습니다. 다른 의견 있으십니까?"

"난 더 늦췄으면 좋겠소만."

뜻밖에 마맹주 고욱현이 특검대의 차출에 거부감을 표시했다.

"이유를 들을 수 있겠습니까?"

"아무래도 도유천 노사에게 무슨 일이 벌어졌는지 밝혀지지 않았으니……. 일전에도 뭔가 밝혀지지 않으면 그에 대한 논의는 뒤로 미루기로 했던 것 같은데……?"

고욱현은 구파일방 및 오대세가의 대표자들에게 모두 한 번씩 눈길을 주면서 한 자 한 자 강조하듯 말을 꺼냈다.

"도유천 노사가 죽은 채 이 자리에 왔다는 것은 모두 알다시피 아주 중대한 문제, 게다가 도유천 노사는 하필이면 청혈교 소속. 월광사신 얘기가 터져 나오자마자 이런 일이 생긴 걸 우연이라 생각할 수 없으니 모든 걸 확실히 한 뒤에 특검대를 보내는 게 좋을 듯하다는 것이 내 생각이지만서도……."

신기박 제갈영호가 눈살을 찌푸렸다.

"그러나 아무것도 밝혀지지 않았으니 그 다음 수순으로 특검대를 보내는 것이 당연하지 않겠소?"

"아직 만리추종의 보고가 남은 걸로 아는데? 게다가 장무성 본인의 증언도, 다른 부상자들의 보고도. 적어도 그 모든 걸 취합하기 전에 특검대 파견을 함부로 하는 건 청혈교에서도 달갑게 생각하지 않을 듯하고. 일방적으로 몰리는 걸 좋아할 사람은 어디에도 없으니……."

"무량수불, 일방적인 피해라? 청혈교에서 표물을 털기 위해 사람들을 학살한 것이 일방적인 피해란 말이오? 허허."

연청이 어처구니없다는 듯 입을 열었으나 고욱현은 그 부분에 대해서도 간략하게 넘어갔다.

"그래, 그 부분도 명확하지 않으니 확실히 해야겠군. 청혈교의 생존자도 있다 들었다. 그 아이들 이야기도 들어봐야 공정하지 않겠나. 여하간 이런 이유로 나 개인적으론 특검대 애들을 파견하는 걸 좀 늦췄으면 하는 것이지."

가만히 그의 이야기를 듣고 있던 장명이 예의 곤혹스러운 미소를 띠운 뒤 입을 열었다.

"원래 특검대는 추령 건에 대해서 파견되어야 했으니 이 건에 미심쩍은 부분이 있더라도 이 이상 보내는 것을 늦추는 것은 모양새가 좋지 않습니다. 하지만 의견을 참고해서 추령 장로의 사망 외의 건은 일단 다루지 않도록 해두지요."

"특검대 파견은 련주의 고유 권한이니 알아서 하시게."

특검대 파견을 놓고 잠시 의견 조율이 있었으나 나머지 안건에 대해서는 부드럽게 진행이 되었다.

월광사신의 행적을 추적하는 데 필요한 정보망과 해당 지부의 도움, 지휘권의 일시적 인도 등 세부 사항 역시 별다른 충돌 없이 조율되고 있었다.

장명은 대기하고 있을 이후성과 만나기 위해 적당한 말로 회의를 끝마치고 홀로 자신의 처소로 향했고, 대략 윤곽을 잡은 각 문파의 대표들 역시 각자 수결한 문서를 들고 각기 자신들의 집무실로 돌아섰다.

남궁세가의 대표로 와 있는 남궁선은 현 가주 남궁천의 동생이었으므로 남궁정의는 회의가 끝난 뒤 따로 그를 찾았다.

아무 용건이 없다고 해도 말이다.

"그간 강녕하셨습니까, 숙부님."

"그래, 두 달 만이로구나. 본가는 여전하겠지?"

"네, 무탈합니다. 숙모님도 어머니와 함께 여전히 화원 가꾸기에 여념이 없으십니다."

두 사람은 잠시 가족들에 대해 정담을 나누었으나 남궁선의 눈은 애기를 나누는 동안에도 무언가를 탐색하고 있었다.

"그래, 이번 일 처리는 제법 깔끔했다. 넘치지도 않고 모자라지도 않아서 이 숙부도 마음이 흡족하긴 한데 하나 묻자꾸나. 네 녀석이 지금 왜 여기에 와 있는 거냐? 분명히 네 녀석 생일 잔치를 준비 중이었을 텐데."

당소류와의 일을 처음부터 밝히긴 어려웠으므로 그가 얼굴을 붉히며 애매하게 둘러댔다.

"약간의 사정이 있었습니다."

"무슨 사정? 너, 아느냐? 자칫했으면 개죽음할 뻔했어. 무슨 일인지 영문도 모르는 일에 휩쓸려서. 무사히 넘어갔으니 다행이다만."

남궁선은 짐짓 노한 얼굴로 훈계를 시작했으나 멋대로 본가에서 빠져나온 점을 제외하곤 크게 잘못한 점이 없기에 그저 웃사람의 잔소리 정도에 그치고 있었다.

"숙부님, 실은 이번 일에 대해 드릴 말씀이 있습니다."

"어허, 아까 다 말한 것이 아니란 말이냐?"

"확실한 것이 아니면 입에 담지 말라고 가르침받았습니다. 해서 숙부님께만 먼저 말씀드리는 겁니다. 이건 제 추측입니다만 이번 일에 하상혁이 뭔가 중요한 역할을 하고 있는 것 같습니다."

남궁선은 조카의 말에 눈살을 찌푸렸다.

"무슨 근거로 그런 소릴 하는 거냐?"

"하상혁은 현재 공동에서 폐관한다고 알려져 있지요. 유성표국과 우리 남궁세가는 같은 터에 살고 있는지라 서로에 대해 항상 견제를 하고 있는 관계입니다. 제 생각엔 유성표국은 조만간 우리 남궁세가의 그늘에서 완전히 벗어나 합비를 자신들만의 터전으로 장악하려는 게 아닌가 의심이 됩니다. 그 방법의 하나로 표국 내에서 신망이 두터운 장무성을 청혈교와 상잔시킨 게 아닌가 싶더군요. 하상혁은 홀로 추혈대가 버티고 있는 산으로 들어가서 무사히 돌아왔어요. 절묘하게도 장무성이나 다른 표사들이 쓰러져 있는 시간에 말입니다. 제 생각엔 하상혁이 이번 일을 실질적으로 지휘했을 수도 있다고 보여집니다."

조카가 잇달아 너무 큰 이야기를 거침없이 꺼내자 남궁선의 얼굴이 차츰 냉엄하게 굳어갔다. 하지만 남궁정의는 자신의 말에 취해 있는지 계속 말을 이어갔다.

"처음 만났을 때 그는 쟁자수로 자신을 위장하고 있었습니다. 비록 서출이라고는 하지만 표국주의 동생에다 공동의 절기인 복마검을 사사한 자가 쟁자수로 자신을 숨기고 있었다는 것 자체가 수상한 점입니다. 숙부님, 제가 우려하는 것은 유성표국이 뭔가 힘을 숨기고 있다면 그 힘이 휘둘러질 곳은 바로 우리 남궁세가라는 점 때문입니다."

남궁선은 속으로 혀를 찼다.

'아직 너무 어린가?'

남궁세가와 유성표국은 서로가 서로의 가려운 곳을 긁어주는 관계였다. 간단히 말하자면 유성표국이 지금보다 두 배 정도 전력을 확충한다 해도 그것이 남궁세가에 반드시 나쁘게 작용하는 것은 아니다.

유성표국이 지금의 성세 두 배, 아니, 세 배 정도 몸집을 불려도 남궁세가는 능히 우위를 점할 수 있다. 물론 유성표국이 그럴 여력이 되느냐 하는 것은 별개 문제다.

표국이 세를 불린다는 것은 그만큼 많은 표물을 받아야 한다는 것이고, 그렇다면 남궁세가 같은 고객을 놓친다는 것은 언어도단이다.

특히 몸집이 불어나 먹여 살릴 입이 많아진다면 더욱 그랬다.

현재의 남궁세가와 유성표국은 터를 놓고 다퉈야 하는 관계가 아니었다.

이런 남궁선의 속마음을 읽지 못한 남궁정의는 이 외에도 이런 저런 의혹들을 꺼내 들었다.

"흠, 글쎄다."

그는 숙부 남궁선의 반응이 계속 부정적이자 즉시 다른 패를 꺼내 들었다.

"숙부님, 제 수하 중에 추성이라 불리는 이가 있었습니다. 혹시 기억나십니까?"

"추성이라, 추성……. 아, 방계의 아이로 꽤 똘망똘망하던 아이 아니냐? 근골도 괜찮고 마음 씀씀이도 괜찮아서 제법 미래가 기대되던 아이로 아는데……."

"죽었습니다."

"허어, 이번 싸움에 휘말린 게냐?"

"아닙니다, 숙부님. 숙부님이 생각하는 그런 죽음이 아닙니다. 싸우다 죽었다면, 그 죽음에 한 점 의혹도 없다면 숙부님께 일부러 말씀드리지도 않았을 겁니다."

"그럼?"

그는 상혁이 추성을 구타한 뒤 끌고 온 일부터 그 다음날 추성이 칠공토혈하며 객사한 것에 대해 이야기를 꺼냈다.

이야기를 듣던 남궁선이 고개를 갸웃거리며 추가한 질문 덕에 그의 이야기는 처음 남궁추성이 유성표국의 인물들과 조우하던 때까지 거슬러 올라갔다.

적어도 그때 일로 앙심을 품고 있는 것만은 분명하다는 것이 그의 주장이었다.

"제 생각이지만 추성은 홀로 자리를 지키면서 뭔가 보지 말아야 할 것을 봤을지도 모릅니다. 본인은 모르지만 상혁만 알고 있는 무언가를. 무림에서 가장 흔히 쓰이는 말이 죽은 자는 입을 열지 못한다는 것 아니겠

습니까? 생각해 보면 추성이 피를 토하고 쓰러질 때 그의 곁에 있던 것
도, 가장 먼저 뛰어간 것도 그였습니다. 아시지 않습니까? 공동의 진산절
기인 칠상권에 당한 사람의 증상을. 그 음유하며 강맹한 장력은 오장을
상하게 하고도 겉은 아무 이상 없게 만드는 내가진력의 진수입니다. 명
문혈에 진기를 불어넣어 심맥을 보호한 게 아니라 칠상권력을 불어넣어
오히려 가닥가닥 끊어버렸을 수도 있습니다.”

남궁선은 그런 조카의 눈을 빤히 들여다보았다.

총명하긴 하지만 아직 경험이 일천한 조카였기에 그의 의견을 전적으
로 무시할 수도 인정할 수도 없었다.

숙부로서 그의 의견을 어떻게 받아들이는 게 장래에 도움이 될 수 있
을까를 생각해 본 남궁선은 이렇게 말할 수밖에 없었다.

“네 말이 맞다면 추성이란 아이의 사인이 드러나면 그의 심사도 어느
정도 알 수 있다는 얘기냐?”

“칠상권임에 분명합니다.”

남궁정의는 그렇게 자신하며 숙부를 바라보았다.

“알았다. 련의 의원들에게 부탁하여 그의 사인을 알아보마. 칠상권이
라면 배만 열어보면 그 증상이 금세 드러날 것이니 그게 옳다면 너의 이
야기를 본가에서 본격적으로 다루기로 하마.”

그리고 그는 단 한 마디 칭찬을 던졌다.

“그래도 함부로 입을 열지 않고 나에게 먼저 온 것은 훌륭한 일이구
나. 앞으로도 모든 결정을 내림에 있어 섣불리 나서지 말거라. 알겠느
냐?”

“예, 숙부님.”

남궁선은 복잡한 이야기가 마무리되는 듯하자 서찰 하나를 적어 밖의
시종에게 건넸다.

"의당에 가져다 주어라. 아마 청정 진인이나 괴의께선 바쁘실 터이니 원래 의당의 책임자인 진수 선생에게 가져다주면 알아서 조치를 취하실 테니 기다렸다 그 결과를 받아오면 되느니라."

시종이 서찰을 들고 총총 사라지자 남궁선은 다시 인자한 작은아버지로 돌아와 그의 아내가 부탁한 꽃씨와 기타 등등에 대해 너스레를 떨기 시작했다.

"유수운이 이 자식, 빨리 도망가라고 등까지 떠밀었던만 빠릿하게 못 도망가고 이게 무슨 꼴이냐? 이 새끼……."

상혁이 전신에 요상한 철사와 나뭇가지 등을 두른 채 처참하게 누워 있는 수운을 보고 뒷말을 흐리자 수운이 씨익 웃었다.

"그래도 안 죽었잖아요. 그러면 됐죠 뭐."

"그래, 그거면 되지. 그래도……."

상혁은 들어서며 괴의에게 들었던 수운의 상세에 대해 떠올렸다. 아직 이십대의 청년이 손발을 제대로 쓸 수 없는 신세가 되어버렸다. 상심이 클 것이다. 무척.

다행히 수운이 평소와 다름없어 보여서 상혁은 그에 대해 갖고 있던 '유약하다' 라는 감정 하나를 떠나보내야 했다. 겉으로 시끄럽게 잘났다 하는 인간들도 이런 경우를 당하면 소금 먹은 배추처럼 축 처져 술추렴이나 하는 게 일이거늘 평소 조금 여리여리하다 판단한 수운이 아주 멀쩡한 정신을 지니고 있는 것이다.

"그래도 조장님이라도 멀쩡한 걸 보니 마음이 놓이네요."

"조장이라고 부르지 마라."

"네?"

"다시 칼 들었다. 쟁자수가 칼 든 거 봤냐? 빌어먹을 인생, 그냥 좀 딩

굴려고 하면 꼭 이렇게 일을 만들어. 이제부터 표두라고 불러라. 적어도 다시 표국에 돌아가기 전까진 내가 최상급자니까."

수운이 눈을 둥그렇게 떴다.

"그게 조장님 마음대로 돼요?"

"아니, 이 새끼는 이 지경이 돼서도 꼴통 티를 내네? 임마, 누가 내 맘대로 표두가 된데? 난 원래 표두였어. 그런 내가 다시 표두 한다는데 누가 말리냐?"

"조장이 표사, 아니, 표두였다고요?"

"그랬지."

"아니, 그런데 왜 쟁자수를 하고 있었어요?"

"이 자식이 근데 환자라고 봐줬더니 기어오르냐? 이 새끼, 쟁자수의 기본 수칙이 뭐야? 윗대가리들 노는 데 끼어들지 말라지? 나 이제 윗대가리야. 내가 어떻게 놀든 끼지 마, 새꺄."

"무슨 장난하는 것도 아니고 이제까지 쟁자수였던 사람이 갑자기 표두라고 우기는데 뭘 끼어들지 말라는 거예요?"

"허, 이 자식이 이젠 소리까지 바락바락 지르네?"

둘은 잠시 농담을 주고받았다. 상혁의 눈은 제법 유쾌하다는 표정을 지으며 자신에게 지지 않으려고 달려드는 수운을 바라보고 있었다.

둘의 말이 잦아들고 침묵이 찾아들었다.

어느 순간 상혁이 그에게 물었다.

"이제 어떻게 할 거냐?"

수운이 맘대로 움직이지 않는 목을 억지로 움직여 자신의 몸을 바라본 뒤 피식 웃었다.

"이대로 돌아갔다간 가족들한테 맞아 죽습니다. 우선 몸 좀 추스르고 그리고 생각해 봐야죠."

“금방이다. 적어도 네 누나는 내일이나 모레쯤에 이 사실을 알게 될 거야. 표국으로 날랜 전령이 출발했으니까.”

“애기 봐야죠. 만삭인데.”

“그랬냐?”

“일단… 일단 돌아는 가야겠죠. 하지만 그건 몸을 좀 제대로 고치고 난 다음이어야 할 것 같습니다. 이대로 걱정 끼치긴 싫어요.”

그가 몸을 어느 정도 고치고 돌아가겠다는 말에 상혁도 고개를 끄덕였다.

“그래, 그러는 게 좋을 거 같다. 씨발, 그래, 유수운이, 그래도 살았으니까 다행이야.”

그리고 잠시 망설이는 듯하다가 한마디를 덧붙였다.

“염려 마. 네 몸은 그래도 어느 정도 정상으로 돌아올 방법이 있을 거다.”

처소로 돌아오자마자 장명은 만리추종이 기다리고 있다는 소식을 접해야 했다.

만리추종은 굳은 표정으로 보고서를 내밀었다. 장명은 보고서를 받아 든 뒤 한 글자 한 글자 꼼꼼히 그것을 읽고 난 뒤 한숨을 내쉬며 탁자 위에 올려둬야 했다.

“그래, 결국 자네 능력으로도 아무것도 알아낼 수 없었단 말인가?”

그는 잠시 망설이다 고개를 숙였다.

“실망시켜 드려서 죄송합니다, 련주님.”

“아니야. 정상적인 상황이었다면 천하에 자네 눈썰미를 벗어날 수 있는 건 없었겠지.”

장명은 진심으로 그렇게 생각하고 있었다.

그는 만리추종의 행사를 몇 번 지켜본 일이 있었는데 그때마다 그의
너무나 예리한 현장에서의 검증 때문에 감탄을 멈출 길이 없었다.

'증언들도 그렇고… 하늘이 뭔가를 가리고 있는가?

그는 그렇게 안타까움을 삼키며 만리추종 무현종에게 말했다.

"어쩔 수 없지. 자네, 여기서 잠시만 더 머무르게. 잠시 후 도착할 인
물들과 함께 긴히 나눌 얘기가 있네."

"네? 아, 네. 알겠습니다."

"여기 술상 좀 봐오라 이르게."

장명이 누구에게랄 거 없이 말했으나 그 지시는 곧 전달되었고, 채 반
각이 되기 전에 술상이 준비되어 들어왔다.

"한잔하게."

"송구합니다."

만리추종이 어쩔 줄 몰라 하며 그의 잔을 받았다.

일도 제대로 끝마치지 못했는데 련주가 손수 친 잔을 받는 영광을 얻
었으니 어쩔 줄 모르는 것이다.

'말을 꺼내볼까?

긴장이 조금 풀린 그는 '또 다른 말도 안 되는 의견'에 대해 말을 꺼
낼까 고민했다.

그렇게 한 순배가 돌았을 때 이후성과 오유란이 도착했다.

"들어들 오게."

"련주를 뵈옵니다."

"이리들 와서 앉아. 격식 차릴 건 없다네."

잠시 쭈뼛하게 서 있던 둘은 장명의 채근이 다시 이어지자 어색하게
자리에 앉았다. 장명은 별다른 말도 없이 그저 술을 쳐서 사람들에게 돌

리기만 했다.

세 명은 감히 다른 말도 못하고 그가 친 잔을 곧바로 비우기에 급급할 뿐이었다.

가장 술이 약한 오유란의 볼에 불그레하게 술기운이 오르자 장명이 갑자기 입을 열었다.

"자네들 정마련이 왜, 어떻게 생겼는지는 알고 있겠지?"

"네, 그거야……."

무림에 발을 담근 이들치고 그걸 모르는 사람이 있을까?

장명은 장난스런 미소로 건배를 제의한 뒤 다시금 일일이 사람들 잔에 술을 쳤다.

"그래, 월광혈사 때문에 정마련이 생겨난 걸 모르는 사람은 없겠지."

장명은 다시 잔을 들더니 문득 생각났다는 듯 말을 꺼냈다.

"자네들 만약 내가 월광사신을 쫓으라고 말한다면 어떻게 하겠나?"

얼어붙어 있던 분위기가 더 더욱 얼어붙었다. 장명은 그 분위기를 즐기듯 스스로 한잔 술을 들어 마신 뒤 사람들을 돌아보았다.

"게다가 자네들만이 그 월광사신을 쫓을 수 있다면 또 어찌하겠나?"

숨도 제대로 쉬지 못하는 그들을 바라보더니 장명이 껄껄 너털웃음을 터뜨리며 빈 잔에 술을 따랐다.

"사람들, 뭘 그렇게 놀라나?"

그의 웃음에 이후성들도 따라 웃었다.

그럼 그렇지. 평소 장난기 많은 련주께서 농담을 하셨던 거로군. 사람들은 다들 그렇게 생각했다.

"후유, 련주님, 놀랐어요. 너무하세요."

오유란이 사람들의 심정을 대변하듯 가볍게 투정을 부리자 개중 연장자인 무현종도 가볍게 웃으며 자신의 잔을 만지작거리며 입을 열었다.

"정말 그렇습니다, 련주님. 농담이 너무 심하셨어요."

"응? 무슨 소린가? 농담이라니?"

"…네?"

장명이 의아하다는 듯 그들을 바라보았다.

"월광사신을 쫓는 게 정마련의 본분인데 그 본분을 행사할 기회를 주겠다는데 왜 놀라느냐 이 말이었는데?"

"……."

이후성들은 '헤' 하며 입을 벌렸다.

"자자, 벌써부터 그렇게 기뻐하면 내가 설명하기 힘들어지니까 좀 흥분을 가라앉히게나."

누구도 기뻐서 흥분하는 사람은 없었으나 감히 정마련주의 말에 딴지를 걸 용기를 지닌 자는 없었다.

"얼마 전에 월광사신의 흔적이 발견되었지. 그러니 이제부터 현종이 자네가 나서서 그 흔적을 쫓아야 하는 게야."

장명이 말을 끝내고 잠시 동안 누구도 질문이 없었으나 결국 이후성이 용기를 내어 말을 꺼냈다.

"저, 련주님."

그의 의문은 매우 단순했다.

무현종은 추종술의 달인이니 불려왔다 치고 대체 자신들은 왜 불려왔단 말인가? 아니, 자신은 그렇다 치고 왜 저 골칫덩이 사매까지?

"무 대협이 월광사신 추적에 끼게 된 이유는 알겠습니다. 아니, 무 대협만한 분도 없겠죠. 하지만 저희는 왜……?"

"아, 그것 말인가?"

장명이 잔에 든 술을 빙글빙글 돌리며 싱긋 웃었다.

"사실 이번 임무에서 주력은 자네들이나 마찬가지지."

“네?”

“자네들이 유일한 목격자거든.”

“…네?”

“어허, 그러니까 월광사신이든 월광사신의 후예든 그를 마지막으로 본 게 바로 자네들이란 말일세. 알겠나?”

“저희가 언제요?”

“마우 일행을 해치운 게 바로 월광사신일세.”

“네엣?!”

장명은 짤막하게 이제까지의 간략한 조사 과정을 요약해서 들려주었다.

그러니까 이후성 일행이 위험할 때 도와준 그 미지의 고수가 월광사신의 후인일 가능성이 높다는 점, 신수 노사가 마우 등의 시신을 검시했으며, 그 결과 오십여 년 전 월광혈사 때 그에게 당한 무수한 고수들과 동일한 증상이라는 것을 공중했다는 것을 말해 주었다.

너무나 엄청난 이야기였기에 장내에는 침묵만이 흘렀다.

만리추종이 자신의 잔을 일시에 들이키곤 긴장된 목소리로 자신의 의견을 말했다.

“이렇게 중요한 일에 절 불러주셔서 영광입니다. 저도 이런 일엔 반드시 참여하고 싶지만 시간이 너무 지났습니다. 제가 아무리 용을 써도 그런 곳에서 뭔가를 발견할 가능성은… 네, 잘라 말하겠습니다. 가능성이 없습니다. 시간이 그렇게 흐른 이상 추종술은 아무 도움이 안 됩니다.”

“내가 자네를 선택한 것은 단순한 추종술 외에도 자네의 정보 분석 능력이 비정상적으로 정확해서일세. 그 당시부터 지금까지의 일반적인 정보는 각 문파에서, 특히 개방에서 조사해 두었네. 자네는 자네 특유의 감과 경험을 살려서 부상을 당한 누군가를 추적하면 돼. 그중 누가 월광사신인지는 여기 두 젊은이가 도와줄 테니.”

“하지만 저희들도 자세한 모습은…….”

“그래, 앞모습은 못 봤고 뒷모습과 목소리만 기억한다며? 그 정도로도 충분해. 몇 명의 용의자 중에서 한 명을 골라내는 건 말이야. 그저 비슷한 사람만 추려내면 돼.”

련주와 다른 이들이 대화를 나누고 있을 때 오유란은 뜻밖의 사실에 그저 입을 다물고 있을 수밖에 없었다.

자신들을 죽음에서 벗어나게 해준 그 미지의 인물이 월광사신의 후인이었다고?

믿을 수가 없었다.

믿을 수 없는 것은 이후성도 마찬가지였지만 나름대로 많은 경험을 쌓은 그는 이제야 정마련의 행동이 아귀가 들어맞는다는 것을 깨달았다.

왜 화산삼검이 자신들을 호위하고 당시 정황에 대해 모든 걸 함구하라는 명령을 받았는지 등등에 대해서 말이다.

추령의 암살과 관계된 일일 거라 짐작했었지만 그렇게 생각하기에도 조금 과잉 반응이었는데 이제야 이해가 갔다.

월광사신이라면 추령이 문제가 아니었다.

월광사신이 관계된 일이라면 그 모든 것을 초월하는 것이다.

“두 사람, 비록 뒷모습과 목소리뿐이긴 하나 목격자는 두 사람밖에 없네. 그자를 쫓아야 해. 그게 정마련에 얼마나 중요한 일인지는 두 사람다 잘 알고 있겠지?”

사람들은 여전히 말이 없었고, 장명은 술을 한 잔 더 따르며 빙긋 웃었다.

"자, 빠지고 싶은 사람 있는가?"

"……."

사람들은 침을 꿀꺽 삼키며 묵묵히 련주를 바라보았다.

"허허, 다행이군. 아무도 싫다는 사람이 없어서."

"저, 련주님, 혹시나 해서 물어보는 건데요, 저기, 싫다고 하면 어떻게 되는 거예요?"

"응? 아, 뭐 별일은 없다네. 그저 이번 일 끝날 때까지 만년석굴에서 팔자 좋게 늘어져 있으면 되는 거지."

"……."

"혹시 탈출할지 모르니까 일단 무공을 산공독으로 흩어버리고 말을 할지 모르니까 아혈도 제압하고, 또 글을 쓸지 모르니까 쇠사슬로 꽁꽁 묶어놓고. 뭐, 좀 불편하긴 하지만 일 끝나면 다시 세상으로 나오면 되는 거니까."

전혀 팔자 좋은 생활이 아니었다.

장명이 돌연 얼굴을 굳혔다.

"자, 알겠나? 미안하지만 이건 아주 중요한 문제야. 얼마나 중요하냐는 건 이걸 알고 있는 이들은 각 문파의 대표들밖에 없다는 점에서도 알 수 있겠지? 이 일이 섣불리 새나가면 그 파장이 어떠리란 건 잘 알고 있을 거야. 농담처럼 말했지만 자네들, 이 문제를 듣고 이대로 나갈 수는 없어. 애초에 자네들에게 선택권이라는 건 없었네. 이해할 수 있나?"

그 말을 끝으로 장명은 다시 잔을 들었다.

"알았으면 다시 건배하세나."

"저, 련주님, 그전에 한마디 여쭤볼 것이……."

"뭔가?"

"이렇게 셋이 조사를 나가는 겁니까?"

"응? 그럴 리가 있나? 이렇게 말하면 미안하지만 자네들 무공 실력 문
제도 있고 신변 안전 문제도 있고 하니 당연히 호위들이 따라붙을 걸세."

무현종은 그 말뜻을 금방 알아들을 수 있었다.

호위 겸 감시라는 말이었다.

"자, 복잡한 문제는 좀 더 마시고 얘기하세나. 나원, 나도 요 며칠 제
대로 된 술자리를 못 가졌으니 젊은 친구들과 제대로 한번 마셔보세."

그를 따라 잔을 들었으나 모두들 긴장된 표정을 감추지 못했다.

더불어 갑작스런 사건 전개 덕에 무현종은 련주에게 말할까 고민하던
'별도의 의견'은 사고의 지평 저 멀리 던져 버려야 했다.

갑자기 닥친 부상자들 때문에 바쁘게 청정과 괴의의 시중을 들던 진수
는 느닷없이 보내진 남궁선의 서찰을 받자 곤혹스럽게 콧잔등을 긁었다.

'살아 있는 사람 보는 것만도 바쁜데 이 외중에 갑자기 시신에게 부술
을 펼쳐 사인을 밝혀달라니……'

부상자의 수는 적었으나 확실히 살려내기 위해 자신을 비롯해 상주해
있던 의원 넷이 총동원되어 청정과 괴의를 보좌하고 있던 중이었다.

상처를 돌보는 것 외에 약초를 준비하고 지시하는 대로 시침을 하는
등 모두가 바쁜 상태였다.

그러나 감히 오대세가 중 수위를 자랑하는 남궁세가의 요구를 무시할
수는 없었기에 그는 급히 두 명의 의원을 불러 세워야 했다.

"두 사람, 급히 가서 시신 하나의 사인을 밝혀줘야겠네."

"저희야 시키는 대로 할 뿐입니다만 손이 모자라지 않겠습니까?"

"다행히 부상자들 수도 적은 데다 청정 진인과 괴의 어르신이 계시니
까 잠시 틈을 낼 수 있을 걸세. 듣게. 가서 오늘 도착한 시신 중 하나의
사인을 알아내면 되네."

"사인을 밝히려면 적어도 이 주야는 지나야 얼추……."

"아니, 그저 칠상권으로 상한 시신인지 아닌지만 밝혀내면 된다네. 자네들, 칠상권에 상한 시신이 어떻게 되는지는 알고 있겠지?"

"그야… 칠상권은 워낙 유명한 것이라……."

"그것만 확인하고 오면 되네. 금방 될 테니 다녀오게. 확인되는 대로 여기 이 친구에게 확인 결과를 통보하면 되네."

"분명 칠상권으로 상했는지의 여부만 확인하면 되는 겁니까?"

"그렇다네. 그것의 여부만 알려주면 된다는 부탁이었네."

"알겠습니다."

"그래, 바쁠 테니 빨리 끝내고 돌아오게."

진수는 그렇게 둘에게 시종을 딸려 남궁추성의 시신을 검시하는 역할을 맡겼다. 의원 둘은 곧 시신이 보관되는, 어울리지 않게 서화원이라 불리는 시원한 석실에 도착했다.

그들은 곧 오늘 도착한 시신을 확인한 뒤 천을 벗겨냈다. 그 모양새를 보자 한 의원이 조용히 자기 의견을 말했다.

"글쎄, 죽기 전에 많이 맞았나 보군. 이걸 사인으로 봐도 될까?"

그 말에 상처를 손으로 몇 번 눌러본 의원이 고개를 흔들었다.

"피륙에 그친 상처야. 근맥까지도 상처가 도달하지 못했군. 듣기로 토혈을 했다는데 이런 걸로 토혈하는 인간은 없네."

"하기사 칠상권의 흔적을 찾으라 했지. 그래, 얼핏 보기에도 그 외에 상처가 없으니 칠상권을 의심할 수도 있겠구먼. 자, 얼른 갈라보자고. 부술을 펼치기도 오래간만이로구먼."

잠시 소견을 나누던 두 사람은 조심스레 날카로운 칼을 꺼내 추성의 배를 가르기 시작했다.

곧 그의 오장이 드러났고, 둘은 녹피 장갑에 입에 천을 두른 상태로 세

심히 그의 내장을 검사해 보았다.

칠상권에 당하면 그 내장은 외부의 상태와 관계없이 짓눌린 듯 상해 버린다. 해서 겉으로 보기에는 사인을 밝히기가 난해하지만 배만 가르면 초보 의원이라 해도 금세 알 수 있을 정도인 것이다.

하물며 두 의원은 청정이나 괴의, 혹은 의당 책임자인 진수 정도는 아니었지만 알아주는 명의들이었다.

"아니로군. 칠상권력은 흔적도 없어."

"그럼 뭐가 사인이지? 여기서 좀 더 밝혀봐야 할까?"

"글쎄, 여하간 우리에게 주어진 일이 사인을 밝혀내라는 일은 아니지 않은가? 게다가 지급으로 알려달라고 했으니 이 이상 허비할 시간도 없어."

"그래, 그렇지. 이만 돌아가자구."

두 사람은 '사인은 칠상권이 아니다' 라는 결론을 얻은 채 밖으로 나와 시종에게 그 결과를 알려주었다. 그리고 바삐 의당으로 걸음을 옮겼다.

당소류는 백부인 당염과 만나 의례적인 꾸지람을 듣고 자신의 시비와 함께 배정해 준 숙소에서 머물러야 했다.

밤하늘을 바라보자 비록 초승달에 불과했으나 달이 꽤 밝았다. 그녀는 다시 소매 속에서 예의 천을 꺼내 들었다.

"결국 부딪쳐 보기 전엔 아무것도 알 수 없어."

그녀는 다시 천을 갈무리하며 그렇게 말한 뒤 아무 일 없다는 듯 창을 닫아 걸었다.

드디어 장무성이 정신을 차렸다. 그를 치료하느라 이틀 밤낮을 꼬박 곁에 붙어 있던 청정이 안도의 한숨을 내쉬었다.

"표물은?"

장무성은 눈을 뜨자마자 표물의 안전을 물었고, 그것이 안전하다는 말을 듣자 다시 눈을 감았다.

"사람들은… 어떻게……?"

그가 차마 듣기 힘들다는 듯 그렇게 물어오자 청정은 많이들 죽고 다쳤지만 그래도 일의 규모에 비해 꽤나 많이들 살았다며 적당히 위로해야 했다.

장무성은 아무 말 없이 그저 눈을 감고 있다 문득 말문을 열었다.

"진인께서 손수 이 못난 놈을 돌봐주셨나 봅니다. 못난 이 사람 때문에 수고를 끼쳤습니다."

"무슨 그런 말씀을. 응당 치료를 해야 하는 게 의원의 일 아니겠소? 게다가 장 표두야 어디 외인도 아니고."

그는 말꼬리를 흐리다 한마디를 더해야 했다.

"장 표두, 원래 느긋하게 정양하셔야 마땅하겠으나 사안이 심각한지라 곧 련의 간부들이 올 겁니다. 얘기를 좀 해주셔야겠어요. 많이들 궁금해합니다."

그럴 거라 짐작하고 있었다는 듯 장무성이 고개를 끄덕였다.

"어째 진인 얼굴을 봤다 했더니 런까지 실려왔나 봅니다. 이거 망신살이 뻗쳤군요."

"적혈마왕이 이끄는 청혈교의 정예까지 물리쳐 놓고 무슨 망신살이 뻗었다 그러십니까?"

"물리쳐요?"

장무성이 슬쩍 눈을 뜬 뒤 청정을 바라보았다.

"내가 말입니까? 도유천을?"

청정이 그를 물끄러미 바라보았다.

"우리도 그 부분이 궁금한 거라오, 장 표두. 자, 쉬시지요. 묻고 싶은 게 산더미지만 내 먼저 물으면 두 번 수고하실 거 같아 참고 있는 중이니."

청정은 장무성을 남겨놓고 나갔고, 장무성은 가뜩이나 어지러운 머리로 그의 말이 무슨 뜻인지 생각해 내려 애써야 했다.

물리치다니? 누구를? 도유천을?

전력으로 휘두른 게 아닌 게 분명한 철곤 공격에 계속 물러서던 일을 생각하자 새삼 이가 갈렸다.

무당 출신임에도 검의 현묘함보다 그 힘에 중점을 둔 독자적인 검의 해석을 했고, 그로 인해 패검이라 이름도 날렸었다.

그렇지만 도유천과 맞싸울 때는 강호삼십대고수라는 허명에 만족해 수련을 게을리 한 것이 부끄러울 지경이었다.

먼저 도망간 쟁자수들은 추혈대가 쫓고 있었고, 자신이 도유천의 마지막 일격에 정신을 놓을 때까지 남아 있던 표사들의 수는 손에 꼽을 정도였다.

다행히 상혁이 표사들을 이끌고 한구석을 뚫고 도주하긴 했으나 그조차 추혈대의 망을 벗어날 수 있을지 의심스러운 상황이었다.

그런데 물리쳤다?

청정의 말은 무슨 뜻인가? 무슨 일이 있었는가?

그가 혼란스러워하고 오래 지나지 않아 련주를 포함한 각 간부들이 모여들었다.

그들은 막 특검대를 떠나보내고 다른 회의를 하던 도중 청정의 보고를 받곤 곧바로 장무성을 보기 위해 몰려든 것이다.

련주는 오자마자 누워 있는 장무성의 손을 잡았다.

"오래간만이오, 장 표두."

아직 장명이 정마련주에 오르기 전, 세상을 종횡할 때 둘은 두어 번 마주친 일이 있었고 서로의 호탕함을 좋아했었다.

비록 한 사람은 표국에 매어 있고 한 사람은 자유로이 강호를 떠도는 야인이었음에도.

"저도 오래간만에 뵙습니다, 련주. 사는 게 바쁘다 보니 며칠 말을 달리면 만날 수 있는 거린데 소원했습니다그려."

"그야 마찬가지지요. 한데 장 표두가 누워 있는 모습을 보니 이리 낯설 수가 없습니다."

"저도 그렇습니다."

둘은 몇 마디 안부를 물은 뒤 누가 먼저랄 것도 없이 입을 다물었다. 그리고 장명의 단도직입적인 질문이 이어졌다.

"대체 무슨 일이 있었지요? 지금 그것 때문에 난리도 아니지만 무슨 일이 일어났는지 자세히 아는 사람이 하나도 없어 모두 장 표두 일어나기만을 기다리고 있었습니다."

"그야 뻔한 거 아닙니까. 표물 운반하다 표물을 노리던 녀석들과 붙었는데 하필 그게 적혈마왕 도유천과 청혈교였다. 그거 아니겠습니까? 게다가 표두란 작자는 와장창 깨져 이리 목숨만 붙어 누워 있는 거고."

장무성이 자조적인 목소리로 얘기를 이어가자 중인들의 눈빛이 묘하게 변했다.

와장창 깨졌다?

"깨지다니? 그렇다면 역시 도유천 노사를 자네가 이긴 게 아니란 말인가?"

"아이고, 련주께서도 한동안 안 보는 사이에 농담이 많이 느셨소? 그

괴물을 이 사람이 무슨 수로 이깁니까? 아까부터 계속 이 사람이 도유천을 이겼다 이겼다 해서 궁금했는데 대체 뭡니까?"

장무성까지 괴물 운운하자 뒤에 도열해 있던 마맹 사람들의 눈이 슬쩍 꿈틀거렸으나 섣불리 나서지는 않았다.

아니, 장무성이 아무것도 아는 것이 없는 듯하자 답답한 마음에 괴물 운운은 신경 쓰이지도 않는 듯했다.

"그렇다면 장 표두, 어째서 도유천이 패사했는지 아시는 바 없소? 아니, 도유천뿐만 아니라 뭐든 아는 바가 있으면 얘기 좀 해보시오."

"도유천이 죽었단 말입니까?"

이쯤되면 점입가경이었다.

진상을 알려주리라 생각했던 장무성은 도유천이 죽었는지도 모르고 있었다.

장명을 비롯한 간부들은 장무성을 바라보며 뭐라고 말해야 하나 고민만 할 뿐이었고, 마침내 장명이 몸조리 잘하라는 인사말만 남긴 채 의당을 빠져나가자 분분히 그를 따랐다.

여전히 의아한 표정을 지우지 못하던 장무성은 모두가 나가자 역시 망연한 표정으로 무언가를 생각하던 청정에게 말을 걸었다.

"진인, 뭐가 어떻게 된 건지 설명해 주시겠습니까? 이거 죽다 살아났더니 뭐가 어떻게 된 건지 아무것도 알 수가 없습니다그려."

뭐라 말하려던 청정이 머리에 손을 올린 채 한숨을 내쉬었다. 그리고 현재까지 알려진 바를 차근차근 설명하기 시작했다.

"장무성조차 아는 게 없다면 이 건에 대해서는 더 캐낼 것도 없겠군."

고욱현이 특유의 무뚝뚝한 말투로 입을 열었다.

"아무튼 자세한 것을 알 수 없으니 이 모든 걸 청혈교의 단일 행사로 보기에는 무리가 있다는 건 동의할 거요."

"글쎄요."

장명이 골치 아프다는 듯 머리를 한 번 쓰다듬다 슬쩍 정련의 제갈영호를 바라보았다.

"자자, 그 부분은 어차피 조사가 진행되어 가면 차츰 실체가 드러나게 될 거요. 내 생각엔 제일감사대를 따로 이 사건만 전담하게 하면서 청혈교와 유성표국과의 관계를 알아보면 될 것 같소이다."

"그건 아무래도 상관없습니다. 장무성의 증언도 얻었으니 도유천 태상 어르신의 존체를 양도해 주시길 정식으로 요청합니다."

그 말에 제갈영호가 고개를 저었다.

"장 표두의 증언에서 뭔가를 얻었다면 모르되 아무것도 알아낸 게 없는 상황에서 실례되오만 중요한 물증인 도유천 노사의 시신을 양도할 수는 없는 일 아니겠소? 우선 청정 진인이나 신수 노사에게 맡겨 알아낼 수 있는 건 모두 알아낸 뒤에…….'

"말도 안 되는 소리요! 그따위 하찮은 일에 본 교의 가장 지엄한 어르신의 시신을 훼손케 할 수는 없습니다!"

"하찮은 일이 어떤 건지는 잘 모르겠지만 현 상황에선 절대 하찮치 않소. 그건 진 장로 스스로 더 잘 알 거 아니오?"

제갈영호가 느긋하게 수염을 쓰다듬으며 그렇게 얘기하자 격앙된 진추웅이 자리에서 벌떡 일어섰다.

"만약 도 장로님의 존체를 넘기지 않는다면 이 이후 본 교의 행사는 나도 책임지지 못합니다!"

장명이 끼어들었다.

"자, 너무 흥분한 것 같습니다, 진 장로."

장명이 끼어들고, 제갈영호도 한발 물러서서 이야기가 진행되었다. 진

추웅은 시종일관 강하게 시신의 양도를 주장할 뿐이어서 합의점을 찾을
수가 없었다.

결국 고욱현이 끼어들었다.

"도 장로의 시신은 청혈교에 돌려주고 그에 대한 검사는 청혈교에서
따로 한 뒤 보고하는 방식은 어떻겠나?"

정련에 속한 방파에서는 그럴 수 없다고 거절했으나 마맹의 압력도 만
만치 않은데다 무엇보다 시신을 넘겨주지 않는다면 월광사신 수색에 마
맹이 협조하지 않을 수도 있다는 최후 통첩에 한발 물러섰다.

제갈영호가 여전히 미소를 지우지 않은 채 진추웅에게 말을 건넸다.

"진 장로가 그리 시신을 원하니 일단 받아들이는 게 좋을 테지만… 그
대신이라기엔 뭐하지만 추혈대의 시신은 일단 우리가 조사를 하고 정중
히 청혈교에 인도하겠네. 그 정도는 자네도 양해해 줄 테지?"

"그건……."

이미 도유천의 시신을 얻으면서 많은 패를 소진한 진추웅으로서는 추
혈대의 시신까지 챙길 여력이 없었다. 그가 마지못해 고개를 끄덕이자
장명이 가볍게 손뼉을 치며 얘기를 마무리 지었다.

"알겠습니다. 그렇다면 이 문제는 마맹주께서 도유천 장로의 사인에
대해 사후 보고를 책임져 주시는 것으로 끝내도록 하겠습니다. 그리고
추혈대는 정마련에서 수습해서 일련의 검시를 거친 뒤 정중히 청혈교 측
에 인도하도록 하지요. 진 장로, 회의가 끝나는 대로 도유천 노사의 유체
를 모시도록 하시지요."

어차피 중요한 것은 월광사신에 관계된 일이었고, 이 일은 유성표국에
겐 안 된 말이지만 마맹에 대한 정치적 압력 정도로 사용될 일이다. 하지
만 도유천이라는 거물까지 죽은 이상 얻어낼 것은 많지 않았고, 이 정도
에서 모양새 좋게 넘겨주는 게 오히려 나은 일이다.

저 제갈영호조차 적당히 웃어넘기며 한두 번 찔러보다 곧바로 말을 돌릴 정도로 영향력없는 일이다. 죽어서 몇십 근 고기만 남기고 죽어간 사람들에겐 미안한 얘기지만 그게 진실이다.

장명은 장무성을 떠올렸다.

'나도 어느새…… . 세상이란 게 이런 건가? 내가 싫어하던 색에 물들어가고 있군. 그것도 진하게.'

"이 건은 아무 증거도 없어 청혈교의 직접 개입을 인정하기 힘들다고 봅니다. 그러니 제갈 맹주께서 말한 대로 공식적으로 제일감사대에 맡기는 걸로 끝내기로 합시다. 특검대는 원래대로 추령 장로의 죽음에 대해서만 활동하기로 확정합니다. 일이 한꺼번에 벌어져 혼란스러웠지만 이제부터 월광사신에 대한 조사에만 집중하기로 합시다."

장무성이 깨어났다는 소식은 서서히 태양의 색이 누르스름하게 변해갈 때쯤 상혁의 귀에 들어갔다.

정마련에 들어선 뒤 술을 청해 마시고 잠만 자고 있던 그는 장무성이 깨어났다는 소식을 듣자 크게 고개를 끄덕이곤 곧 이제까지 죽 생각하던 일을 할 때가 되었다는 듯 자리를 박차고 일어섰다.

그는 곧장 표물이 보관되고 있는 창고로 걸어갔다.

표물은 일단 이곳에 보관되다가 유성표국의 지원 인력이 도착하면 그 즉시 원래 목표로 하던 곳으로 다시 길을 떠나게 된다.

음모가 개입되었든 누군가 표국을 이용하려 했든 그런 건 중요하지 않다. 다른 모든 일은 일단 표물을 전달하고 나서 따져야 할 일이다.

상혁은 창고 안에 들어가 표물 사이사이에 앉아 잡담을 하고 있는 표사들을 둘러보았다.

"잠시 나가들 있어봐."

"왜 그러나? 아니, 왜 그러십니까?"

표사 하나가 지난 세월 입에 붙은 버릇 때문에 하대를 하다가 즉시 바로잡았다. 물론 상혁은 그런 일에는 신경도 쓰지 않았고 귀찮은 듯 그저 모두 나가 있으라고 말할 따름이었다.

그 분위기가 심상치 않자 모두들 어물거리다 서로 눈치를 보며 밖으로 나갔다.

모두가 밖으로 나가자 상혁은 문을 걸어 잠근 뒤 품에서 작은 자기병 하나를 꺼내 들었다. 그는 자기병을 표물이 놓인 수레 앞에 놓고 작은 붓을 꺼내 들더니 손바닥을 비볐다.

"자, 사람을 이 고생 시켰으면 뭔지 알아는 봐야 표국인으로의 자존심이 서는 거겠지."

물론 비공식적으로 그렇게 중얼거리며 그는 자기병의 뚜껑을 열고 붓으로 자기병 속의 약물을 듬뿍 찍어냈다.

자기병에 들어 있는 것은 유성표국에서 비전되어 오는 종이류의 봉인을 흔적없이 뜯어볼 때 쓰는 약이었다.

그는 붓을 든 채 조심스레 봉인을 살펴보았다.

그리고 봉인에 발린 풀을 손으로 비벼 맛을 본 뒤 조심스레 봉인 위를 붓으로 고르게 칠했다. 약물이 봉인에 흡수되며, 서서히 말라갔다.

말라가는 과정을 유심히 바라보던 상혁은 한 번 약물이 마르자 다시 구석 자리에 슬쩍 약물을 바른 뒤 봉인을 집어 들었다. 틈이 생겼다. 그는 그 틈부터 슬쩍슬쩍 약물을 바르며 봉인을 떼어나갔다.

봉인은 상처 하나, 주름 하나 없이 떨어져 나왔고, 상혁은 봉인을 조심스레 다른 수레 위에 올려놓았다.

"자, 어디 속살 한번 보여줘 보쇼."

그렇게 중얼거린 뒤 상혁은 상자를 열었다.

그 안에는 온갖 기진이보, 영약, 그리고 금괴 따위는 들어 있지 않았고, 오로지 잘 구워진 흙벽돌이 하나 가득 들어 있었다.

"……."

그는 잠시 벽돌을 바라보고 있다 하나를 집어 들어 무게를 살펴보았다. 혹시 속이 비지 않았는지, 그리고 겉만 벽돌이고 속엔 황금 같은 것이 들어 있지 않는지 확인하려는 것이었다.

그는 조심스레 두 벽돌을 서로 마주쳐 소리를 듣기도 하고 손가락으로 튕겨보기도 하면서 소리를 들어보았다.

주의 깊게 살펴보았으나 어느 모로 보나 훌륭한 벽돌일 뿐이었다. 그제야 그의 입에서 상소리가 흘러나왔다.

"이런 씨발!"

어쨌거나 그로서는 이 일을 어떻게 해야 할지 알지 못했다. 장무성이 깨어났으니 장 대표두와 상의하는 정도가 전부였다.

아마 장무성도 공식적으로 표물의 내용이 뭔지 발설할 수는 없을 테니 국주와 얘기하는 정도가 고작이겠지만 최소한 그는 뭔가 알아낼 수 있으리라.

상혁은 벽돌을 다시 곱게 포장한 뒤 봉인을 원래대로 복구했다. 꼼꼼히 조금의 흔적도 남지 않았음을 확인한 상혁은 밖으로 나섰다.

"들어가서 잘들 지키라고. 련에서 나와서 표물 좀 보자고 하면 내 허락받고 보라고 해. 씨발, 난 숨어 있을 테니까. 알았지?"

표사들은 알았다고 복명한 뒤 다시 창고 안으로 들어가 표물 근처에 자리를 잡았다.

상혁은 어슬렁거리며 장무성에게 갈까 생각했으나 크게 급할 것도 없는데다 아직 몸 상태가 안 좋은 사람에게 복잡한 얘기 해봐야 좋을 것도 없어서 다시 자기의 숙소로 돌아섰다.

"하하하, 그러니 오늘은 소제가 거하게 사야 하지 않겠습니까?"

"듣고 보니 그도 또한 그렇습니다? 그러면 어디 오늘은 한번 기분 좋게 얻어먹어 볼까요? 하하하!"

"아니, 얻어먹다니요? 제 보은의 뜻을 그렇게 받아들이시렵니까?"

"알았습니다, 알았어요. 자, 가십시다."

유탄곡에서 물러날 때 남궁세가의 호위에 대해 감사의 뜻을 전하러 온 하태진이 술자리를 제의하자 남궁정의도 흔쾌히 동의했다.

양쪽 다 상대방과 가까워져야 할 이유가 있었다.

우선 하태진.

그는 유성표국과 자신을 도와줬으며 남궁세가의 적손이기도 한 남궁정의와 친분을 다진다는 것은 미래를 생각해서도 반드시 필요한 일이었다.

남궁정의는 하태진과는 목적이 조금 달랐다.

그는 유성표국의 실체와 숨겨진 전력에 대해 관심이 많았다. 그렇다면 소국주인 하태진이 뭔가 알고 있을 수 있다고 생각한 것이다.

'뭔가 꾸민 것이 있다면 생로가 있으니 아들과 딸을 동시에 보낸 것이겠지.'

그랬다.

그의 생각이나 일부 정마련의 장로들이 의심을 품고 있는 유성표국의 숨겨진 전력이 있다면 하태진은 그것을 알고 있을 가능성이 컸다.

설사 본인은 모르더라도 유성표국주 하의민의 적자인만큼 고급 정보를 가지고 있을 수도 있고.

의심이 풀릴 때까지 가급적 하태진과 친하게 어울릴 심산이었다.

'뭐, 가까워져서 나쁠 게 없는 상대이니.'

하태진과 가까워지면 상혁에 대해서도 자세히 알 수 있을 것이다. 비록 남궁추성의 사인이 칠상권이 아니라고 밝혀지긴 했으나 그에 대한 불쾌감은 지울 수 없었다.

남궁추성에 생각이 미치자 다른 의문이 꼬리를 물었다.

'그럼 왜 갑자기 그렇게……'

추성을 검사했던 의원들은 장기의 색이 좋지 못했다며 평소 지병을 앓고 있었으며 그것이 갑작스런 긴장 때문에 터져 나왔을 가능성도 있다고 얘기했다.

당가의 자녀인 당소류의 의견도 그렇고 의원들도 독살일 가능성에 대해서는 고개를 흔드는 것으로 봐서 독도 아닌 듯하다.

'나중에 부상자들 치료가 끝나고 시간이 남을 때 다시 조사해 봐야겠군.'

숙부인 남궁선은 쓸데없는 의심은 버리라고 얘기했으나 남궁정의는 자신의 추측을 쉽게 놓지 않고 있었다. 그가 생각하기에 숙부는 너무 사람이 좋았다.

아무튼 이해관계가 얼추 맞은 둘은 정답게 이야기를 나누며 한잔 술을 나누기 위해 길을 나섰다.

그때 하태진이 생각에 빠져 있던 남궁정의에게 말을 걸었다.

"남궁 형, 저기 당 소저 아닙니까?"

그가 고개를 들자 확실히 련의 정문 쪽으로 향하던 둘에게 어디론가 걸어가는 당소류의 모습이 보였다.

"그렇군요."

그녀의 백부인 당염이라도 만나러 가는 게 아닐까 싶었으나 그녀가 가는 쪽은 명백히 의당이 있는 쪽이었다.

"밤이 제법 늦었는데 어디로 가는 것일까요?"

남궁정의는 잠시 망설였다.

하태진만 없다면 소류를 불러 세워 밤에 어디로 가느냐고 물을 수도 있겠지만 옆에 하태진이 있다. 안 그래도 자신의 생일 잔치에 들르려다 발걸음을 돌리는 등 체면을 구길 일이 많았는데 그녀를 불러 세웠다 당소류가 또 쏘아붙이기라도 하면 체면이 말이 아닌 것이다.

그는 애써 별일 아니라는 듯 무덤덤한 말투로 이야기했다.

"글쎄요. 약이라도 타러 가는 것 아니겠습니까?"

"그렇겠군요."

사실 하태진은 당소류가 의당으로 가는 것을 본 순간 직감적으로 유수운을 떠올렸다.

이곳에 도착하기 전에 그녀가 수운의 상세를 돌봤다는 것은 들어서 알고 있었다.

수운에 대한 하태진의 감정은 점점 나빠만 가고 있었다.

건방진 놈.

하찮은 신분 주제에 자신을 위압하는 기세를 지닌 놈.

게다가 한순간이지만 자신이 관심을 지닌 여인에게 웃음을 받은 놈.

그는 자기 눈에 거슬리는 인간을 참지 못한다. 그런 판에 당소류가 의당 쪽으로 가는 듯하자 하태진은 슬며시 부아도 치밀고 남궁정의를 자극하고 싶기도 했다. 그가 그녀에게 청혼을 했다는 건 아는 바지만 아직 확정된 것은 없다고 하지 않았던가?

"혹시 모르지요. 몰래 누군가 다른 사람을 만나러 가는 건 아닐까요? 하하하핫!"

하태진이 불편한 마음을 아는지 모르는지 슬쩍 남궁정의에게 말을 걸어왔다.

'이놈이?'

남궁정의는 순간 치솟아오르는 화를 꾹 눌러 참고 웃음을 지어 보였다.

"하하, 소류가 그럴 아이는 아니지요."

"아, 죄송합니다, 남궁 형. 혹여 제가 기분을 상케 했는지. 그저 가벼운 농을 던진다는 것이……."

"하하하, 하 형, 그것이 농이었음을 제가 어찌 모르겠습니까? 그렇게 미안해하시니 소제가 더 당황스럽습니다. 자, 아무튼 이제 그만 주루로 가십시다."

하태진도 고개를 끄덕였다. 잠시 심술궂은 말을 했으나 이 이상 자극할 필요는 없었다.

그는 속마음을 다독이며 걸음을 옮겼다.

"아마 당 소저 스스로 치료했던 환자들의 안위가 궁금해서 살펴보러 가는 것 아닐까 합니다. 마음이 고운 분이니까요."

"하하하, 그럴지도 모르겠군요."

남궁정의 역시 하태진의 말에 일리가 있다는 듯 고개를 끄덕였다.

"만약 장무성 어른을 뵈러 가는 거면 마침 좋은 기회로군요. 내일쯤 길을 떠날 예정이라 자칫 인사도 못하고 가는가 했는데 소류라도 인사를 하면 좀 낫지 않겠소?"

남궁정의는 그렇게 말한 뒤 다시 걸음을 재촉해 술을 마시러 가자며 하태진을 끌었다.

사람이 찾지 않을 때를 틈타 짧게 짧게 운기행공을 하던 유수운은 그 덕에 엄청난 고통에 시달리고 있었다.

불에 달군 침으로 전신 대혈과 오장육부를 일일이 찌르는 듯한 아찔한 통증.

그에 비례해서 아주 조금씩 제 길을 찾아오는 절명기의 양도 증가하고 있었다. 그러나 고통은 조금도 줄지 않는다.

지금도 고통스럽기는 마찬가지였다.

좀 전에 행공을 한 덕에 전신에서 식은땀을 흘리며 받은 신음 소리를 내야 했다.

그때, 그로서는 전혀 기대하지도 않은 목소리가 갑자기 들려왔다.

"아직 통증이 다 가시지 않았나 보군요?"

수운은 자신도 모르게 눈을 떠서 목소리가 들려온 쪽을 바라보았다. 당소류였다.

"……."

그녀를 보자 유수운은 안 그래도 아픈 머리가 더 아파오는 것을 느꼈다.

귀한 집 따님인 데다 옆에서 고리눈을 하고 따라붙던 남궁추성이 떠오르자 그에게 맞았던 명치에서 아릿한 죽음의 기운이 느껴지는 기분까지 들었다.

"귀하신 분이 여기까지 웬일이십니까?"

그의 말끝엔 왠지 가시가 돋쳐 있었지만 당소류는 별로 개의치 않는 듯 보였다.

"그냥… 몸은 좀 어떤가 궁금해서요."

그녀는 의자를 수운의 침상 가까이 끌어당기더니 그 앞에 앉았다. 안 그래도 격통에 시달리던 수운은 그녀의 침묵까지 더해지자 죽을 지경이었다.

"저기, 아가씨, 제가 지금 몸이 좀 안 좋거든요."

"알아요."

"고통도… 심하고… 그래서……."

“알죠.”

그녀는 계속 짤막하게 대답하더니 다시 침묵 속으로 빠져들었다.

사실 당소류 역시 무엇을 물을지 준비하고 온 것이 아니라 절반 이상 충동적으로 달려온 터라 딱히 할 말 같은 것은 없었다.

우선 소운에게 이상하게 신경이 쓰이는 것 자체가 이상한 일이다. 이제껏 살아오면서 그런 일은 없었으니까.

무엇이 이 쟁자수 청년을 인상 깊게 만드는 것일까?

그렇게 한참을 침묵 속에서 생각하고 정리되어 그녀의 입 밖으로 나온 질문은 다소 조악했다.

“뭐 감추는 거 있으세요?”

“감추는 거요?”

“정체라거나…….”

“쟁자수에게 정체 같은 게 어딨습니까? 지금 농담하십니까?”

“아무것도?”

“저 스스로도 애석하지만 아무것도 없습니다.”

“그래요?”

수운은 내심 뜨끔했으나 내색하지 않고 어이없다는 듯 힘겹게 그녀의 얼굴을 바라다보았다.

“무공 같은 것도 안 숨기고?”

“무공을 숨기고 있어서 아가씨 호위 무사에게 그렇게 죽도록 맞았겠습니까?”

그때 일을 떠올리며 씁쓸히 말하자 당소류가 고개를 갸웃했다.

“하지만 결국 이겼잖아요? 마지막 보법은 정말 멋졌어요.”

“그건… 어릴 때 제 몸을 고쳐 주신 은인께서 한 수 알려주신 것에 불과합니다. 전 내공을 쌓을 수 없어 무공을 펼치지 못합니다.”

"아무튼 무공은 숨기고 있었던 거죠?"

"숨긴 적은 없다니까요. 근데 아가씨, 저 진짜 몸이……."

"알아요."

"그러시다면 좀……."

실제로 고통 때문에 얼굴에 땀이 송골송골 맺혀 있었다. 이 몇 마디 말을 하는 데에도 상당한 집중력이 필요할 정도로 어지러웠다.

말을 하다 보니 따끔거리는 감각이 더 심해지는 것 같았다.

"흐음……."

당소류는 다시 입을 다물었다. 불편한 침묵이 다시 의당을 감쌌고, 수운은 괴의든 다른 의원이든 빨리 들어와 그녀를 몰아내기를 바라야 했다.

이런 어색함은 정말 싫었다.

그의 바람이 통했는지 당소류가 한숨을 내쉬며 의자에서 일어섰다.

"이미 어긋난 채로 시작된 인연이지만 거짓으로 뭔가가 지속되는 건 싫어요. 좋은 기분이 아니지요. 뭔가 다음에 만나면 좀 더 솔직한 얘기를 듣고 싶군요. 몸조리 잘하세요."

"아, 저, 잠시만요!"

수운은 다급히 외쳤다. 당소류는 그 말에 약간 가슴이 두근거렸으나 내색 않고 돌아섰고, 이어지는 수운의 말에 얼굴을 굳혀야 했다.

"아가씨, 죄송하지만 저는 숨기고 있는 게 없어요. 그리고 앞으로 다시 만날 일도 없을 거예요. 그렇잖아요? 무슨 오해를 하고 계시면 지금 풀어주세요. 또 아가씨 때문에 이상한 일에 휘말리고 싶지 않아요."

'다시는 만나고 싶지 않다' 라는 어찌 보면 매우 무례하고 모욕적인 말을 들었으나 당소류는 별반 동요를 보이지 않았다.

"알아요."

그녀는 그렇게만 말한 뒤 자리를 떴다.

"……."

당소류가 그렇게 밖으로 나가 버리자 수운은 헛웃음을 지었다.

'저 아가씨는 왜 내게 숨기는 게 없냐고 묻는 걸까?

그날 내공없이 펼친 절대부동이 신비한 무공으로 보인 걸까? 세가의 무인을 제압하는 걸 보고 내게 뭔가 배경이 있다고 느끼는 걸까?

수운은 다시 웃다가 고통에 부들부들 떨어야 했다. 한바탕 고통이 지나가고 다시 통증이 잦아들 때쯤 다른 걱정거리가 몰려왔다.

혹시 그녀가 무엇인가 눈치를 챈 게 아닐까?

그래서 접근하는 걸까? 그렇지 않으면 당당한 오대세가의 영애께서 한낱 박살난 쟁자수에게 친히 안부를 물으러 올 이유가 없지 않은가?

두려움은 곧 새끼를 쳐서 그 머리가 복잡하게 꼬이기 시작했다. 혹시 정마련에서 월광사신을 떠올리지 않을까? 그들은 멸명마공의 흔적을 찾아낼 수 있는 걸까?

적당한 공포와 황당함, 걱정, 미래에 대한 두려움까지 겹쳐서 몸의 고통까지 잊을 정도로 몰입할 수 있었다.

수많은 생각이 스쳐 지나갔다. 그러다 문득 갑자기 아난존자가 스승과 나누었다는 문답이 떠올랐다.

아난존자가 묻기를,

"스승이시여, 여자를 대할 땐 어떻게 해야 합니까?"

스승이 대답하여 가로되,

"그들을 보지 마라."

아난이 곤혹스럽게 되묻기를,
"만일 그들을 보아야 한다면 어떻게 해야 합니까?"

그러자 스승이 태연히 답을 내렸다.
"그들과 말하지 마라."

이 문답이 떠오르자 수운은 자신이 수많은 고통과 상념 속에 신음하고 있던 것도 잊고 큰 소리로 웃어 젖혔다.
경우는 다르겠지만 옛 선인들조차 여인 때문에 고뇌하고 있었다는 게 몹시 웃기게만 느껴졌다.
그 웃음과 함께 수운의 마음을 덮고 있던 막 하나가 그도 모르는 사이에 스러져 갔다. 그리고 마치 원래 그러기로 했던 것처럼 그의 마음속에 한 구절 경전과 가결이 스쳐 지나갔다.

실로 아무것도 얻어낸 것이 없기에 다툼없는 삼매를 즐긴다.

나아간즉 반드시 돌아와야 옳으리라. 그리하여 현묘를 이루고 또한 평범함을 즐긴다.

희열이 전신을 감쌌다.
굳어 있던 전신의 대혈이 일시에 풀렸고, 그와 동시에 머리가 터질 듯이 고통이 밀려들었다.
세상이 모두 하얗게 보이는 가운데 기경팔맥 모두에서 바위 깨지는 듯한 느낌이 들었다.
다음 순간 수운은 쿨럭거리며 검은 피를 토해내기 시작했다. 간신히 목을 틀어 침을 뱉어내는 타구통에 토해낼 수 있었는데 전신에 고여 있던 죽은 피를 모두 토해내기라도 하듯 보통 양이 아니었다.

족히 네 사발은 될 듯한 죽은 피를 모두 토해내자 일순간 혈도를 쑤셔대던 고통이 일제히 사라졌다.

환상이 그를 엄습한다.

남궁추성이 자신을 공격한다.

마우가 사정없이 자신을 덮쳐 온다.

무엇보다 도유천이 내던진 여의금고봉이 자신의 머리 위로 떨어져 내린다.

희열이다.

그 깊은 환상과 희열 속에서 멸명마공의 후반부, 형체없이 구결만 전해 내려오는 '권장편' 과 '수신편' 의 구결이 벼락처럼 그를 스쳐 지나간다. 타 들어가는 입술이 자신도 모르게 구결을 읊는다.

덮쳐 오는 마우를 깨부순다.

자신을 덮쳐 오던 추혈대원들을 모두 날려 버린다.

그리고 도유천의 철곤.

그 힘을 본다. 힘을 찢어낸다.

여의금고봉조차 한낱 헛되고 헛된 현상일 뿐 금강은 아니다.

구결이 뭔가 희뿌연 선으로 변하는 듯한 느낌이 들었다.

수운은 구결대로 손을 들어 그 선을 이어보려 노력했다. 그리고 그 순간 아직 아물지 않은 상처가 그를 환상에서 현실로 돌아서게 했다.

"아아야……."

놓쳐 버린 그 무언가가 아쉽고 뼛속까지 쑤시는 어깨의 통증이 서러워서 수운은 눈가에 눈물을 그렁그렁 맺은 채 신음성을 내뱉어야 했다.

한순간이었다.

지난번 남궁추성 덕에 멸명마공이 사성에서 오성으로 넘어올 때도 비슷한 기분이었지만 지금과는 완연히 달랐다.

내력이나 멸명마공의 단계는 그대로 오성에 머물러 있었지만 뭐랄까, 한 꺼풀 벗은 듯한 느낌이 들었다.

무엇보다 갑자기 '초식'이라는 것이 이해가 되었다. 권장편은 손과 발을 움직이는 방법을, 수신편은 몸이 어디에 있어야 하는지에 대한 원리를 복잡하고 심오하게 설명하고 있었다.

존재하지 않는 절전무공에 대한 설명들이었기에 익힐 수도 없었고, 그래서 별로 신경 쓰지 않았지만 그 이론은 충분히 아름다웠다.

마우도, 남궁추성도, 살수들도, 무엇보다 도유천조차 권장편의 이론을 넘어서는 움직임을 보이지는 않았다.

'펼칠 수는 없겠지만……'

수운은 씁쓰름하게 웃어보았다.

그렇다.

문제는 이해는 할 수 있지만 그것을 펼칠 수가 없다는 것이다.

절명문의 모든 무공은 맥이 끊겼고 권장편은 그 무공들을 위한 일종의 가결일 뿐이다. 원리는 알 수 있으나 실제로 사용할 수 없다. 수운은 아쉬움의 한숨을 쉬었다.

어쩌면 자신이 일종의 삼매에 빠져들어 허공에 그으려고 했던 선은 그 절전된 무공 중 하나의 파편일 수도 있다.

어쨌거나 그 선은 이미 인식 너머로 사라졌고, 구결만 가지고는 동작과 그 응용 방법을 알아낼 수 없다.

그는 권장편의 가결을 육합권에 대비해서 생각해 보았다.

그리고 상혁이 자신에게 전수하던 육합권의 실전 방법이 예상외로 고급 전법이라는 것을 깨달았다.

잠시 그 점에 대해 생각하던 수운이 갑자기 화들짝 놀라고 말았다. 뭔지 모르지만 여하간 무공에 대한, 그것도 본 문에 대한 무공의 이해도와 숙련도가 늘어나고 말았던 것이다.

그것은 절명문의 금기 중 하나인 '쓸데없이 무공에 힘쓰지 말라'를 정면으로 위배하는 것이지 않는가?

'사부님, 본의 아니게 무공에 대한 이해가 더 깊어지고 말았어요.'

수운은 앞으론 뭔가 깨달음의 순간이 와도 절대 명상에 빠지지 말아야겠다고 다짐한 뒤 그제야 몸의 상태를 확인했다.

피를 토해낼 때 충분히 조심했음에도 베갯머리와 입가에 제법 많은 피가 묻어 있는 듯했다.

'이 꼴을 보면 난리나겠군.'

수운은 가볍게 혀를 찬 뒤 가볍게 절명기를 돌려 몸의 상태를 확인했다.

놀랍게도 바로 전까지 얼어붙은 강처럼 소량의 절명기만이 간신히 움직이던 전신 대혈이 시원하게 뚫려 있었다. 어디 한 군데 막힌 데도 없이 상처 입기 전처럼 기민하게 유통이 되고 있었다.

수운은 안도의 한숨을 내쉬었다. 일단 전신 대맥에 절명기만 제대로 흐른다면 완치까지는 순식간일 것이다. 이렇게 되고 보니 오히려 당소류가 왔다 간 게 고맙게 느껴지기까지 했다.

"그래도 그 아가씨 덕에 좋은 일은 하나 있었군 그래."

수운은 그렇게 말하며 피식 웃고 편안히 눈을 감고 숙면을 취하려 했다. 그러나 다음 순간 그는 눈을 번쩍 뜨고 자신도 모르게 얕은 비명을 질렀다.

"큰일났다!"

그는 갑자기 자신의 상세가 멸망마공 탓으로 너무나도 갑작스레 나아 버린 것이 떠오른 것이다.

이 갑작스런 호전 상태를 의원에게 뭐라고 설명한단 말인가? 그렇지 않아도 일반인치고는 회복 속도가 놀랍다는 얘기를 듣는 판인데.

역시 골칫덩어리였어. 수운은 다시금 당소류에 대해 불평 불만을 늘어 놓으며 대책 마련에 골몰해야 했다.

그러나 밤새 고민한 보람이 없게 다음날 아침 괴의는 나타나지 않았다. 점심 시간 가까이 전전긍긍하고 있던 수운에게 상혁이 느긋한 걸음으로 다가왔다.

"이야, 유수운이, 오늘은 얼굴 좋아 보인다? 살 만하냐?"

"뭐, 어제보다는 좀 나은 것 같아요."

"다행이다. 너도 그렇고 다른 사람들도 이제 고비는 넘긴 것 같고, 이제 장 대표두님도 깨어나셨으니 한숨 돌렸고."

"정말인가요? 어르신께서는 이제 괜찮으신 거예요?"

"그래, 지금도 만나뵙고 왔어. 노인네도 참, 깨어나자마자 팔팔하시더라고."

그도 그렇게 말하며 씨익 웃었다.

상혁은 몇 가지 이야기를 더 해주었다.

련에서 무슨 일이 있는지 급한 부상자 치료가 끝나자 청정과 괴의, 신수 노사 등의 명의들을 모두 련의 금마동으로 들여보냈다는 것과 당소류와 남궁정의가 아침 나절에 다시 남궁세가로 떠났다는 것.

도유천의 시신이 청혈교로 인계되었다는 것 등 제법 흥미로운 소식들이었다.

“근데 조장, 그런 거 어떻게 알았어요?”

“새끼, 내가 지금 말한 건 뭐 비밀도 아니잖냐. 그냥 위사들하고 술이나 한잔하고 친해지면 그냥 저절로 알게 되는 거야.”

‘진짜로 알아야 될 것들과는 달리 말이지’ 하고 말하며 상혁은 짓궂은 미소를 지어 보였다. 그는 아직 장무성의 몸 상태 때문에 벽돌 얘기를 꺼내지는 않았으나 그의 몸 상태를 봐서 곧 의논을 하려는 중이었다.

“그거 말고 다른 건 없나요?”

“다른 거 뭐?”

“그냥 뭐, 련주님까지 나서서 그날 싸움에 대해 조사하고 그랬으니까 그런 거 말하는 거죠.”

그 말에 상혁이 어깨를 으쓱하더니 텁수룩한 수염을 한 번 쓰다듬었다.

“모르지. 씨발, 나도 궁금해 죽겠다. 장 대표두님한테 여쭤봤는데 대표두님도 아는 게 없으시다. 이게 무슨 귀신 놀음도 아니고.”

‘그거참 다행이네요.’

수운은 그 말을 속으로 삼켰다. 상혁은 몇 마디 시답잖은 농담을 건넨 뒤 밖으로 나갔다.

*　　　*　　　*

“저기서 잠시 쉬어갑시다.”

무현종이 자신들을 따르던 한 무리의 사람들에게 큼지막한 나무 그늘을 가리키고는 자신이 먼저 성큼성큼 걸어가 편편한 바위 위에 걸터앉았다.

이후성의 눈이 절로 찌푸려졌다.

‘또?’

벌써 몇 번째인가?

일의 시급성을 모르는 것인가? 밤새 말을 달려도 모자랄 정도로 급박한 사안이기늘 저 무현종이란 인간은 출발할 때 말도 없이 걸어서 가는 것이 좋겠다고 말한 뒤 이렇게 유유자적하고 있다.

어지간한 오유란조차 무현종의 이동 속도가 마음에 걸렸는지 슬며시 눈치를 보다 그에게 말을 붙였다.

“저, 이렇게 천천히 가도 상관없어요?”

만리추종이 마치 살 만큼 산 노인처럼 곰방대에 담배를 쟁여 넣으며 오유란의 질문에 답했다.

“아가씨, 어차피 시간이 많이 흘렀어요. 현장에 가봐도 몇 가지 중요한 흔적 말고는 다 없어졌을 겁니다. 아니, 아예 대자연에 쓸려 흔적도 없어졌을지 몰라요. 그러니 며칠 빨리 가나 며칠 늦게 가나 무슨 상관 있겠습니까?”

“그러니까 조금이라도 더 빨리 가면 흔적이 조금이라도 더 남아 있지 않을까요?”

무현종이 피식 웃었다.

“우리는 지금 심증을 따라가는 겁니다. 아가씨, 추적 중에서도 제일 신나고 재미있는 추적을 하는 거예요. 간단히 말하자면 맹물로 술을 만드는 일을 하는 거죠. 천천히 가도 상관없어요.”

옆에서 다른 고수들과 함께 묵묵히 서 있던 이후성이 입을 열었다.

“그래도 빨리 가는 게 좋겠소. 련에서 우리 입만 기다리고 있는 것을 생각해 보시오.”

“알고 있습니다. 그래서 천천히 가는 거지요. 생각 좀 하려고.”

그가 쟁여놓은 곰방대에 불을 붙여 뻐끔뻐끔 연기를 빨아 올리며 말하자 오유란이 다시 눈을 초롱히 빛내며 물었다.

"무슨 생각이요?"

"그야 당연히 지형과 교차점에 대한 생각이지요, 아가씨. 천천히 가고 있어도 정마련의 인력이 알아서 정보를 모으고 있을 테니 우리는 그 안에서 필요한 정보를 뽑을 준비를 해야 하는 겁니다. 그저 길을 서두른다고 사람을 찾아낼 수는 없는 거지요."

"그렇다고 이렇게 유람이라도 가듯 움직이는 건 문제가 있지 않소?"

이후성은 여전히 불만이 있는 듯 만리추종을 바라보았으나 무현종은 고개를 저었다.

"목적지에 도착하면 곧바로 흔적을 따라 움직여야겠지요. 만약 첫 추적에서 오류를 범한다면 평생 그자를 찾아낼 수 없습니다. 그자는 제 인생에서 만난 가장 큰 목표물입니다. 경거망동하기는 싫습니다."

장명은 이들을 보내며 지휘권을 만리추종에게 주었고, 호위 및 련과의 연락, 기밀 엄수 등에 필요한 고수 열 명을 붙여주었다.

이들 역시 순수하게 정마련에서 배양된 타 문파와 연관이 없는 고수들로 오로지 월광사신의 척살만을 위해 길러진 정마련의 숨은 힘 중 하나였다.

"그렇다면 뭐, 생각이라도 해둔 게 있습니까?"

"후우, 뭐 있다면 있지요."

무현종은 다시 한 모금 연기를 맛있게 빨아들인 뒤 이후성을 바라보았다.

"부대주께서는 이렇게 걸어가는 것이 불만이신 모양인데 전 부대주와 오 소저의 말을 믿고 그에 따라 행동하는 중입니다. 추적은 련을 나서는 그 순간부터 시작되고 있지요."

"네?"

"걷는 것 말입니다. 누군가를 추적할 때는 그 사람과 심정적으로 동화되는 편이 좋지요."

무슨 말인가 싶어 눈만 꿈뻑거리는 이후성을 보며 만리추종 무현종이 피식 웃었다.

"그자도 걷고 있었다지요? 등에 멘 봇짐은 제법 먼 길을 가는 사람의 그것이었고. 그래서 걷는 겁니다. 길이란 똑같아 보여도 말을 탄 사람과 걷는 사람의 길이 같을 수는 없지요. 머리로는 알아도 몸이 잊을까 걷는 겁니다. 그게 제 방식이지요."

◈ 第十一章 ◈
무적 절명문주, 곤경에 처하다

무적 절명문주, 곤경에 처하다

　수운 일행이 도착한 지 오 일이 지난 이후 정마련 앞으로 한 떼의 인마가 몰려들었다. 그들은 사건을 전해 듣자마자 밤낮을 가리지 않고 말을 달려온 유성표국의 표두와 표사로 그 선두는 풍채 좋은 중년 남자가 맡고 있었다.

　"유성표국의 장우식이라 하오. 부상자, 시신, 표물을 인도하러 왔으니 기별을 넣어주시기 바라오."

　"유성표국의 영웅들이시군요. 말에서 내려 잠시만 기다려 주시면 곧 통보가 있을 겁니다."

　정문 경비가 그렇게 말하자 장우식은 고개를 까닥거린 뒤 말에서 내렸고, 그것을 본 나머지 표사 일행도 일제히 말에서 내려 고삐를 잡고 도열했다. 표사의 수는 모두 오십 명. 이 정도 숫자면 남아 있는 유성표국 전력의 절반 정도가 새로이 파견된 셈이었다.

　곧 전령이 와서 련주의 명을 전했다.

"장우식 표두와 몇 명의 책임자는 련주님의 집무실인 선운각으로, 나머지 표사들은 현재 표물이 놓여 있는 창고로 안내하라는 지시가 내렸습니다. 표사 여러분은 저 사람을 따라가십시오. 장우식 표두님과 다른 분들은 저를 따라오시면 됩니다. 말은 가는 도중 마구간에 맡기시면 잘 돌봐 드릴 겁니다. 오시지요."

위사가 따라오라며 앞서 가자 장우식이 뒤에서 보좌하던 표두에게 간단히 무언가를 지시하고 홀로 그 위사를 따라 련주의 집무실인 선운각으로 향하기 시작했다.

집무실 앞에서 간단한 신원 확인 절차를 받고 무기를 풀어놓자 문이 열렸고, 그가 안으로 들어섰다. 장명이 무언가 써 내려가던 붓을 놓고 장우식을 바라보자 우식은 곧 포권하며 머리를 숙였다.

"유성표국의 장우식, 정마련주를 뵙습니다."

장우식이 정중히 읍을 하자 장명 역시 간단히 그의 인사를 받고는 자리를 권했다.

"먼 길에 고생했겠군. 앉게. 좋지 않은 소식을 듣고 달려오느라 마음고생도 심했을 테고."

"송구합니다."

장우식이 자리에 앉자 장명은 누구에게랄 것 없이 차를 내오라는 지시를 한 뒤 다시 장우식의 얼굴을 바라보았다.

"그래, 자넨 아버질 많이 닮았군."

"가끔 그런 얘길 듣습니다."

"아무튼 불행 중 다행이야. 자네 아버님이 무사하신 게. 아, 얼마 전에 의식을 찾으시고 서서히 몸이 좋아지고 계신다네."

"아버지는 강한 분이시니까요."

"그래."

곧 시비가 다기를 가지고 들어섰고, 둘의 대화는 시비가 차를 다 따르고 밖으로 나설 때까지 잠시 끊겼다.

"하 국주께서 충격이 심하셨을 것 같구먼. 뭐 전하라는 말씀은 없으시던가?"

장우식이 찻잔을 들어 한 모금 들이킨 뒤 조용히 장명의 눈을 바라보았다.

"정마련을 믿는다고 그렇게만 전하라 하셨습니다."

정마련을 믿는다.

장명이 속으로 쓴웃음을 지었다. 정마련을 믿는다는 말은 곧 청혈교에 대해 타당한 제재나 복수를 해줄 거라는 걸 기대한다는 뜻이었다.

"복잡한 문제라네."

한참 침묵만을 지키던 장명이 혼잣말처럼 작은 목소리를 내뱉은 뒤 손을 뻗어 찻잔을 들었다. 가만히 다향을 즐기는 것처럼 보이던 장명은 다시 한 번 '복잡한 문제야' 라고 중얼거린 뒤 찻잔을 내려놓았다.

"복잡하다면……."

"우선 증거가 없어. 증인도 없고. 청혈교는 오히려 자네들이 도유천을 끌어내기 위해 수를 썼다고 주장하는 중이지."

"그 무슨 말도 안 되는……."

"말도 안 되지."

장명이 그의 말에 동조하며 천천히 고개를 내젓자 잠잠하던 우식의 눈에 일순 분노가 떠올랐다.

"그 말씀은 정마련에서는 손을 쓰지 못한다는 그런 말씀으로 받아들여도 되겠습니까?"

"하 국주에게는 내 따로 전갈을 보낼 거야. 청혈교에서도 조용히 보상을 제의할 테고."

"피는 피로 갚아야 합니다. 한데 복수는 물 건너갔다는 얘기를 하시는군요. 지금 제가 옳게 들은 겁니까?"

그의 말에 장명이 눈을 내리 감으며 깊은 한숨을 내쉬었다.

"하필 이상한 때에 일이 터졌어. 나중에 알게 될 거야."

장우식은 따스한 찻잔을 만지작거리며 뚫어지게 잔의 문양을 노려보다 분노가 얼마간 깃들어 있는 음성으로 말했다.

"이상한 때라는 게 무슨 말인지는 잘 모르겠습니다만 여하간 알겠습니다. 그럼 이만 표물을 받아 들고 떠나고 싶습니다만……."

"그래, 이거 발길 바쁜 사람을 붙들고 있었던 건가? 나가면 사람들이 준비를 끝내고 있을 거야."

반쯤 남아 있던 찻물을 단숨에 비운 장우식이 벌떡 일어나 예를 갖춘 뒤 몸을 돌렸을 때 갑자기 장명이 그를 불러 세웠다.

"그런데… 상인검 말이야……."

"상혁이 말입니까?"

"그래, 그 친구."

탁자를 톡톡 두드리던 장명이 다시 다기에 손을 뻗으며 물었다.

"항간에는 폐관에 들었다는 소문이 있었는데 갑자기 이번 표행에 끼어 있는 이유가 뭔지 알 수 있나?"

그 말에 장우식은 피식 웃으며 몸을 돌렸다.

"소문이야 어쨌거나 그 녀석은 늘 표행을 다니고 있었죠. 폐관 소문이나 잠적에 대한 소문은 다른 이유 때문일 겁니다."

"무슨 이유?"

"쟁자수로 일하고 있었으니까요."

"쟁자수?"

뜻밖의 말에 장명이 피식 웃었다. 남궁정의가 보냈던 보고서나 증언 등에서도 그가 쟁자수를 하고 있었다는 얘기는 빠져 있었고, 정마련에 도착했을 때 상혁은 이미 표두로서 활동하고 있었기에 전혀 그런 사실을 모르고 있었던 장명으로서는 몹시 재미있는 얘기였던 것이다.

"알았어. 그래서 조용했군. 뭔가 사연이 있겠지만 나중에 듣는 게 좋 겠군. 그래, 그럼 갑자기 사라진 적은 없었다는 말이 되겠군. 알았네. 즐 거운 대답, 고마웠네."

"아닙니다. 그럼 이만."

장우식이 집무실 밖으로 사라지자 장명은 뭔가를 골똘히 생각하다 다 시 붓을 들어 아까 쓰던 문장을 마저 완성시켰다.

수결을 하고 직인을 찍은 장명은 서찰을 접어 봉인한 뒤 다른 서찰들 이 놓인 곳에 같이 놓아두었다. 그리고 아까 덮어놓은 서찰을 열어 그 내 용을 다시 한 번 훑어보았다.

추혈대원 상당수가 강력한 내가중수법에 당한 듯함. 정확한 사인은 시신 을 열어봐야 알 수 있음.

그는 서신을 다시 잘 접었다. 내가중수법이라 하자 몇 가지 무공이 떠 올랐고, 그중에서 유성표국에 끼어 있던 상혁이 떠올랐다. 어쩌면 상혁 이 추혈대 전원을 상대할 만큼 고강한 무공을 성취했을 수도 있다. 칠상 권을 대성했다면 가능한 일이긴 하다.

장우식에게 폐관에 대해 물었던 것은 그를 염두에 두고 물었던 것이지 만 전혀 뜻밖의 대답을 들었다.

"쟁자수라……."

장명은 피식 웃은 뒤 또 다른 서찰을 집어 들었다. 내가중수법이 사용되었고 추혈대원 중 일부가 갈비뼈가 함몰당하고 목이 부러진 듯한 흔적이 있다는 내용 때문에, 상혁에 대한 관심 때문에, 그리고 수없이 쏟아지는 보고들 때문에, 무엇보다 월광사신의 무공이 '아무 흔적을 남기지 않는다' 는 것을 누구보다 잘 알게 되었기에 장명은 그렇게 중요한 단서 하나를 떠나보내고 있었다.

처음에는 몸의 비정상적인 치유를 사람들에게 들키면 어쩌나 마음 졸이고 있었으나 상혁의 말대로 그를 찾은 것은 솜씨 좋은 의원들이 아니라 약을 달이고 환자의 수발을 드는 젊은 의생들뿐이었다.

그들은 약방문대로 약을 달여 가져다줄 뿐 몸의 상태를 살핀다거나 하는 일은 하지 않았다. 덕분에 수운은 마음을 놓을 수 있었지만 혹시나 하는 마음에 기경팔맥을 뚫은 그 밤 이후에는 행공을 하지 않고 자연 치유에 맡겨두고 있었다.

사실 수운은 알지 못했지만 괴의와 청정은 장명의 지시에 따라 신수노사와 함께 삼십칠 구 생사강시의 봉인을 풀고 그 위력을 원래대로 하기 위한 작업에 들어가 있었으므로 그를 돌볼 시간이 없었다.

괴의는 원래 정마련 소속이 아니라 생사강시를 일깨우기 위한 작업에 참여할 필요가 없었지만 월광사신에 관련된 일을 알게 된 이후 어영부영 정마련 신세를 지는 숙객 신세가 된지라 청정과 함께 팔을 걷어붙이고 작업에 동참하게 되었다.

정확한 사정은 알지 못했으나 수운도 의원들이 정마련주의 지시로 뭔가 급한 일을 떠났다는 것 정도는 알게 되었으므로 어느 정도 마음을 놓을 수 있었다.

상혁을 통해 들은 장무성의 상세도 많이 좋아져 있다고 한다. 이제 죽이 아닌 곡기도 조금씩 먹을 수 있게 되었다는 이야기도 들었다. 게다가 부상당했던 표사들도 모두 한결 좋아져 있다는 얘기도 전해 들었다.

그렇게 오 일째 되던 점심 무렵이었다. 여느 때와 같이 상혁이 부상자 순회를 돌고 마지막으로 수운에게 들렀는데 그 옆에 낯익은 한 사람이 더 붙어 있었다.

"사돈 총각, 고생했어."

다가와 수운의 손을 꼭 쥔 그는 생긴 것만큼 걸걸한 목소리로 위로의 말을 전했다. 장우복의 형인 장우식으로 몇 번 인사를 한 일이 있었다. 그는 장무성만큼 과격하고 장우복만큼 생각이 없어 보였고, 장우복의 말을 들어보면 실제로도 그런 듯했다.

"고마워하라고. 또 다른 대표두 한 분이 이곳으로 와서 인사 끝나자마자 곧장 온 거니까."

상혁이 팔짱을 끼고 있다 그렇게 말하자 수운은 누운 상태지만 진심으로 고마움을 표했다. 그리고 웃고 있는 장우식을 보면서 내내 마음에 걸리던 일을 물어보았다.

"저… 누나는요? 이 소식 듣고 놀라지 않던가요?"

"아, 제수씨? 제수씨는 괜찮아. 까무라치긴 했어도 큰일은 아니지."

"까무라쳤다고요? 아기, 아기는요?"

"아, 괜찮아. 아직 안 나왔으니까 염려 마. 건강해. 곧 일어나서 날뛰는 걸 말리느라 온 식구들이 동원됐으니까. 팔팔해."

그 말을 듣던 상혁이 빈정거리듯 끼어들었다.

"거, 너네 누나는 어째 너랑 정반대 같은데, 유수운이?"

"넌 입 다물어라. 다시 칼 안 잡는다던 놈이 다시 칼자루 잡았으면 사람들이나 잘 지키든지. 뭐냐, 이게?"

"그러게 말요. 할 말 없수다."

둘 다 웃는 얼굴에 비아냥거리는 말투였으나 어딘지 애환이 스며 있는 대화였다.

"다시 그런 일 없게 하려고 유성표국에서 놀고 있는 표두와 표사는 모두 끌고 왔지. 청혈교 전체가 덤벼와도 끄떡없을 만큼."

"일 다 끝난 판에 뭐 새삼스레……."

"그래도 모르는 거니까."

"그래, 없는 것보다는 낫지. 아버지 뵈러 안 가실 거요?"

"별로. 내가 세상에서 제일 싫어하는 게 누워 있는 아버지 보는 거잖아."

"형님이 제일 싫어하는 건 술 먹고 꼬장 피우는 놈 아니었수?"

"그래서 내가 네놈을 싫어했지. 아, 사돈 총각, 몸조리해. 다른 부상자들도 좀 만나고 표물 때문에도 다시 나가봐야 하거든. 자네랑 다른 부상자도 후송할 준비를 해야 하고 이래저래 바쁘신 몸이라."

수운의 손을 한 번 더 두드려 준 우식이 몸을 돌려 밖으로 나갔다. 상혁이 그를 배웅하려고 하자 우식이 한심하다는 듯 그를 잡아끌었다.

"내가 바쁘면 넌 그냥 놀 수 있을 거 같냐? 따라와. 할 말도 있으니까."

"젠장, 그냥 인사하고 표물받고, 부상자 들어내는 데 바쁠 게 뭐 있다고 그러는 거야? 내가 이래서 표두라는 작자들을 싫어한다고."

"떠들지 말고 환자도 있으니 잠자코 따라나와."

안에서 노닥거리려던 상혁을 억지로 끌고 밖으로 나온 장우식은 다른 부상자들이 있는 곳으로 가서 한 명 한 명을 살폈다. 의식이 돌아온 부상자와는 가벼운 대화를 나누었고, 아직 의식이 돌아오지 않은 환자들의 경우는 묵묵히 얼굴만 들여다본 뒤 발걸음을 돌렸다.

모든 부상자를 다 만나본 뒤 표물이 있는 곳으로 가자며 발걸음을 옮긴 장우식의 얼굴은 부상자들을 본 뒤라 그런지 조금 굳어져 있었다. 그 모습을 지켜보던 상혁이 뭔가 생각하다 가볍게 한숨을 쉰 뒤에 그에게 말을 걸었다.

"형님, 보니까 뭐 할 말 있는 것 같은데 있으면 빨리 해요. 그렇게 분위기만 잡지 말고."

"할 말 있는 걸로 보이긴 하냐?"

"처음 만났을 때부터 뭐라고 말하려 했잖아요."

"그래."

장우식은 피식 웃었다.

"간단히 말하마. 너 다시 일할 생각인 거 같아서 좋긴 하다만 국주님이 펄펄 뛰신다. 네 멋대로 표두를 그만두고 멋대로 다시 표두를 한다는 건 절대 인정할 수 없으시단다. 인정할 수 없으니까 여기서 표사 행세하며 까불지 말고 다시 표국으로 돌아오라신다. 그러니까 지금 이 시간부로 넌 다시 쟁자수다. 알았냐? 그러니까 표사 몇 명 붙여줄 테니까 넌 부상자들하고 함께 표국으로 돌아가라. 일은 내가 마무리 지을 테니까."

그 말을 듣자 상혁이 꼬인 표정으로 자신의 형이자 유성표국의 현 국주인 하의민에 대해 투덜거리기 시작했다.

"젠장맞을, 이런 상황에서까지 그렇게 꼬장꼬장하면 누가 상이라도 주나?"

"시끄럽다. 먼저 그만둔 건 너잖냐."

"내가 그러고 싶어서……."

발끈한 표정으로 뭔가 말하려던 상혁이 손을 내저었다.

"관둡시다. 형님도 잘 아는 얘기, 여기서 또 꺼내긴 싫수."

상혁이 손사래를 치자 장우식도 입을 다문 채 그의 곁에서 보조를 맞춘 채 묵묵히 걷기만 했다. 상혁이 그런 우식의 모습을 슬쩍 곁눈질하더니 조용한 목소리로 말을 걸었다.

"신경 쓰지 마십쇼. 대충 그럴 거라 생각했으니 별로 충격도 없고…
형님이나 걱정하지 마시구려. 그리고 부상자 호송도 너무 염려 마시고."

상혁이 뜬금없이 중얼거리자 우식이 갑자기 무슨 말이냐는 듯 돌아보
았다. 그 눈빛을 보자 상혁이 다 알면서 뭘 또 그러느냐는 눈빛으로 손을
휘휘 저었다.

"사람 참, 뭘 그렇게 보쇼. 무안하게스리. 장 대표두님은 무사히 모시
고 갈 테니 염려하지 말라고 말한 건데."

"행여나. 너만 사고 안 치면 나머지 표사들이 어련히 잘 모시고 가려
고."

웃어넘겼으나 기분 좋은 표정을 짓고 있는 것을 봐서 그의 말이 마음
에 드는 것 같았다. 이윽고 표물이 박혀 있는 창고가 보이는 위치까지 갔
을 때 상혁은 뭔가 불길한 것이 떠올랐다는 듯 발걸음을 멈췄다.

"근데 말요, 형님, 뭐 좀 하나 물어봅시다. 혹시나 해서 물어보는 건데
돌아가는 길에… 책임자가… 설마……."

뭔가 마음에 걸리는 것이 있는 듯한 상혁의 질문에 우식의 눈이 사악
하게 찌그러들었다. 그가 쿡쿡거리자 상혁의 얼굴에 불안한 기색이 더
짙어졌다.

"빨리도 물어본다. 궁금하냐? 짐작할 텐데 뭘 묻냐? 물어볼 필요도 없
지. 태진이가 책임자고 혜진이가 부책임자다. 덤으로 넌 쟁자수고. 더 필
요하냐?"

상혁이 소태 씹은 얼굴로 고개를 흔들었다.

"아뇨. 됐소. 그걸로도 충분하니까. 몰랐는데 형님도 광대 기질이 농
후하시구려. 그것도 주로 사람 기분 나쁘게 하는 쪽으로."

상혁이 투덜거리자 우식이 어깨를 으쓱거렸다.

"태진이나 혜진이 모두 버릇이 좀 없긴 하지. 그래도 착하긴 하잖아.

너무 기분 나빠하지 마라. 걔들도 이번에 고생하면서 철 좀 들었을 거고."

"행여나."

"뭐, 이제까지 잘 지내왔으니 새삼스레 사고 치지 마라. 어쨌거나 태진이랑 혜진이도 잘 봐줘라. 데리고 잘 돌아가."

"그 말 하려고 여기까지 데리고 온 거요?"

"그래."

"젠장, 덩치는 산만한 사람이 쪼잔하게 잔걱정은……."

"야."

"왜요?"

"넌 몸집이 작아서 쪼잔하게 투덜거리는 거냐?"

"아이고, 알았어요, 알았어. 쪼잔하게 말꼬리 잡고 늘어지기는……. 아무튼 아무것도 안 하고 그냥 조용히 있다가 싸울 일 생기면 그때야 나설 테니 걱정 마쇼."

장우식은 그제야 얼굴을 펴고 표물과 표사들이 기다리고 있는 창고 안으로 들어섰다.

"표물에는 이상없냐?"

"뭐, 그 난리통에 다 무사하진 않지만, 그래도 크게 상한 건 없는 거 같수."

상혁은 들어 있던 내용물이 무엇인지 내색하지 않으며 무뚝뚝하게 말했다. 이 문제는 귀환하는 도중 장무성 대표두에게 비밀리에 전할 생각이었다.

"그래, 그 난리를 헤치고 나왔으니 의뢰인도 대충 이해하겠지. 준비하자."

그리고 곧 장우식의 세심한 지시가 떨어졌고, 표물들이 런 밖으로 이동하기 시작했다.

　장우식은 일단의 표사들을 이끌고 다시 표행을 서둘렀고, 하태진은 다른 사람들과 함께 부상자들을 옮기기 시작했다. 그리고 늦은 오후, 부상자들의 후송이 시작되었다. 상혁의 투덜거림과 함께.

　부상자 후송은 순조로웠다. 하태진도 분위기 때문인지 쓸데없이 나서지 않아서 전반적으로 차분하고 조용한 분위기였다. 사실 부상당해 마차 안에 누워 있기는 하지만 장무성이 있는 이상 제아무리 하태진이라 해도 쓸데없이 야료를 부릴 수 없었다.

　게다가 하태진의 행사는 알게 모르게 이미 아래쪽에 퍼져 있었기에 그는 혜진의 충고에 따라 당분간 화를 삭이는 한이 있어도 쓸데없이 나서지 않기로 했다.

　이런 저런 이유로 부상자 후송은 순조로웠다. 유성표국에서 파견한 표사뿐 아니라 정마련에서 특별히 붙여준 서른 명의 무사들 덕도 조금은 있었다.

　여하간 하남에 위치한 정마련 본산에서 안휘성 합비까지 가는 길인 이 집단은 혹시 모를 상황에 대한 만반의 준비에 걸맞지 않게 편한 길을 가고 있었다.

　상혁은 쟁자수 신분에 걸맞게 수레 뒤에 자리를 깔고 잠이나 자는 신세로 다시 전락했는데 가끔 수운이나 장무성이 타고 있는 마차에 올라가 이런 저런 이야기를 하는 것을 낙으로 즐기는 듯했다. 누구도 그에 대해 이상하게 생각하거나 제지하지 않았다.

　유성표국에 반나절 거리까지 접근했을 때 일행은 뜻밖의 환영객들을 맞이해야 했다. 한 떼의 인마가 전방에서 서서히 접근하고 있어 잠시 긴장했으나 거리가 서로를 식별할 정도로 가까워지자 금세 그 정체가 드러났다.

"아버지!"

선두에 서 있던 하태진이 뜻밖의 일에 놀라 말을 멈췄다. 안휘삼대표국 중 가장 큰 성세를 자랑하는 유성표국의 국주 하의민이 친히 사람들을 이끌고 나와 부상자들을 맞이한 것이다.

하태진과 주변 유성표국 사람들이 예를 표하자 잔뜩 긴장하고 있던 정마련의 무사들도 다시 검을 집어넣고 하의민에게 예를 표했다. 하의민은 우선 정마련 무사들에게 원로에 수고했다는 인사말을 전한 뒤 하태진에게 다가가 물었다.

"수고했다. 다친 사람들은 괜찮더냐?"

"예."

그 말을 듣자 하의민이 말에서 내려 부상자들이 있는 마차 쪽으로 이동한 뒤 일일이 마차 안으로 들어서 누워 있는 환자들을 마주했다. 특이 장무성이 누워 있는 마차에 들어간 하의민은 뭔가를 좀 더 길게 얘기하다 밖으로 나섰다.

"여기까지 본 표국의 행사를 도와주셨으니 감사하다는 말을 전하오. 여기서부터는 본 표국이 여러분의 임무를 대신할 테니 긴장을 풀고 따라오시길. 여러분을 위해 연회를 준비해 두라 했으니 먼 길에 쌓인 피로를 풀고 다시 정마련으로 복귀하시면 될 거요."

하의민의 말투가 조금 무뚝뚝했으나 대강의 사정을 알고 있는 정마련 무사들은 포권하며 그의 호의에 감사를 표했다. 부상자 호송 대열은 좀 더 느긋하게 유성표국을 향해 나아갔다.

수운은 이송되는 동안 같은 마차에 배치된 부상당한 표사 하나와 가끔 얘기를 나누거나 불쑥 찾아 들어온 상혁과 얘기를 나누는 것 외에는 할 일이 없었다.

덕분에 하루 종일 누워 있는 관계로 불쑥불쑥 생각나는 '권장편'을 잊으려고 애쓰는 중이었다.

그날 이후 수운은 가끔씩 마우나 도유천, 추혈대원이 자신을 공격해 오던 장면과 권장편이 겹쳐 떠올라 미칠 지경이었다.

심지어 잠을 자다 꿈에서까지 갑자기 권결의 묘가 떠오르기까지 했다.

"그만 좀 떠올라라."

수운은 푸념하듯 중얼거렸다.

어차피 펼칠 수도 없는데다 문제를 초래하는 무공을 이 이상 발전시키기도 싫어서 떠올리려 하지 않는데도 계속 떠오르다 보니 성가신 느낌까지 들었다.

멸명마공을 행하지 못해 계속 찌뿌드드한 몸도 그 느낌을 고조시켰다. 누워서 흔들리는 마차에 몸을 맡긴 채 마차 천장만 바라봐야 하는 것 자체가 고역이었다.

흔들리는 천장을 바라보던 중 권장편의 한 구절이 또다시 깊은 감흥을 주며 다가와 그는 자기도 모르게 한숨을 내쉬었다.

"후유, 그만 좀……."

"힘든가? 거의 다 왔다니 참게."

옆에 누워 있던 부상당한 다른 표사 하나가 수운의 한숨을 오해했는지 힘없이 위로해 주었다.

"아, 죄송합니다."

이제 거의 표국에 도착했다는 말을 들었을 때쯤 갑자기 밖이 소란스러워졌다.

"국주님이다!"

표국주가 직접 말을 몰아 후송되는 사람들을 맞으러 나온 것이다. 소란이 좀 가라앉는가 싶을 때 갑작스레 표국주가 수운이 타고 있는 마차 문을 열고 들어섰다.

"몸은 좀 어떤가?"

"괘, 괜찮습니다, 국주님."

"그래, 그만하길 다행이야. 더 건강해지게."

"크흑, 국주님."

"자네, 신참이라지? 자네는 좀 어떤가?"

국주가 자신에게 묻자 수운은 당황하며 말을 더듬었다.

"저… 그냥… 그저 그렇습니다."

"그래."

하 국주는 표사와 수운의 손을 한 번씩 굳게 쥐어주더니 밖으로 나갔다.

"국주님이 몸소……."

곁에 누워 있던 상진원이라는 표사는 그에 감격해서 반나절 동안 계속 국주의 은혜만 떠들어댔다.

'은혜라……. 표물을 지키다 수없이 많은 표사들이 떼죽음당했는데 그걸 나와서 맞은 게 큰 은혜인 걸까?

물론 국주가 나와서 부상자들을 맞아준 것은 고마운 일이었으나 상진원의 과잉 반응은 이해할 수 없었다.

'지위가 낮은 사람이 죽어서 개죽음당해도 고위에 있는 사람이 한마디 해주면 그걸로 만족이라는 건가? 그게 무림이고 그게 세상이라는 건가?

그것을 이해할 수 없었다.

'그게 업장이라는 걸까? 후생에는 그 모든 게 보답받는단 말인가?

수운이 깊은 상념에 빠져 있을 때도 상진원은 이제 곧 국주가 나서서 동료들의 복수를 해줄 것이라고 흥분해서 말하고 있었다. 그의 수다도 슬슬 지겨워질 때쯤에 고맙게도 행렬은 유성표국에 닿았다.

"왔다!"

"우와아!"

환대였다.

거의 모든 표국의 식구들이 모여 있는 가운데 부상자들은 환대를 받으며 표국 내의 의당으로 옮겨졌고, 수운은 드디어 혼자 있게 되는구나 싶어 기분 좋은 한숨을 내쉬었다.

완전히 일단락되었다 생각하니 지난 기간 겪은 모든 일들이 주마등처럼 스쳐 갔다.

'표국으로 무사히 돌아왔으니, 게다가 내가 절명문의 후인이라는 것도 들키지 않은 것 같고. 모두 잘됐어. 어르신도 무사하고 상혁 조장도 무사하고… 동료들도 많이 살았고.'

허둥댄 것치곤 괜찮은 결과 같았다.

수운은 조심스레 옮겨진 침상에서 오래간만에 편안한 기분에 젖어들었다.

부상자들에겐 모두 약방문과 향후 어떻게 치료를 해야 하는지에 대한 상세한 처방전이 붙어 있어 수운의 몸에 붙어 있던 가는 대나무와 철사 같은 물건들의 처리 방법에 대해서도 알 수 있었다.

그것들은 기본적으로 수운의 뼈를 될 수 있는 대로 정확하게 붙게 만드는 장치로 부목보다 더 진보된 개념이었다.

확실히 괴의는 평범한 의원은 아닌 듯했다.

'쩝, 그 영감님, 보기엔 돌팔이 같은데 말이야.'

그 얘기를 전해 들은 뒤 괴의에 대해 생각하며 편히 침상에 누워 있던 시간도 얼마 되지 않았을 때였다.

"수우운아아아아아아!!"

"누나?!"

그랬다. 그에게는 최대 최강의 적(?), 누나 유수란이 있었다.

수란은 아직 출산 전이었지만 만삭인 몸을 이끌고 표국에 들이닥쳐 수운이 누워 있는 장소까지 쳐들어왔다.

그녀는 문을 열자마자 수운을 바라보곤 다시 한 번 외쳤다.

"수운아!"

"아니, 저기, 누나?"

수란은 일견하기에도 처참한 수운의 상세를 보더니 눈물을 펑펑 흘리며 달려들어 그를 껴안았다.

"끄아아아아아아!!"

그리고 수운은 그녀가 껴안은 곳의 통증 때문에 비명을 질렀다. 그 비명 소리를 들은 수란이 눈물을 닦으며 한 발 물러섰다.

"미안. 알긴 했는데 들은 것보다 심해 보여서. 괜찮니?"

전혀 괜찮지 않았으나 그는 애써 웃음을 내비쳤다.

"응, 괜찮아, 누나. 나보다 누나가 더 조심해야지. 좀 있으면 애기도 봐야 되잖아."

"괜찮아. 아직 안 나와. 나와도 뭐, 울면 젖이나 좀 주면 되는 거지."

나중에 조카가 알면 사랑이 부족하다고 비뚤어질 말을 아무렇지도 않게 하면서 수란은 수운의 얼굴을 쓰다듬었다.

"애기는 신경 쓰지 마. 근데 넌……."

수란은 그렇게 말하다 다시 눈시울을 붉혔다.

"나도 괜찮아, 누나. 정마련 최고의 의원님이 봐주셨거든. 이것 봐, 좀 지나면 다시 멀쩡해져.”

그녀가 통곡이라도 할 기세여서 수운은 재빨리 자신이 너무나 멀쩡하다는 걸 그녀에게 알렸다. 애석하게도 그녀는 믿지 않았다. 수란이 계속 그 앞에서 울고만 있자 그는 아직 불편한 손을 들어 그녀의 머리에 손을 얹었다.

“봐. 괜찮잖아, 누나.”

그의 손길을 느낀 수란이 잠시 수운의 손을 만지다 다시 울음을 터뜨리며 그의 몸을 껴안았다.

그리고 비명이 있었다.

두 남매가 재회하는 순간과 비슷하게 장무성과 국주 하의민은 독대를 하고 있었다.

장무성은 비록 일신의 공력 대부분을 잃었으나 기력은 꽤 회복하고 있어 그와 독대를 해도 무리가 없었다.

만약 기력이 없다 해도 대표두이자 당시 표행의 책임자로서 국주인 하의민에게 그때의 일을 설명할 책임을 지고 있었다. 장무성은 죽는다 해도 자신의 책임을 다할 사람이었기에 둘의 독대는 필연적인 일이었다.

그렇지만 장무성이 기적적으로 생환한 사람임에도, 게다가 다른 한 사람은 그의 의형임에도 불구하고 방 안의 분위기는 좋지 않았다.

하의민의 개인 집무실로 실려오기 전까지 부상에도 불구하고 장무성이 유쾌했었다는 점을 생각해 보자면 있을 수 없는 일이었다.

“……”

반가운 말이 오가야 할 의형제이자 국주와 대표두의 재회 장소엔 계속 무거운 공기만이 흐를 뿐이었다.

“속은 겁니까?”

계속된 침묵 속에 먼저 입을 연 것은 장무성이었다.

"속았다라……. 글쎄, 나도 아직 모르네."

"형님도 모르십니까? 표물의 내용이 뭐였는지는 아십니까?"

"모르네."

"공식적인 말입니까, 비공식적인 말입니까?"

하의민이 한숨을 내쉬었다.

"알지 않는가?"

"왜 숨기셨습니까? 젠장, 그따위 표물은 맡을 필요조차 없었단 말입니다."

"표국은 표물의 내용을 몰라야 하네. 그건 이제 막 표물업을 해도 알 수 있는 기본적인 일이지."

"그것 때문에 식구들이 죽었습니다."

그 말에 침울해 있던 하의민이 눈을 번득였다.

"자네 혼자 이 책임을 벗어날 생각 하지 말게. 표물을 받기 전 너무 의심스러워 사전 조사까지 한 건 자네도 알지 않나. 그렇지만 표물의 내용 말고 나머지엔 아무 의심스러운 점이 없었어. 어쩌지? 표국 접고 고아원이나 해야 하나?"

그 말에 장무성은 할 말을 잃었다. 자신도 사람들을 풀어 이번 표행에 있어 의심스러운 점을 조사했었으니까.

뭔가 이상하긴 했으나 이상한 점은 발견하지 못했다.

더구나 의뢰인이 합비의 상권에 상당한 영향을 끼치던 정정운 대인이었다는 게 결정적이었다.

현재의 상황을 보자면 정정운이 청혈교와 끈이 닿아 있거나 청혈교도라고 볼 수밖에 없었다.

"더구나 나라고 이런 일이 있을 줄 알고 한 일은 아닐세. 만약 알았다

면 내가 태진이와 혜진이를 한꺼번에 사지로 보냈을 리가 있겠나. 내가
잘못한 건 백번 사죄하겠네. 하지만 내가 식구들 목숨을 팔아먹었다는
식으로는 얘기하지 말아주게.”

장무성은 하의민의 공격에 잠시 말을 잇지 못하고 상념에 잠겨 있다가
간신히 한마디를 던질 수 있었다.

“의뢰인인 정 대인은 이번 일에 대해 뭐라고 하십디까?”

“뭐라고 했겠나?”

정 대인은 잘못이 없다. 표물을 부탁했고, 그에 합당한 가격을 지불했
다. 오히려 막지 못한 그들의 잘못이다.

그가 청혈교와 관계가 있든 없든 그 실체는 영원히 드러나지 않을 것
이다.

“만약 정 대인이 청혈교와 어떤 관계가 있다고 해도 무슨 이유로 청혈
교가 우리 표국을 건드렸는지, 형님, 짚이는 게 있습니까?”

“…….”

“뭔가 알고 계시는군요.”

하의민이 숨을 크게 들이쉬었다.

“이번 표행은 알려진 것보다 더 큰 표행이지. 정상 운임의 세 배를 받
는 조건이었으니까.”

“아주 좋은 계약 조건이었군요.”

“그 대신 표물의 내용이 알려지거나 표행이 실패하면 열 배의 배상금
을 물어내는 게 그 좋은 계약의 조건이었지.”

그 말에 장무성이 헛웃음을 지어 보였다.

그리고 자신의 내상도 잊었는지 몸을 반쯤 일으켜 세워 그의 의형을
노려보았다.

“그러면 청혈교 놈들이 뭔가 돈이 궁했었나 보군요. 아주 좋은 야바위

아니오?"

하의민이 계속 침묵을 지키자 장무성이 우울한 목소리로 말했다.

"형님, 유성표국은 그런 수상한 표물은 받지 않기로 옛날부터 결정해 오지 않았었소?"

그의 말에 결국 하의민이 눈을 감았다.

"이해해 주게. 어쩔 수 없는 상황이었네."

"뭐가 어쩔 수 없었단 말이오? 돈 때문이오? 이제까지의 수입으로도 충분하지 않소? 이 의뢰를 받아들인 진짜 이유가 대체 뭡니까?"

"……."

"설마 형님, 정말로, 정말로 돈 때문에 이 의뢰를 받아들인 거요?"

하의민은 그의 말에 대답하지 않은 채 입을 굳게 다물고 천장만 바라볼 따름이었다.

"그래, 솔직히 조금 위험하다는 생각이 있어서 나 나름대로 태진와 혜진이도……."

"조카들 얘기는 그만 하십시오!"

"……."

묵묵히 그의 의형을 바라보던 장무성이 한마디 질문을 더 던졌다.

"좋습니다. 표물받은 데에는 다 이유가 있다 치십시다. 하지만 이제 어쩌실 생각이십니까? 식구들이 청혈교 놈들에게 떼죽음을 당했는데 손놓고 계실 겁니까?"

그 질문에도 하의민은 쉽게 대답하지 못했다.

그에게는 정마련주의 친서가 일찍이 도착해 있었고, 친서에는 구구절절 경거망동하지 말 것을 경고하고 있었다. 유성표국이 강대하다 하나 무림의 바다에 빠져들면 그저 한 터럭의 쇠털이나 마찬가지였다.

그로서도 분한 마음 금할 수 없으나 자신은 유성표국을 끝까지 유지해

나갈 책임이 있었다.

"자네가 도유천을 없앴잖나? 난 그걸로 충분하다고 생각하네."

"형님, 모르는 척하는 거요? 난 도유천을 없앤 적도 없고 그 늙은이 하나 죽었다고 식구들의 혈채가 사라지는 것도 아니오."

장무성의 말에 하의민은 한숨을 내쉬었다.

"난……."

"대충 알겠습니다. 여하간 전 다시 움직여 볼 겁니다. 몸이 낫는 대로 우선 정 대인부터 시작하면 되겠군요."

"무성이, 벌집을 건드리지 말게."

"염려 마십시오, 형님. 표국에는 해가 없도록 조치하고 일을 시작할 테니까요."

그 말에 이제까지도 나름대로 의연했던 표국주의 눈이 흔들렸다.

"그 몸으로… 떠나려는가?"

"형님, 이 모자란 녀석이 형님을 따라 한평생 잘살아왔습니다. 멋지다 고는 못해도 보람찬 나날들이었지요. 이 정도면 슬슬 야인으로, 예전의 패검 장무성으로 돌아가도 괜찮을 때인 것 같습니다. 게다가……."

장무성은 말끝을 흐린 뒤 이제껏 의형에게 하지 못했던 말을 꺼냈다.

"태진이에 대한 형님 뜻도 어렴풋이 알고 있습니다. 어차피 앞으로 태 진이 놈이 표국을 이어받고, 그 녀석 색깔대로 표국을 바꾼다면 저야 늙 은 장애물일 따름이지요. 마침 잘됐습니다."

"미안하네."

"형님이 미안할 게 뭐 있습니까. 사는 게 다 그런 겁다."

"조카들은 내 잘 보살피겠네."

하의민이 장우식과 장우복을 들먹이자 장무성의 입에 실소가 걸렸다.

"하하, 아이고, 그놈들 돌보려면 형님도 머리 좀 썩을 겁니다. 그놈들도 하나같이 성깔이 보통 놈들이 아니라 태진이와 사사건건 부딪칠 텐데 어쩌시려오?"

"미안하네. 태진이에 대한… 표국에 대한 내 욕심이 너무 크다고 생각하나?"

장무성은 굳이 그 말에 대해 대답하지 않았지만 말을 돌렸다.

"형님, 유성표국은 형님으로도 충분했어요. 굳이 형님 아버지를 떠올려 태진이를 그리 키울 필요는 없었습니다. 지금은 늦었지만 그래도 다시 생각을 돌려보세요."

"자네는 모른다네. 힘없는 허수아비의 심정을……."

힘없는 허수아비라는 말을 듣자 장무성이 발끈했다.

"웃기지 마슈. 누가 들으면 웃음거리만 될 거요. 형님은 힘이 없지도 않았고 허수아비도 아니었잖소."

"…자네는 모르네."

"소제가 모른다고 칩시다. 모른다 쳐도……."

그는 태진을 떠올리며 자신도 모르게 핏대를 올리려다 결국 그 말을 속으로 삼켜야 했다.

'형님, 언제나 깨달을 거요? 태진이와 혜진이는 자기가 강하다고 생각하는 어릿광대로 커버렸소. 형님이 스스로를 허수아비라고 생각했다면 그것도 좋소. 하지만… 자만에 빠진 어릿광대 주제에 그걸 모르는 애들은…….'

자녀들에 대해 말을 꺼내봐야 감정 싸움으로 번질 뿐이었다.

유성표국을 이끄는 두 사람은 그렇게 서로의 흉금을 조금씩 드러낸 채 서로를 탐색하다 장무성을 의당으로 이끌 표사를 부름으로써 그 끝을 맺었다.

부상자 전원에 대해 상당한 보상금이 약속되었다.

죽은 자들은 그보다 몇 배 많은 액수가 제시되었으나 기뻐하는 이는 아무도 없었다.

표국은 그 성격상 상업으로 분류할 수 있으나 그 뿌리는 무림에 두고 있는 특이한 집단인 관계로 동료들이 당했을 때는 그 피값을 받아내는 걸 무엇보다 중요시했다.

특히 유성표국은 이제껏 표사나 표두가 표행에서 당하는 일이 생기면 큰 손해를 보더라도 그 피값을 받아온 전례가 있었다.

그러나 지금은 그 피값을 받아내지 못한다.

상대가 청혈교라는 이유도 있으나 정마련에서 다소 강압적으로 양측의 화해와 손실 보정을 제안해 왔기 때문이다.

국주 하의민은 항의 서한을 보냈으니 좀 더 지켜보자고 표국의 식구들을 다독였지만 이미 사람들은 보복전은 글렀다는 걸 알고 있었다.

수운도 침상에 누워 있는 동안 이런 분위기를 접해야 했다. 공기가 무겁다는 것이 무슨 뜻인지 알 수 있을 정도로 표국 자체의 분위기가 가라앉아 있었다.

그렇지 않은 사람도 있긴 하지만.

"안녕하십니까, 대표두님? 오늘 본가로 돌아가신다고요?"

"이제 곧 간다. 쟁자수가 칼 들고 설치는 꼴 보기 싫어서 오늘 돌아가려고 그런다. 네놈 오기 전에 가려고 했는데 한발 늦었구나. 왜, 나 집에 가는 데 불만이라도 있나?"

"거 대표두님도. 제가 대표두님을 얼마나 존경하는지 아시면서……."

"일없다, 이놈아."

장무성이 피식 웃으며 퉁을 놓자 상혁이 슬쩍 옆 자리에 누워 있는 수운을 바라보았다.

“대표두님은 댁으로 돌아가서도 요놈은 좀 놓고 가시면 안 됩니까? 안 보이면 심심할 것 같은데…….”

“네놈이 이제는 차도살인지계까지 펼치는구나.”

“뭔 소립니까, 그건?”

“그랬다간 며늘아기 등쌀에 내가 지레 죽는다는 얘기다, 이놈아.”

“히야아! 우복이 말고 대표두님까지 잡혀 살아요? 그거참 재밌는 집안이네요. 언제 구경이나 가봐야겠네.”

“그래, 언제 한번 꼭 와라.”

장무성이 ‘구경 오면 그 순간 너도 희생자’ 라는 표정으로 고개를 끄덕이며 말하자 듣고 있던 수운 역시 키득거렸다.

“웃어? 유수운이 이거, 다쳤다고 냅뒀더니 간이 열 배 정도는 부풀었냐? 넌 임마 나중에 보자.”

그가 눈을 부라리자 수운은 예의상 겁먹었다는 듯 몸을 움츠려 주었다. 적어도 그가 겪은 상혁은 첫인상대로 막돼먹은 불량배도, 부하들을 함부로 다루는 거만 덩어리도 아닌 제대로 된 인간이었다.

입이 험해도 악의는 없었고, 힘이 있다고 약자들을 핍박하지 않았으며, 자신보다 윗줄에 있다 해도 잘못된 일을 벌인 상대에게는 앞으로 나섰다.

“이 자식이 그래도 계속 실실 쪼개고 있네?”

“네 녀석 얼굴이 원래 웃기게 생겼으니 그렇지. 네 얼굴만 봐도 피곤하다. 그만 나가봐라.”

장무성이 입에서 웃음기를 거두지 않으며 손을 휘저었다.

“알았어요. 그럼 장 대표두님 댁에서 뵙죠.”

“네놈이 왜 우리 집에 오는데?”

“표국에서 놀고먹는 것도 지겨우니까 잠시 신세 좀 져요. 생판 남도 아니니까. 내일쯤 갈 테니까 잔치 음식이라도 좀 해놓으시고.”

사부 곁을 떠난 뒤 좋은 일이라곤 가족을 만난 것뿐이었지만 상혁을 만난 것 역시 좋은 인연이라 생각하고 있었다.

그가 짧은 기간 동안 지켜본 세상은 힘이 있으면 뭐든 되는 듯했다. 힘이 없으면 업신여김당하고, 죽은 뒤에도 그 가족들은 아무 말도 하지 못했다.

벌써부터 넌더리가 나는 와중이라 상혁 같은 사람도 존재한다는 것을 안다는 것만 해도 왠지 안심이 되었다.

수운은 두 사람이 떠드는 소리를 들으며 그런 생각을 가져야 했다. 듣고 배운 세상과는 너무도 달랐지만 그래도 버틸 만한 이유는 있는 것이다.

몸이 좋아지고 나면 이번엔 홀가분하게 강호행을 떠날 테고, 그때는 지금보다 좀 더 노련하고 조용히 강호를 종횡할 수 있을 것이다.

“대표두님, 떠나실 준비가 다 됐습니다.”

“알았다. 이만 떠나자꾸나.”

아직 거동조차 불편한 두 사람이었기에 몇 명의 건장한 사내들이 들것을 가져와 조심스레 수운과 장무성을 이동시키기 시작했다.

상혁은 떠나가는 두 사람을 말없이 배웅한 뒤 특유의 어슬렁거리는 걸음으로 쟁자수들이 주로 머물고 있는 뒤쪽 허름한 건물로 돌아갔다.

마차에 실려 집에 도착하자 장가의 모든 사람들이 몰려나와 그들을 맞이했다.

장무성의 아내, 장우식의 처, 수란에 이르는 안주인 세 명부터, 집안의 대소사를 관장하는 집사, 말단 하인에 이르기까지 몰려나와 그들의 생환을 환영해 주었다.

수운은 원래 자기가 묵던 방에 눕혀졌다.

수란은 출산일이 오늘 내일 하는 몸을 이끌고 또다시 수운의 옆에 와서 잔소리를 늘어놓기 시작했다.

처음에는 그녀의 말에 마음이 푸근해졌다. 자신을 진심으로 걱정하고 있다는 것을 알고 있기 때문이다.

그렇게 긴 잔소리를 누나의 사랑이려니 넘기려 했으나 대부분 첫날 자신이 표국에 도착했을 때 했던 말을 다시 하는 것이었기에 정신적으로 몹시 괴로웠다.

여기에 비하면 자신의 정체가 밝혀진 것일까 하고 고민하던 정마련에서의 정신적 괴로움은 아무것도 아니라고 말할 수도 있을 것이다.

그리하여 머리 속으로 법구경을 처음부터 끝까지 외우며 수란의 말을 흘리기 시작했다. 하는 김에 태어날 조카의 건강까지 기원하며 외웠으니 가히 일석이조라 할 수 있었다.

그러나 마지막 말은 흘릴 틈도 없이 다시 그의 정신을 뒤흔들어 놨다.

"…그래서 아버지한테 서찰을 넣었어. 표행에 일이 있었다는 얘기 듣고 너무 정신이 없어서 알리지도 못했는데 어제 너 보니까 정신이 좀 들더라. 그래서 집에 알렸어. 수운아, 아무래도 표국 일이라는 게 위험한 거 같아. 우리 그이 오면 그이도 그만두게 해야겠어. 이제 아이까지 있는데."

그 뒤의 말은 들리지도 않았다. 아버지가 이 일을 알게 된다고? 가족들이 이 일을 알게 된다? 어머니가? 형이?

왜 이제까지 그런 생각을 안 했을까?

가족들 걱정을 그렇게 했으면서도 어째서 가족들이 자신이 이리 크게 다쳤다는 것을 알게 되면 어떻게 될거라는 건 생각하지 않았을까?

"…어제 알렸다고, 누나?"

"응. 오늘이나 내일 서찰을 받으실 테니까 곧 기별을 주실 거야. 그동안 푹 쉬어. 집에 가려면 체력이 있어야 하니까 여기서 잘 치료받고 해야하니까."

자신이 집을 떠나려고 할 때 아버지가 들려주던 일화가 떠올랐다. 집 떠나 거지 꼴로 돌아온 형이 어떻게 되었던가?

'맞는 건 뭐 이미 몸이 이렇게 됐으니까 설마 죽이지는 못하실 테고, 문제는 다시 집을 나설 수 있느냐는 건데……'

아직 절명문주로서의 책임 중 하나도 제대로 하지 못했다. 만약 이대로 집으로 끌려간다면, 그래서 어머니의 슬픈 눈을 본다면, 형에게 잡혀 장사를 배우기 시작한다면, 아버지가 서투른 실력으로 몽둥이를 드신다면……

우선 자신은 누나인 수란조차 이기지 못한다. 누나 홀로 위험한 일을 하지 말라 막아서도 심각한 고민에 빠져야 하는 판에 가족이 연합한다면 평생 그곳에서 벗어나지 못할 것이다.

그냥 생활에 매몰될 것이다.

다시 강호로 발을 내디딜 생각은 꿈도 꾸지 못할 것 같았다. 그건 그것대로 나쁘진 않겠지만 이왕 나선 것 나름대로의 결말은 봐야 후회가 없을 것 같았다.

게다가 사부의 은혜는 어쩌란 말인가?

사실 사부가 멸명마공이라는 희대의 절공을 알려준 대가로 바라는 건 무림제패도 아니고 부귀영화도 아니었다. 그저 삼 년의 강호행, 그리고 창주의 정법무관을 찾을 것, 후계자를 둬서 맥을 이으라는 것뿐이었다.

그렇게 쉬운 것도 해내지 못한다면 너무나 한심하지 않은가?

결국 방법은 하나뿐이었다.

식구들이 들이닥치기 전에 몰래 떠나는 것. 그렇다면 오늘 밤부터 밤을 새워서라도 멸명마공의 행공으로 몸을 움직일 수 있을 정도까지 치료해야 했다.

빠르면 이삼 일이면 어떻게 지팡이를 짚고라도 거동할 정도까지는 몸이 나을 것 같았다.

'처음에는 속임수로 떠나왔는데 이번에는 가출이로군.'

체면이 말이 아니구나 하고 수운은 자신의 처지를 생각하며 허탈하게 천장만 바라봐야 했다. 누나의 잔소리는 그칠 줄을 몰랐다.

＊　　　＊　　　＊

만리추종 일행은 말을 이용하지는 않았으나 부지런히 걸었다. 만리추종은 걸으면서도 가끔 손에 들어오는 여러 정보들을 중얼거리고 있었다.

오유란이 듣기로 그가 중얼거리는 말들은 대강 다음과 같았다.

'고기를 좋아하는 건 어떨까' 라거나, '사람들 눈에 안 띄는 평범한 인상인가 보군', '만두 같은 건 어떨까?', '비가 왔던가?', '돈을 함부로 쓸 수는 없지' 따위였다.

그걸 들으며 추측해 보려 해도 앞뒤가 없었으므로 무슨 생각을 하는지 알 수가 없었다.

이후성은 이후성대로 뭐가 마음에 안 드는지 잔뜩 찌푸린 얼굴로 한마디도 안 하고 열 명의 고수들과 같이 움직이고 있을 뿐이었다.

결국 간단히 말하자면 오유란은 심심했다.

자신의 말을 받아주는 사람도 없고 혼자 중얼거리기나 하는 정신 이상자 같은 아저씨에다 얼굴에다 철판을 둘렀는지 눈썹 하나 까딱 않는 강시 같은 열 명의 무인들, 게다가 평소와 다르게 자신과 놀아주지 않는 사형.

심기가 불편한 덕에 오유란의 표정은 싸늘하게 바뀌어 있었다.

그녀는 모르고 있었으나 무현종은 무현종대로 그녀의 얼굴이 너무 차가워 함부로 말도 걸지 못하고 있었다.

결국 참다못한 오유란이 그래도 제일 만만한 혼자 중얼거리는 아저씨에게 다가가 물었다.

"도대체 뭘 그렇게 중얼거리고 계시는 거죠?"

그 말에 무현종이 찔끔하며 머리를 긁적였다.

"아, 신경 쓰였나요?"

"벌써 며칠째 혼자 그렇게 중얼거리고 계시니까. 거기다 무슨 소릴 하는지 알 수도 없구요."

"그게… 버릇이라 어쩔 수 없구만요. 그자의 상을 상상하다 보니……."

"상이요?"

"그래요. 홀로 길을 가던 무림 공적의 후인이 사람을 구한 뒤에 검상을 입었지요. 아직 젊고 입고 있던 옷차림으로 보면 부귀해 보이지도 않았다고 했죠? 그리고 그 대화, 그 대화로 미뤄보면 세상에 대해서도 잘 모르는 사람이고. 당연히 자신의 정체를 알리기 싫어하는 사람이겠고. 그런 사람이 부상당한 채 다시 길을 떠나려면 어떻게 했을까?"

오유란은 그 말을 듣고 고개를 갸웃거렸다.

"그거랑 만두가 무슨 관계예요?"

"만두?"

"혼자 중얼거리던 거 옆에서 듣고 있었는데 만두가 어쩌고 고기가 어쩌고 계속 그랬잖아요."

"아, 그거? 그러니까… 눈에 띄지 말아야 하니까 먹는 것도 남들 시키는 것만 시킬 테고… 그런 식으로 이런 저런 생각을 해보는 거죠. 게다가 개방에서 가져다준 일반적인 사건 사고나 보고를 보면 특별한 사건이 없었으니까.”

“아하, 그거참 재밌네요. 그렇게 상을 만든다? 원래 다들 그렇게 하는 건가요?”

“뭐, 그냥 버릇이라고 합시다.”

둘이 도란도란 얘기를 나누고 있자 오유란과 마찬가지로 심심한 데다 짜증까지 나 있는 이후성이 그 모습을 좋게 볼 리 없었다.

“유란아, 무 대협 귀찮게 하지 말고 이리 오너라.”

그 말에 오유란이 슬쩍 뒤를 돌아보더니 오래간만에 차가운 인상을 버리고 활짝 웃었다.

“싫어요.”

“…….”

철가면에 가까운 열 명의 무인 중 몇 명조차 웃음을 참기 위해 눈썹을 꿈틀거리며 기괴한 표정을 지을 정도였다.

귀여워하던 사매에게 배신을 당한 이후성이 패배감을 곱씹으며 투덜거릴 때 오유란은 무현종에게 바짝 붙어 눈을 반짝이고 있었다.

“가르쳐 줘요.”

“소, 소저, 뭐 말입니까?”

“뭐긴요? 당연히 그 상을 만드는 방법이요.”

“그건 딱히 기술이랄 것도 없고… 그냥… 상상력만 풍부하면…….”

무현종은 자신보다 한참 어린 냉막한 인상의 여인이 갑자기 활짝 웃으며 다가오자 자신도 모르게 식은땀을 흘리며 뒤로 물러서야 했다.

“그러니까 그 방법이요. 재밌게 들리는데요?”

“예, 재밌죠. 네, 이게 마치 관상과도 같아요. 사주하고도 비슷하고. 저는 스승님께 상 만드는 법을 배웠는데…….”

무현종은 스승 이야기를 하면서 간신히 오유란의 상큼한 공세에서 벗어날 수 있었다.

사주로 그의 건강, 직업, 아내, 남편, 재산, 직업 등을 알 수 있다면 누군가의 흔적에서도 그런 것을 찾아낼 수 있다는 것이 무현종을 가르친 스승의 신념이었다.

가령 그 흔적이 난잡하나 폭이 좁다면 하관이 길고 술을 좋아하는 사람이라던가…….

무현종은 그가 남긴 이론을 나름대로 한층 발전시켜 왔고, 덕분에 사람 추적에 대해 '강호제일'이라는 명호를 받았다.

"흔적만 아니라 그 사람의 상황, 그리고 그 사람이 취한 행동, 그 사람이 먹는 음식으로도 그를 파악할 수 있지요. 그러니 몇 가지만 확실히 알아낼 수 있으면, 그의 상만 확립할 수 있으면 추적은 한층 쉬워지는 겁니다."

"그럼 저나 사형, 그리고 저 뒤에 따라오는 사람들에 대해서도 어떤 사람인지 알 수 있어요?"

그 질문에 무현종이 곤란하다는 듯 머리를 긁적였다.

"아니, 뭐… 그런 건 아니지만… 그러니까… 그가 좋은 사람이다, 나쁜 사람이다, 딱히 그런 건 아닙니다."

"그게 뭐예요? 시시하네."

그 말에 무현종이 발끈했다.

"소저, 절대 시시한 건 아닙니다. 내가 장담하지요."

그래서 현장에 도착하는 동안 무현종은 오유란에게 상을 만드는 훈련을 시킬 수밖에 없었다.

◈ 第十二章 ◈
유수운, 화려하게 탈출하다

유수운, 화려하게 탈출하다

나흘 동안 수운은 마음을 졸이며 근처에 사람만 없으면 몰입하여 멸명마공에 집착했다.

절명기는 멸명마공의 흐름을 타고 전신 구석구석을 누비며 전신 곳곳을 부드럽게, 따사롭게, 강렬하게 감싸고 돌았다.

그 효과는 놀라워서 천하의 괴의조차 '제대로 운신할 수 있을지는 하늘의 뜻'이라고까지 했던 수운의 상처가 현저히 나아가고 있었다.

유일한 악재라면 상혁이었다.

그는 장무성에게 했던 말대로 봇짐 하나 메고 장무성의 집에 쳐들어와 음풍농월하고 있었다.

거기에 상혁은 수운을 괴롭히기로 마음먹었는지 시간만 나면 불쑥불쑥 찾아와 행공을 방해하곤 했다.

"씨벌, 인상 구기네? 유수운이, 집이라고 먹고 들어가나?"

집 안에서 인기척을 느끼고는 허겁지겁 멸명마공을 거두었을 때 상혁이 짓쳐들어와 처음 했던 말이다.

와서 괴롭히는 건 그 나름대로 즐거운 일이었지만 한시라도 빨리 몸을 회복해야 하는 입장인지라 피곤하고 몸이 안 좋다고 연기를 해서 곧 나가도록 만들어야 했다.

다행히 수운의 옆에서 떨어지지 않을 듯하던 수란은 첫날 이후 갑작스레 진통이 와 산파가 달려오는 등 한바탕 소동이 있은 뒤 거동을 자제하고 있었다.

아버지에게 서찰이 도착한 건 사흘째 저녁이었다. 서찰은 수란에게 보내졌다가 곧 수운에게 전달되었다.

서찰의 내용은 간단했으며 그것을 요약하면 다음과 같았다.

네 다리가 이미 부러져 있다니 심히 유감이다만 그 다리는 다시 한 번 더 부러져야 한다.

즉, 수운의 다리는 그의 몸이 낫는 대로 다시 한 번 분질러져야 할 것이며, 또한 그의 몸이 낫는 대로 치도곤을 당해야만 하는 것이다.

수운의 아버지 유정은 열흘 뒤쯤 친히 다녀간다며 서찰을 끝냈다.

'그 정도면……'

멸명마공을 최대한 활용한다면 어느 정도 그의 몸이 나아질 정도의 시간이었다.

'늦출까?'

괜히 상세가 빨리 나았다가 아버지에게 걸리면 다시 다리가 부러질지 모른다는 데 생각이 미치자 수운은 우울하게 상처 회복을 늦출까도 고민했다.

그러나 어머니는 서찰을 받자마자 당장 달려간다는 내용도 쓰여 있었다.

막내가 산산조각이 났다는 연통을 받자마자 잠시 기절했다 깨어나기를 여러 번 하신 뒤에 곧 채비를 시작했다고 한다.

눈에 훤했다.

'어머니가 곧바로 오신다면… 언제쯤에 도착하시려나?'

서찰과 동시에 출발했다고 가정해 보면 어머니는 말을 타지 못하니 마차로 달려오고 계실 터.

아무리 늦게 잡아도 내일이나 모레 정도면 다다를 것이다.

그렇다면 강호로 다시 출도를 하려면 그 기회가 오늘 밤밖에 없었다.

'오늘 밤이라……'

수운은 몰래 몸을 일으켜 보았다.

"윽!"

다리가 욱신거려 식은땀이 났고, 벽에 기댄 어깨는 여전히 바람이라도 드나드는 듯한 강한 통증이 있었지만 어쨌거나 움직일 수는 있었다.

괴의가 시술해 놓은 어깨와 몸에 붙어 뼈를 보정해 주던 철사 같은 것들과 나뭇조각이 삐걱거리며 상처의 움직임을 막아주고 있었다.

수운은 적어도 탈출을 감행하기 전까지는 이것들이 떨어져 나가면 안 되기에 조심스레 움직여야 했다.

조금 움직여 보던 수운은 곧 누워서 다시 멸명마공을 행했다.

밤에 집을 나서려면 조금은 더 몸을 완벽하게 만들어놔야 했던 것이다. 반 시진에 걸쳐 다섯 번의 대주천을 더 거치고 몸 상태를 확인하자 조금 전 일어서서 움직이느라 생겼던 통증이 씻은 듯이 사라졌다.

그러나 그때 밖에서 인기척이 들렸고, 수운은 행공을 멈출 수밖에 없었다.

문이 활기차게 열리며 여느 때처럼 상혁이 들어섰다.

"여, 유수운이, 오늘도 안 죽었구나."

"왜 죽어요, 제가?"

"골골하니까."

여느 때와 똑같은 인사와 똑같은 대꾸였다.

별로 재미도 없는 인사였는데 상혁은 늘 이 말을 하며 낄낄거렸고, 수운은 별수없이 같은 대꾸를 하면서도 한숨을 내쉬어야 했다.

"대충 얘기 들었다. 곧 집으로 끌려간다며?"

그는 늘 소문을 주워듣는 능력이 있었다. 그 소문이 실제로 퍼지기도 전에.

"그럴 거 같아요."

"새끼, 남자 새끼가 돼서 스물이 넘었는데 부모님 품을 못 벗어나?"

"그런 문제가 아니라……."

"아니긴. 난 새꺄, 열 몇 살에 홀로 집 떠나 그 먼 감숙에서 혹독한 수련과 함께하며 천하를 품을 패기를 키웠다 이거야."

자신도 열 살에 홀로 집을 떠나 사부에게 꿀밤 맞아가며 혹독한 수련 생활을 거쳤고, 천하 정도는 눈 아래로 깔아본다고 말하지 못하는 게 한이었다.

그 대신 다른 말로 받아쳐야 했다.

"네, 네. 그래서 쟁자수 하시는 거죠?"

"새끼가 그래도 지기는 싫어서……."

상혁이 픽 웃더니 평소처럼 의자를 끌어 턱하니 수운 옆에 주저앉았다.

"아무튼 네 녀석 운신하면 그때 알려주려고 했는데 언제 끌려갈지 모른다니 지금부터 시작해야겠다."

"뭘요?"

"이 새끼, 몸이 골골하면 눈치라도 빠릿해야 세상 살아가지. 지금 시작할 게 뭐가 있겠냐? 내가 공자왈 맹자왈을 알려주겠냐, 아니면 의술에

대해 알려주겠냐?'

"그럼 무공이요?"

상혁이 고개를 끄덕이더니 의자 등에 팔짱을 끼고 턱을 고인 뒤 말을 이었다.

"너, 그 몸으로 평생 살 거냐?"

"…아뇨."

"그냥 냅두면 절로 나을 것 같냐? 응?"

저 빼질거리는 얼굴에 '그렇다' 고 말할 수 있다면 얼마나 통쾌할까 싶었지만 수운은 그럴 수 없는 현실에 비애를 느끼며 고개를 저어야만 했다.

"그간 정도 들었고 또 유수운이 너처럼 어리어리한 녀석이 사지도 제대로 못 쓰면 그것도 참 두고 못 볼 일 같고, 그래서 한 가지 전해주려고 한다."

그 말을 듣자 수운이 조용히 그를 바라보았다.

"인사 안 해?"

"고맙습니다."

"원래 네가 직접 자세를 잡도록 봐줘야 한다만 그럴 수 없으니까 내 동작을 잘 외워둬. 이건 일종의 동공이니까 내공을 쌓지 못해도 상관없을 거다."

상혁은 자리에서 일어섰다.

그리고 양다리를 어깨 넓이로 벌리고 두 팔을 가지런히 들어 올려 큰 대(大) 모양을 만들었다.

"불문에 역근세수경으로 대표되는 신체를 만드는 무학이 있다면 우리 도문에도 그런 무학들이 있지. 특히 우리 공동에. 뭐, 워낙 무공들이 지랄 같아서 뻑하면 어디 한 군데 부러져 나가고 내장 몇 군데 터져 나가고 하니가 발전한 거라 생각되긴 한다만, 씨발, 나도 영감한테 두들겨 맞은 생각을 하면……."

잠시 투덜거리며 누군가를 원망하던 상혁은 주제가 새고 있다는 걸 깨닫고는 헛기침을 한 번 한 뒤 본론으로 돌아왔다.

"내가 지금 보여줄 건 무공이라기보다는 도인 체조와 흡사하게 보일 거다. 문외불출이라, 외인에게 함부로 전할 것이 아니기에 오로지 앞쪽에 몸을 튼튼하고 바르게 만드는 법만 따로 떼어 알려주는 거다. 너에게 전수할 심법 역시 전반부에 불과하겠지만 꾸준히 이삼 년 연마하면 팔할 이상 몸을 회복시킬 수 있을 거야. 그 정도면 충분하지 않겠냐?"

그 말에 수운은 고개를 끄덕였고, 그 순간 상혁의 시범이 시작되었다.

큰 대 자에서 시작되는 그 움직임은 느긋했고, 가끔 매우 기묘한 모양을 만들어 나갔다.

그 흐름조차 미묘하게 다르다는 게 느껴졌으나 전반적으로 자연스러웠다.

팔이 사위를 점하고 다리도 굳건히 땅을 받드는가 싶다 돌연 허공으로 떠올라 사방을 젓는다.

그가 보여주는 체조가 끝나고, 상혁은 세 번 끊어서 숨을 뱉어낸 뒤 양 손바닥을 단전에 모아 거둔 뒤 눈을 떴다.

"어때? 외웠냐?"

"아뇨."

"그럴 줄 알았다. 우선 심법을 들으며 방금 본 모습들을 떠올려 봐라. 심법을 외우면 다시 형을 알려주마. 아, 그리고 보니 한 가지 알려둬야겠구나. 너 이거, 너만 알고 있어라. 누구한테도 얘기하지 말고 가르치지 마라. 알았냐?"

"비밀이에요?"

“문외불출이라고 그랬잖아. 씨발, 그게 헛소리로 들리던?”

“아뇨. 중요한 거 같으면 굳이 저에게 알려주시지 않아도…….”

“사람 하나 살리는 것도 중요하잖냐. 뭐, 그리고 행여 네놈이 입을 열어도 전반부의 전반부뿐이라 실전에선 사용도 못할 테고.”

상혁은 의자에 걸터앉아 전음으로 총 일흔일곱 문장의 심법을 읊어주기 시작했다.

“외웠냐?”

“한 번 듣고 어떻게 외워요?”

“씨발, 난 임마 한 번 듣고 좔좔 읊고 뜻 풀이까지 했어. 그것도 한 번에 전후반부를 전부. 말이 전반부, 후반부지 후반부에 비하면 전반부 외우는 건 일도 아냐.”

“네, 네.”

“이 새끼가 안 믿네?”

한동안 툭탁거리던 상혁은 다시 한 번 심법을 읊기 시작했고, 열 한 번째에야 수운은 그것을 간신히 다 외울 수 있었다. 상혁이 길길이 뛰며 ‘몸이 허약하면 머리라도 좋아야 하는데’ 어쩌고 하며 수운을 괴롭힌 것은 보지 않아도 알 수 있는 일이었다.

심법의 전수가 끝나자 상혁은 다시 예의 체조의 형을 연무하기 시작했다.

수운이 그 형을 외웠는지 확인하기 위해 한차례 연무가 끝나면 수운에게 심법과 대조해 형의 움직임을 말로 설명해 보게 했다.

당연히 한 번에 외우지 못하자 상혁은 손가락으로 그의 코를 튕겨댔다.

간신히 스물두 개의 형을 모두 외웠을 때 수운의 코는 이미 새빨갛게 변해 있었다.

"이제 끌려가도 내 맘이 편하겠구나."

"어쨌든 감사합니다."

"어쨌든이라니? 야, 유수운이, 너 지금 굉장한 거 배운 거야. 뭐, 몸 튼튼하게 만드는 거 빼면 쓸 데는 없겠지만."

"그런데 정말 이게 굉장한 거예요? 아무리 봐도 그냥 체조잖아요?"

상혁이 머리를 긁적였다.

"그야 그렇겠지만……."

그는 자리에서 일어나 주전자에 들어 있던 물을 잔에 따라 마시려다 가볍게 입을 열었다.

"칠상권론이다."

"네?"

"지금 네가 외우고 익힌 거, 칠상권보의 초입이야. 그러니까 어디 가서라도 말하지 마라."

물을 마시는 상혁을 보며 유수운은 입을 다물었다.

칠상권.

내가중수법으로는 강호에서도 손꼽히는 공동의 비전절기였다. 복마검과 함께 공동의 제자들조차 함부로 익힐 자격을 주지 않는 절공으로 상혁이 비록 초반부나마 수운에게 전한 것은 내심 걸리면 호되게 혼날 각오를 하고 건네준 것이었다.

실제로 공동에서 이 일을 알게 되어도 딱한 청년 하나 구제했다 생각해서 상혁에게 아주 큰 벌은 내리지 않을 것이다.

기껏 항마동 일 년 구금 정도의 미약한—상혁 생각에는—벌 정도라 생각되었다.

문파에 아무 해도 미치지 않고 앞길이 창창한 젊은 놈 하나 살린다.

게다가 걸리지만 않으면 된다.

상혁은 나름대로 경중을 판단해서 수운에게 칠상권론 초입을 강론해 준 것이다.

그러나 어떻게 따져 봐도 큰 인연이라 보기 힘든 수운에게 거대 문파의 무공 초입을 아낌없이 베푼 것은 쉽게 할 수 있는 일이 아니었다.

"조장, 고마워요."

사실 수운으로서는 하등의 필요가 없는 무공이었으나 칠상권 정도의 고급 무공을 아낌없이 알려준 그의 마음이 고마웠다.

"뭐, 이제야 고맙다고 하냐?"

"정말 고마워요, 조장. 누구에게도 알리지 않고 가르치지도 않을 거예요. 그건 믿어도 되요."

"새끼, 그럴 배짱이나 있냐?"

끝까지 이죽거리며 상혁은 자리에서 일어섰다.

"그거 직접 해보면 보기보다 스무 배는 힘들 거다. 그래도 움직일 수 있으면 따라 해라. 나중에 건강한 모습으로 만나자."

"네, 다시 올 테니 그때 다시 권법을 알려주세요."

"그래."

그저 고개를 끄덕여 짤막하게 대답을 한 상혁이 밖으로 나갔다.

뭐, 내일이면 다시 평소의 짓궂은 얼굴로 방문을 열어젖히겠지만 그때 자신은 자리에 없을 것이다.

세상엔 참으로 여러 종류의 사람이 있다는 것을 알 수 있었다. 누군가는 아무 이유 없이 남을 핍박하고, 누군가는 자신의 이익 때문에 사람을 파리처럼 죽이고, 누군가는 내 것도 아까워 남의 것을 빼앗기에 급급한 반면 장무성처럼 우직하고 상혁처럼 아낌없는 사람도 있는 법이다.

‘그 말버릇만 고치면 정말 좋은 사람인데.’

수운은 다시 멸명마공의 운기행공에 들어갔다. 밤은 멀지 않았기에 그
간 최상의 몸 상태를 만들어놔야 했다.

새벽이 오자 수운은 조심스레 몸을 일으켰다.

그리고 미리 써둔 서찰 하나를 탁자 위에 올려놓았다. 내용은 가출하
는 남자들이 상투적으로 써넣는, 보다 넓은 세상에서 많은 것을 배우고
오겠다를 보다 간결히 적어놓은 것이었다.

‘이걸로 돌아오면 형님의 두 배 정도로 얻어맞겠군.’

쓴웃음을 짓던 수운은 욱신거리는 몸을 이끌고 조심스레 밖으로 나섰
다.

집을 지키는 하인들이 있을 듯해서 조용히 장씨 저택의 높은 담 쪽으
로 이동해 갔다.

‘자, 이제 문제는 몸이 말을 듣는가 하는 건데······.’

문으로는 나갈 수 없다.

나가게 둘 리도 만무하고 혹여 문을 열어준다 해도 도망갔다는 사실이
금세 알려져 잡혀갈 것이 뻔했다.

‘역시 가출에는 월담이지.’

수운은 그렇게 뇌까리며 고개를 끄덕였다.

그러나 장씨 일가의 벽은 높아 보였다.

평소라면 아무리 높은 담이라도 절대부동을 응용해서 타고 넘을 수 있
겠으나 지금은 몸이 만신창이에 가깝다.

아무리 지난 며칠 최선을 다해 행공을 해왔다 해도 그 한계는 분명한
법.

수운은 호흡을 가다듬으며 몸 안의 절명기를 있는 대로 끌어 모았다.

'다행히 아무도 없군.'

예민해진 감각과 청각으로 담 밖에 사람의 흔적이 있는지 살폈고, 아무도 없자 못해도 두 키 정도는 되는 담장을 바라보며 전의를 불살랐다.

'못 넘으면 칠대 절명문주 유수운은 곧장 집으로 끌려가 포목점 유씨가 되는 거군.'

절명문의 사활이 걸린 순간이었다.

아니, 후계자야 늘그막에 둘 수 있으니 사활까지는 아니더라도 봉문까지는 걸린 순간이었다.

'지금!'

집중하던 유수운의 몸이 한순간 사라졌다.

철퍼덕 하는 둔탁한 소리가 들렸다.

소리 죽인 통곡성이 잠시간 흘렀다.

'주, 죽는 줄 알았네.'

꼼짝 않고 엎드린 채 소리 죽여 신음하던 유수운은 반 각이 지나서야 담을 붙잡고 일어설 수 있었다.

새벽이라 생각대로 통행하는 사람은 보이지 않았다.

수운은 곧 어둠 속으로 사라져 갔고, 이로써 절명문은 봉문의 위기 하나를 넘어설 수 있었다.

*　　　*　　　*

오유란은 심심했다.

그렇기에 심심해 보이는 무현종을 졸라서 '샹' 만드는 법을 가르침 받았다.

아직 유란 스스로 흔적을 살피는 방법을 모르기 때문에 무현종이 임의

유수운, 화려하게 탈출하다 265

로 '이러이러한 흔적이 있을 때 사람은 이러이러한 경우가 많다' 식으로 가르치고 있었다.

"하관이 길고 얼굴이 하얗다!"

"틀렸소."

"그럼 얼굴이 하얗고 하관이 길쭉?"

"그게 그거잖소?"

만리추종 무현종이 한숨을 내쉬었다.

어찌어찌 자신의 비기 중 하나인 '상' 만드는 법을 알려주며 길을 같이하고 있으나 역시 초보자를 가르치는 건 힘든 일이었다.

"하지만 보폭이 좁고 빨리 걷는 사람은 성정에 금기가 가득해서 얼굴이 희다고 하셨잖아요?"

"희다는 건 맞습니다만 하관이 길지는 않죠. 이 경우 오히려 얼굴이 넓고 턱이 네모일 가능성이 더 크답니다."

무현종은 다시 한숨을 내쉬었다.

"역시 움직임을 오행으로 풀이하여 그것을 맞춰내는 공부는 어려울 거 같군요. 그 부분은 건너뛰고 성격과 그 삶을 추론해 내는 것부터 시작하는 게 어떻겠습니까?"

"하지만 그건 순전히 상상으로만 하는 거라며요? 왠지 사기 같아서."

묵묵히 따라 걷고 있던 이후성이 중얼거렸다.

"어차피 둘 다 사기 같구만 새삼스레 뭘."

"하하하, 처음 듣는 사람은 그렇게 생각들 하지만 그래도 칠 할 정도는 들어맞으니 아주 사기는 아닌 셈이지요."

무현종은 이런 종류의 비방을 많이 들어왔던 터라 이후성의 심퉁맞은 말을 웃어넘겼으나 오히려 유란이 비록 짧은 시간이나마 힘들여 배우고 있는 비기가 사기라는 말을 듣자 쌍심지를 켰다.

"사형, 그럼 이 내가 지금 사기 치는 법을 배우고 있다 이거예요?"

"아니, 내 말은……."

심심한 데다 느리게 이동하는 터에 겹친 짜증에 한마디 잘못 내뱉은 죄로 이후성은 반 시진 동안 유란의 조목조목 따져 드는 공격에 진을 빼야 했다.

그리고 반 시진 후 유란은 공격의 마무리를 장식하려고 눈을 반짝이며 무현종을 끌어들였다.

"…다 그런 알려지지 않은 비기가 있기 때문에 만리추종이란 별호까지 생긴 거라구요. 중원최고의 추적자, 중원제일, 그게 아무한테나 붙어요? 그런데 그걸 사기라고 폄하하다니, 사형은 무림인의 자세가 안 돼 있어요. 자, 무현종 대협, 이제까지 이런 기술들을 이용했기 때문에 한 명도 놓친 적이 없었던 거죠?"

"그게… 사실 꽤 놓치긴 한답니다."

"……."

"쿡!"

갑자기 벌어진 희극에 말없이 따라오던 호위 무사 몇이 웃음을 참지 못했다. 유란이 그들을 째려보자 그들은 헛기침을 하며 시선을 돌렸다.

토라진 오유란은 원망스런 눈초리를 돌려 무현종을 바라보았고, 이후성은 웃지 않기 위해 화산에서의 고된 연마 과정을 떠올려야 했다.

이후 유란은 입이 퉁퉁 부어 근 반나절간 입을 열지 않았다.

이후성과 무현종은 그 후로 그녀의 입을 원래대로 돌려놓기 위해 갖은 고초를 겪어야 했다. 꽁해 있던 그녀가 다시 입을 연 것은 저녁에 든 객잔에서 식사를 할 때쯤이었다.

"정말로 추적에는 중원제일이라는 분이 쫓던 사람을 놓친 적이 있다는 건가요?"

오유란의 눈치를 보며 식사를 하던 무현종은 그녀가 말을 걸어오자 반색을 했다.

"하하, 제가 신도 아니고… 사실 사냥꾼이 사냥감을 놓치는 건 흔한 일이랍니다, 소저. 생각해 보세요. 우리가 살고 있는 이 중원 땅은 넓고, 흔적은 희미하고, 열흘 거리 이상 떨어져 도망가는, 그것도 흔적을 감추기 위해 별별 짓을 다하고 도망치는 자들을 어떻게 보면 놓치는 게 당연하지 않습니까?"

무현종이 그렇게 놓치는 게 당연하다는 듯 말하자 묵묵히 식사를 하고 있던 다른 일행의 눈빛이 일제히 그에게 집중되었다.

그렇다면 지금 월광사신을 쫓는 일 역시 실패할 가능성이 높다는 뜻이 아닌가? 그의 행동이 기껍다 싫다를 떠나 무현종이 성공하지 못한다면 월광사신은 이대로 놓치고 만다.

"고작 열흘 차로 그렇게 놓치는 게 당연하다면 이번에는 더 절망적이잖아요? 벌써 두 달 가까이 지나갔다구요."

"그렇죠."

"너무 한가하게 말하시네요. 월광, 아니, 여하간 그자를 추적하는 건 전 무림이 걸린 일이라구요."

월광사신을 입에 올리려다 정마련주 장명이 어떤 일이 있더라도 그 이름을 입에 올리지 말라고 신신당부한 일이 떠올라 찔끔 말을 바꾸는 오유란이었다.

"하하, 너무 걱정하지 마세요, 소저. 그날 련주님 앞에서도 말씀드렸듯이 저 홀로 할 수 있는 건 많지 않을지 모릅니다. 확실히 홀로 추적한다면 흔적으로 상을 만들어 추적해도 잡아낼 확률은 극히 적겠죠. 하지만 이렇게 대규모 인원이 동원돼서 정확한 정보를 제공하게 된다면……"

"자신있다는 뜻이세요?"

"글쎄요. 자신없지는 않다는 뜻입니다."

무현종은 자신감을 드러내는 마지막 말을 내뱉으며 어깨를 으쓱해 보였다.

이로써 오유란의 마음은 완전히 풀렸고, 그 이후 현장에 도착할 때까지 착실히 '상' 만드는 법을 배워 나갔다.

그 이후 사흘이 지났고, 그들은 마침내 이후성 일행이 마우에게 쓰러졌던 장소까지 도달했다. 이후성은 주변을 돌아보며 어쩐지 흥분된 듯한 목소리로 입을 열었다.

"여기가 분명합니다. 바로 여기서 탁살장 마우와 네 명의 괴한들에게 습격을 당해 저쪽으로 밀려 들어갔죠."

오유란도 고개를 끄덕였다.

"사형의 말이 맞아요. 갑자기 당한 기습이라 단 한 번도 공세로 전환하지 못하고 패퇴하고 말았어요. 뭐, 정당히 겨뤘어도 이겼을 거 같진 않지만."

만리추종 무현종이 고개를 끄덕이더니 길 전체를 지그시 훑어보기 시작했다.

미동도 하지 않았고 눈동자만이 아주 조금씩 움직일 뿐이었다.

일각 동안이나 그렇게 길을 노려본 채 석상이 되어 있던 무현종은 갑자기 한숨을 내쉬었다.

그만 주시하고 있던 일행이 조심스레 무현종에게 물었다.

"어떻소? 뭔가 알아낸 것이 있소?"

가장 먼저 질문을 한 것은 이제껏 말없이 그들을 따라오기만 하던 무인 중 한 명이었다. 드물게 입을 열었으나 무현종은 말없이 고개를 내저었다.

"생각대로 흔적은 거의 사라졌군요. 말을 듣지 않았다면 아무것도 모르고 지나칠 뻔했습니다."

"뭐야, 아무것도 모르는데 뭘 그렇게 심각하게 길을 노려보고 있었어요?"

아무 흔적도 없다는 무현종의 말에 오유란이 입을 삐죽이며 끼어들었다. 무현종은 다시 사람 좋은 미소를 흘리며 손을 들어 한곳을 가리켰다.

"암습자들은 저쪽에서 튀어나왔지요?"

"아, 네."

"그리고 분명 저 방향으로 유인되어 들어가셨을 거 같은데……."

오유란은 무현종이 가리킨 방향을 보고 고개를 끄덕이다 다시 입을 앙다물었다.

왠지 그가 자신들을 놀리는 것 같았기 때문이다.

"아무 흔적도 못 봤다면서요?"

"흔적은 못 보지만 지형은 볼 수 있잖습니까?"

그의 말에 오유란은 입을 다물어야 했다. 흔적을 발견해 내지 못하면 지형을 보고 판단한다.

지난 사흘간 '상' 만들어내는 법을 배우며 주위들은 추적의 기본 중 하나로 무현종은 언제나 그렇듯 누구를 놀리고 말고 할 생각이 없었던 것이다.

무현종은 천천히 발걸음을 옮기며 얘기를 이어나갔다.

"수목이 스스로 아물고, 날씨가 땅을 고르고, 산짐승이 흔적을 먹어치웠으나 아주 희미하게 검격의 흔적이 보이는 건 사실입니다. 게다가 지형까지 일치하니 더 이상 볼 것도 없군요. 이제 부대주와 소저께서 월광사신을 만났다는 곳까지 가보지요."

만리추종은 이후성과 오유란의 안내도 기다리지 않고 느긋하게 숲으로 걸어 들어갔고, 사람들도 천천히 그의 뒤를 따랐다.

곧 그때의 작은 분지가 나타났고 만리추종은 다시 멈춰 서서 아까처럼 집중해서 드러난 모든 것을 바라보았다.

“어때요?”

“아까와 마찬가지입니다. 희미하게 검격 정도의 흔적은 보입니다만 나머지는 흔적이랄 수도 없군요. 역시 이 일은 흔적을 따른다 어쩐다 할 문제가 아닙니다. 더구나…….”

“더구나?”

“개방이든 정마련이든 여기 와서 한바탕 휘젓고 갔나 보군요. 풀들이 짓밟혀서 다시 일어선 모습을 보니 열댓 명 와서 샅샅이 뒤지고 갔어요. 이래서야 흔적이 남아 있었다 하더라도 방법이 없지요.”

그렇게 말한 그는 태연히 봇짐에서 개방에서 보내온 서찰들을 한 뭉텅이 꺼내 바닥에 흩어놓더니 무작위로 읽기 시작했다.

사람들은 멀건히 그의 하는 양을 지켜볼 뿐 이 괴이한 인간이 무슨 짓을 하는 건지 물어볼 마음조차 못 내고 있었다.

“저쯤에 제압당해 있었습니까?”

“그렇소.”

그는 서찰들을 무성의하게 헤치며 훑어보기 시작하다 급기야 상세한 지도 한 장을 꺼내 바닥에 펼친 뒤 바라보았다.

“어려운 길이야. 올 수 있는 곳, 갈 수 있는 곳… 모두 여섯 군데로 나뉘어… 어디서 오고 있던 중인지, 어디로 가던 중인지…….”

그는 그렇게 중얼거리며 계속 서찰을 넘기고 있었다.

“무 대인, 지금 무엇을……?”

이후성이 그의 행동이 무엇을 의미하는지 물어보려 할 때 그가 서찰과

지도들을 주섬주섬 챙기더니 벌떡 일어나 빠르게 걷기 시작했다.

그러나 그렇게 오 리 정도 걸어가던 만리추종은 고개를 내젓고 혼잣말로 '아니야, 아니야'를 중얼거리고는 다시 사건이 있었던 장소로 돌아가기 시작했다.

사람들은 그가 하는 행동이 무엇 때문인지 궁금했으나 뭔가 깊이 몰입해 있는 듯한 그에게 함부로 질문을 던지지는 못했다.

다시 자리에 돌아온 무현종은 지도와 여러 서찰들을 다시 뒤적거리며 장고에 들어가는가 싶더니 다시 그것들을 챙긴 뒤 일어나 걷기 시작했다.

아까와는 방향이 달랐으며 이번엔 좀 더 긴 거리를 걸었다. 십 리 정도를 걷던 만리추종은 또다시 고개를 저으며 발길을 돌렸다.

마침내 성질 급한 오유란이 참지 못하고 말없이 걷고 있는 무현종의 팔을 잡아끌었다.

"저기, 지금 뭐 하시는 거예요?"

유란에게 잡히자 뭔가 현실로 끌려온 듯한 무현종이 가볍게 한숨을 내쉬었다.

"아, 그게 말입니다."

그가 뭔가 설명하려 했을 때 이후성과 호위 무사 하나가 나란히 끼어들었다.

"유란아, 무 대인을 방해하지 말거라."

"소저, 그분은 전권을 위임받은 분이오. 손을 놓으시지요."

"하지만 대체 이렇게 왔다 갔다 하는 게 무슨 소용이 있죠?"

그 말에 무현종이 한숨을 내쉬었다.

"오 소저, 지난 며칠간 배운 건 다 어디에 버리신 거요? 내 분명 상을 만드는 법을 설명하면서 길을 보는 법도 언급했을 텐데…… 다른 사람들이야 궁금해한다 쳐도 어찌 오 소저께서 그런 말을 한단 말입니까?"

지그시 오유란을 바라보는 무현종의 눈길은 '배신자'를 보는 눈길이었다.

"아, 그럼 지금 바로 길을 보고 계시는 거란 말이에요? 이렇게 하는 건지 몰랐어요."

무현종이 '나 상처받았소' 하는 얼굴로 다시 걷기 시작하자 이후성이 슬그머니 그녀 옆으로 다가서서 물었다.

"사매, 길을 본다는 게 무슨 뜻이야?"

"아, 그러니까 상을 보는 것과 개념은 비슷해요. 그가 남긴 흔적을 보고 그 성격과 외관을 유추해 내는 것처럼 이건 그가 어느 길을 타고 갔을까를 유추해 내는 거예요."

"그런 게 가능해?"

갈수록 불가해한 영역으로 들어서는 무현종의 추적술이 그의 눈에는 점점 사기술로 비춰지기 시작했다. 그가 의심을 품든 말든 무현종은 신경 쓰지 않은 채 다시 원래의 자리로 돌아와 눈을 감고 섰다.

"저쪽이로군. 저쪽으로 갔을 확률이 가장 높아."

사람들은 그가 가리킨 방향을 보았다.

"저 방향은……."

"강서성으로 가는 길이로군."

무인이 중얼거렸다.

"확실한가요?"

"글쎄, 지금으로선 가장 높은 가능성을 지니고 있군요. 그렇게밖에 말을 못하겠습니다."

"강서성이라……."

강서성으로 통하는 길 위로 멋들어진 구름 하나가 스쳐 지나가고 있었다.

＊　　　＊　　　＊

‘유수운의 가출’은 장무성의 부인인 은씨의 명에 따라 우선 기밀 사항으로 분류되었다.

‘산통이 있는 아이에게 충격적인 소식은 독’이라는 것이 이유였다.

유수운이 남긴 서찰을 읽어본 장무성은 쓴웃음을 지은 뒤 하상혁을 불러들였다.

“아함, 아침부터 무슨 일이세요, 대표두님?”

형님의 의동생이므로 항렬상 ‘형님’이라 불러야겠으나 장무성의 아들인 장우식을 형님으로 부르기 때문에 그런 호칭을 사용할 수는 없었다.

그런 이유가 아니더라도 상혁에게 장무성은 언제나 ‘대표두’로 족했다.

눈을 비비며 자신을 바라보는 상혁에게 말없이 유수운이 남긴 서찰을 건넸고, 그는 아침 댓바람부터 무슨 일인가 싶어 묵묵히 서찰을 읽어나갔다.

그의 입가에 조금씩 미소가 맺히더니 기어이 폭소를 터뜨렸다.

“푸하하하! 유수운이 이 약골이 가출을? 그 몸으로? 크하, 그놈 보기보다 대찬데요, 대표두님?”

“시끄럽다. 그게 지금 웃을 일이냐?”

“그럼 이게 웃을 일이 아니면 뭐가 웃을 일인데요?”

장무성이 불편한 몸만 아니면 입을 찢어버렸을 거라 협박한 뒤에야 상혁은 웃음을 조금 그쳤다.

"내 몸은 이렇고, 우복이는 돌아와도 곧 태어날 자식놈 때문에, 그리고 표국 추스르느라 정신없을 테니 하릴없는 놈은 딱 너밖에 없다."

그 말에 상혁이 완전히 웃음을 그쳤다.

"가서 데리고… 아니, 잡아오라는 게 더 적당한 말이겠군."

"에이, 이 판에 강호 유람하겠다고 나간 청춘 하나 잡으러 제가 나서야겠어요?"

"부탁 좀 하자, 이놈아."

상혁이 가만히 그를 바라보다 중얼거렸다.

"뭐, 대표두님은 족히 서너 달은 요양하셔야 할 테니까……. 수운이 자식이야 바보니까 최대한으로 잡아도 보름이면 잡아올 수 있을 테고, 우복이 놈은 늦어도 내일이면 돌아올 테고. 내일쯤 움직이면 되겠네요. 우복이 놈 도착하고 난 다음에."

"……."

물끄러미 상혁을 바라보던 장무성이 한숨을 내쉬었다.

"야, 이놈아, 대충 나 따라올 때 그럴 거라 짐작은 했다만 넌 끼지 마. 가서 국주님이나 도와드려."

상혁이 집까지 억지를 써서 들어온 것이 자신을 호위하기 위한 것이라는 걸 모르는 바 아니었다.

고맙지 않은 바 아니나 지금은 그럴 때가 아니다.

하지만 상혁은 실실 웃으며 고개를 저으며 짤막하게 답했다.

"거긴 재미없어요."

상혁이 그렇게 말하자 무성이 짐짓 짜증난다는 듯한 표정을 지어 보였다.

"이놈아, 세상에서 재밌는 일만 하고 사는 사람이 어딨어? 다 먹고살자고 아등바등 사는 거지."

"아이고, 우리 영감이 해준 말하고 정반대네요, 대표두님. 인생 길어야 백 년이니까 막 가라는 게 우리 영감이 제게 전수한 인생론입니다."

상혁이 '우리 영감'이라고 말할 사람은 단 한 명, 공동의 명복 선인뿐이었다.

그가 전대 기인인 명복 선인까지 들먹이면서 자기 곁에 머물며 사실상 호위를 하겠다는 뜻을 버리지 않자 장무성은 다시 한 번 한숨을 내쉬었다.

"너, 작은아기가 네 녀석 머리채를 뿌리째 뽑으며 동생 찾아오라고 악쓰는 꼴 보고 싶냐?"

이 소박한 협박에 상혁이 기겁을 했다.

"아따, 대표두님도. 그런 협박은 하지도……."

유수란에게는 뭔가 신묘한 능력이 있는지 이 집에 온 지 며칠 만에 어지간한 상혁도 그녀 앞에서는 꼬리를 내리고 있었다.

"그러면 지금 나가서 잡아와라. 늦어도 내일이면 사부인까지 도착한단다. 어지간하면 그때까진 잡아왔으면 하는 게 내 작은 소망이다."

"알았어요."

상혁이 머리를 긁적이며 일어섰다.

"가급적 빨리 잡아와."

"염려 마십쇼. 유수운이 그 몸에 가봐야 어딜 얼만큼 갔겠습니까? 걍 콱 잡아서 다리몽둥이를 부러뜨려 끌고 오겠습니다."

"그냥 데려오면 작은아기가 알아서 부러뜨릴 테니 그 부분은 생략해라. 뭐, 사돈 어른도 부러뜨린다니까 가족들 다 부러뜨리고 남는 부분 있으면 부러뜨리게 해줄 테니까."

상혁이 킥킥거렸다.

"죽었구만요."

“죽었지.”

“하여간 이노무 자슥, 어리버리한 녀석이 죽을 짓은 왜 해서 사람 귀찮게 하는 건지…….”

장무성의 우격다짐에 억지로 일을 맡아놓고 한참을 툴툴거리던 상혁이 마침내 유수운 생포의 막중한 책임을 띠고 문을 나섰다.

가족 추적대를 피하기 위해 우선 유수운은 산길로 들어섰다. 도읍의 큰길을 따라 이동한다면 ‘절뚝거리며 지팡이 짚은 채로 도망가는 젊은이’ 는 금세 덜미를 잡혀 집까지 호송당할 것이 분명했기 때문이다.

일견 어리숙해 보이는 수운이었으나 가끔 굴러가는 잔머리 하나는 누구에게도 뒤지지 않는다 스스로 자부하고 있었다. 물론 아직 검증받은 바는 없지만.

그는 큼지막한 나뭇가지를 지팡이 삼은 채 절뚝거리고 고통에 괴로워하면서도 한 걸음 한 걸음 나아가고 있었다.

그는 후회하고 있는 중이었다.

“어떻게 가출을 해도… 준비 하나 없이… 이렇게…….”

힘겹게 중얼거리는 데에는 이유가 있었다. 아무도 없는 산길에서 멸명 마공을 끌어올린 채로 일각 정도 걷고, 일각 정도는 앉아서 행공만으로 고통과 상처 치료를 하며 걸은 게 벌써 이틀째였다.

마땅히 갈아입을 옷도, 노숙에 필요한 부싯돌이나 건량, 모포 등도 하나 없이 불편한 몸으로 이틀을 보냈으니 절로 이가 갈리는 게 당연할 것이다.

제대로 쉬지도 못하고 상처를 돌보지도 못했으나 부상의 정도는 좋아지지도 나빠지지도 않고 있었다. 그저 머문 채 계속 연공을 했다면 생각보다 쉬이 나아졌겠으나 상황이 여의치 않았다.

생각해 보면 상황은 계속해서 나빠만 지고 있었다. 지팡이를 지탱하는 양 어깨와 걷고 있는 양다리, 내장까지 악영향을 끼치고 있었다. 멸명마공조차 그저 상처가 아주 악화되지 않도록 하는 데 그치고 있었다.

먹을 게 없었으니 체력도 점점 떨어지고 있다.

멸명마공의 힘이 아니었다면 벌써 어느 나무 아래에서 곰 발바닥에 채여 산짐승의 먹이가 되어 있었을 수도 있다.

"조사님들 감사합니다."

잠시 나무에 기대 몸을 쉬던 유수운은 피식 웃으며 그렇게 중얼거렸다.

결국 멸명마공 때문에 무사한 것이다.

산길이라 배는 고팠지만 멸명마공 덕에 원기가 손상되지도 않았고, 산짐승이 덤벼들지도 않았다.

노숙에 경험이 없던 유수운으로서는 여러 가지로 천만다행한 일이었다.

'그나저나 이제 슬슬 인가가 보이는 곳으로 내려가야 하지 않을까? 아무리 멸명마공이라도 이렇게까지 원기를 손상시키면 결국 회복할 수 없는 지경까지 갈 수도 있을 텐데…….'

수운이 아무 준비물도 없는 상태에서 이토록 산행을 감행하는 데에는 이유가 있었다.

아버지 유정은 젖혀놓더라도 누나가 시집가 있는 장씨 가문에는 유성표국에서 일인지하 만인지상의 위치에 있는 장무성 대표두가 있다. 그동안의 안면도 적지 않았을 터, 혹시 상계나 표사들에게 자신의 용모파기를 돌리면 잡혀가는 건 순식간이었다.

용모파기까지도 필요없었다.

이십대 초반. 다리를 절고 있을 것임. 이 두 마디만으로도 자신은 충분히 잡혀갈 수 있었다.

그냥 한군데 주저앉아 연공으로 상처를 모두 치료하고 움직일까 하는 생각도 해봤으나 얼마나 행공을 해야 할지도 알 수 없는 처지에 그럴 수는 없었다.

그렇기에 우선은 최대한 멀어진 뒤, 그 이후 차분히 행공하여 상처를 치료하려는 게 그의 생각이었다.

"이러다가는 무림 공적으로 몰려 죽는 게 아니라 굶어서 죽겠군."

나무에 기댄 채로 하늘을 바라보던 수운은 나무를 짚고 천천히 일어섰다. 잠시 숨을 고른 뒤 다시 움직이려는 순간이었다.

슛!

뭔가 날카롭게 바람 가르는 소리가 나더니 그의 머리 옆을 스쳐 지나갔고, 거의 같은 순간 팍 하는 소리가 났다.

"…엉?"

그가 마른침을 삼킨 뒤 뒤를 돌아보자 화살 하나가 나무에 박힌 채 부르르 떨고 있었다.

"……"

졸지에 원혼이 될 뻔한 수운이 멍하니 화살만 바라보고 있을 때 부스럭 소리와 함께 화살의 임자가 등장했다.

"이런, 사람이었네? 괜찮나, 젊은이?"

사십대로 보이는 사냥꾼이었다.

그게 사람한테 활을 쏴놓고 할 소리냐라는 의미를 담은 시선을 그에게 보내자 그가 머리를 긁적이며 다가왔다.

"이거 정말 미안하네. 다친 덴 없나?"

"그게… 괜찮긴 한데… 죽을 뻔했네요."

"그렇구먼."

"……."

"아, 난 오삼도."

"유수운이라고 합니다만……."

얼떨결에 서로 인사를 주고받았다.

"만나서 반가워. 이런 것도 다 인연 아니겠나. 다친 곳도 없는 것 같고. 다행이야."

이런 일을 자주 겪었던 건지 상당히 익숙하게 오삼도라고 자신의 이름을 밝힌 사냥꾼도 내심 미안했는지 다행이라는 말을 반복한 뒤 나무에 틀어박힌 화살을 뽑아내었다.

화살에 몹시 놀랐고 자신을 죽일 뻔한 사람이었지만 그래도 오래간만에 만난 사람이고 배도 고팠던지라 수운은 그에게 혹시 먹을 것이 있는지 물어보았고, 오삼도는 아낌없이 그의 건량을 털어 수운에게 나눠 주었다.

그가 물도 마시지 않고 건량을 허겁지겁 먹어치우는 것을 물끄러미 바라보던 오삼도가 허리춤에 차고 있던 물통을 내밀었고, 수운은 고맙다는 눈빛을 보낸 뒤 건량 때문에 텁텁한 목에 쏟아 부었다.

"정말 고맙습니다."

"아니, 뭘. 하마터면 사람 하나 잡을 뻔했는데 이 정도야. 그런데 몸은 왜 그러나?"

근처에 떨어져 있는 지팡이 같은 나뭇가지도 그렇고, 안쪽에 친친 감겨 있는 붕대도 그렇고, 수운이 크게 다친 듯 보이자 오삼도는 물통을 다시 넘겨 받으며 그리 물었다.

"좀… 사고가 있어서요."

"설마 이 몸으로 산을 헤매고 다니려고?"

"그게……."

"끌끌, 안 되겠군. 가까운 마을로 내려가는 것도 좀 힘든 일이니 날 따라오게. 가까운 곳에 사냥꾼들이 가끔씩 쓰는 산막이 있네. 게서 몸조리 좀 하고 떠나면 되겠구먼."

그리 말한 오삼도는 십 리 정도 떨어져 있다는 산막으로 그를 데리고 갔다. 사냥꾼들이 사냥을 하다 해가 떨어지거나 날이 험해지면 누구든 임시로 머물 수 있게 만들어놓은 오두막이었다.

"먹을 것도 있고 땔감, 덮을 것과 약재도 조금 있으니 쉬어가기엔 좋을 거야."

문을 열고 들어선 산막 안에는 오른팔이 없는 노승 한 명과 검은 무복을 입은 낭인 한 명이 이미 자리잡고 있었다.

오삼도는 산막에 선객이 있자 잠시 그들을 바라보았으나 곧 짧게 인사를 건넸다.

"선객들이 계셨군요. 다친 사람이 있으니 좀 쉬었다 가겠습니다."

오른팔이 없는 노승은 인자한 웃음으로 그와 마주 인사를 나누었으나 칼을 품고 있던 낭인은 힐끔 그를 마주 봤을 뿐 곧 눈을 돌려 버렸다.

"자, 이쪽으로 눕게. 먼저 온 객들이 있으니 심심하지 않고 오히려 잘 됐군 그래. 자, 저 선반 위에는 약간의 옷가지도 있으니까 일단 갈아입지 그러나?"

타인과 동행하느라 멸명마공을 쓸 수 없었던 수운이 전신에서 식은땀을 쏟아내는 것을 보자 오삼도가 옷을 갈아입을 것을 권했다.

"감사합니다만… 제가 그렇게 맘대로 입어도 되는 건가요?"

"이 산막이 원래 아무나 쓰라고 만들어놓은 곳이니까. 아, 물론 자기가 먹은 건량이나 땔감은 지금이든 다음에 들를 때든 반드시 보충해 놔야 하는 게 불문율이지. 그렇지 않으면 다음에 올 누군가가 죽을 수도 있으니까."

오삼도는 그 말을 하면서 은근슬쩍 먼저 온 객들을 바라보았다. 혹시 산의 규칙을 모르는 객일까 우려가 돼서였다.

산막의 규칙은 단순했다.

첫째, 먼저 온 사람이 우선권을 지닌다.
둘째, 산막의 물건을 썼으면 언제가 되었든 반드시 보충을 해놓는다.
셋째, 산막 안에서는 여하한의 일로도 싸움을 하지 않는다.

심지어 흉악한 녹림도들도 산막에 대해서는 이런 규칙을 지켰다. 자신들도 언제 산막의 신세를 질지 모르기 때문이다.

수운은 오삼도가 내미는 옷을 받아 든 뒤 잠시 망설이다 대답했다.

"저, 저는 지금 제가 쓰는 걸 다시 채울 형편이 못 되는데……."

"알아. 뻔히 보이는데 그걸 모를까 봐? 내가 나중에 채워놓을 테니 신경 쓰지 마. 사람 하나 잡을 뻔하고 그 정도도 못해주겠어? 난 다시 짐승이나 쏘러 나가볼 테니 푹 쉬고 있으라구, 젊은이."

"아, 저……."

막 산막 밖으로 나가려던 그를 붙잡고 수운은 한 가지 질문을 던졌다.

"강소성엔 어떻게 가는 게 빠를까요?"

"강소성?"

"예. 소주, 항주가 있는."

"일단 관도가 있는 쪽으로 내려간 뒤에 길을 묻는 게 더 찾기 쉬울 텐데?"

"몸이 이렇게 됐으니 나으면 조금이라도 빨리 가려고요. 산길이 지름

길이라고 들었습니다만……."

그런 얘기는 듣지 못했으나 짐짓 떠보는 수운이었다.

"거참……."

중년의 사냥꾼은 그 말을 듣자 곤란한지 등을 벅벅 긁어댔다.

"이봐, 젊은이. 산길로 가면 며칠 빨리 갈 수 있을지도 모르지. 하지만 산군 때문에 목숨까지 위태로울 거야."

"산군? 호랑이요?"

"그래, 호랑이지. 인간 호랑이."

'인간 호랑이'라는 말을 들은 수운이 침울하게 고개를 끄덕였다.

"산적이로군요."

"그래. 강소로 들락거리는 길에는 가끔 산적패들이 나온다네. 아무리 태평성대라지만 그런 놈들이 싸그리 없어질 리는 없지 않나?"

"그래도 일단 길을 설명해 주시겠어요? 관도로 가든 산길을 계속 가든 길은 알아야 하니까요."

오삼도는 고개를 끄덕이고는 산막 중앙에 땔감을 태우는 곳에 나뭇가지로 지도를 그려가며 자세히 길을 설명해 주었다. 관도로 나가는 길, 가까운 마을로 나가는 길, 산길로 강소성 근처의 마을로 나가는 길 등이었다.

그의 설명은 아주 자세했기 때문에 외우는 것에 자신이 없는 수운조차 눈에 그린 듯 길을 외울 수 있었다.

길을 다 설명한 오삼도는 나뭇가지를 놓고 다시 일어섰다.

"자, 그럼 난 다시 나갔다 와야겠어. 누워서 잠이라도 청하고 있게나. 아마 며칠 걸릴 것 같으니 그 중간에라도 몸이 좀 나아지면 미련없이 가도 좋아."

"호의에 감사드립니다, 아저씨."

"감사는 무슨."

사냥꾼 오삼도는 아까 그에게 화살을 날린 일이 떠올랐는지 겸연쩍은 미소를 띠어 보이고는 산막 밖으로 나섰다.

그가 나가자 산막 안에는 다시 정적만이 감돌았다.

외팔이노승은 여전히 인자한 미소를 띤 채 경전이라도 웅얼거리는 듯 천천히 몸을 앞뒤로 흔들고 있었고, 낭인은 세운 무릎에 머리를 묻은 채 존재감없이 구겨져 있을 따름이었다.

'몸을 쉬게 할 수는 있게 됐는데… 사람들이 있으니 운기행공은 안 되겠고……'

꼭 멸명마공이 아니더라도 이렇게 사람들이 있는 상황에서 호법도 없이 운기행공에 들어간다는 것은 결코 바람직한 일이 아니었다.

수운은 한숨을 내쉬었다. 모든 게 좋을 수는 없는 일이다.

'여기서 좀 기다리다 보면 저 사람들도 떠나겠지. 그때까지만 참으면……'

그렇게 생각하며 바닥에 몸을 눕힌 수운에게 경을 외우던 외팔이노승이 천천히 다가왔다.

"젊은 시주, 몸이 많이 상한 듯한데 노납이 좀 봐도 되겠소? 그래도 이 나이까지 살다 보니 의술을 조금은 알게 되었으니 도움이 될 듯한데……"

"아, 아닙니다, 대사님. 시간이 지나면 자연히 낫는 상처라 특별한 치료가 필요하지는 않습니다."

노승은 그 말에 고개를 끄덕이고는 혹시 도움이 필요하면 사양치 말라며 자리로 돌아가서 정좌를 했다.

그리고 다시 경을 웅얼거리기 시작했다. '여시아문 일시불' 로 시작하는 익숙한 금강반야바라밀경이었다.

이와 같이 들었노라. 부처님은 사위국 기수급고독원에서 뛰어난 비구 일천이백오십 명과 함께 계셨노라. 그때 세존께서 공양 시간이 되자 가사를 입으시고 손수 바리때를 들고 사위성에 들어가 차례로 걸식을 하셨도다.

수운은 조용히 울려 퍼지는 노승의 금강반야바라밀 독송을 들으며 눈을 감았다. 평화로웠다.

*　　　　*　　　　*

"강서성이로군."

산길에서 뭔지 모를 말을 중얼거리던 만리추종 무현종은 확신에 찬 얼굴로 그렇게 말한 뒤 자신들을 호위하는 무인들의 수장인 고권중을 향해 돌아섰다.

"이 길로 가다 보면 용진향이라는 큰 객잔이 하나 있습니다. 이제까지 모든 자료를 그쪽으로 모아달라고 해주세요. 거기서 정보를 분석한 뒤에 마저 추적합니다."

"분석이라 하셨는지?"

"그렇습니다. 추적 대상은 여기서 강서성 방면으로 향한 게 확실합니다. 대상이 가야 할 곳이 한정된 이상 이제까지 모은 자료들 중에 상황에 맞는 것들을 추려내야 합니다."

"하지만 이제껏 여기로 오는 도중에도 여러 가지 정보는 훑어보지 않으셨습니까?"

"그건 요약되었거나 지부에서 중요하다고 생각하는 정보만 일부 추려서 보낸 거지요. 제가 원하는 건 그 당시 있었던 모든 것에 대한 정보입니다. 가공 전의 원석 말이지요."

"음……."

"무슨 불만이라도……?"

만리추종이 조심스레 물었다. 지금 이 집단의 통솔자는 자신이었으나 무림에서의 지위는 고권중과 비할 바가 아니었다. 조심스러울 수밖에 없었다.

"아, 불만은 없습니다. 만리추종께서 책임자시니까요."

다행히 고권중은 만리추종의 결정에 선선히 따라주었다. 호위 무인 중 한 명이 자료의 집중을 요청하기 위해 먼저 떠났고, 나머지 사람들 역시 발걸음을 서둘러 용진향으로 향했다.

"큰 방을 내주게."

객잔에 들어서자마자 무현종은 가장 큰 방을 요구했다.

"모두 모여주십시오."

방에 들어선 만리추종은 오유란과 이후성, 그리고 무인들을 바라보았다.

"곧 자료들이 모일 겁니다. 이제 자료들을 읽고 분류하는 일을 반복해야 하는데 저 혼자서는 시간이 너무 걸립니다. 그래서 여러분의 도움이 필요합니다."

무현종은 자기 혼자 서찰들을 모두 읽고 분류하기에는 시간이 아쉬우니 주변을 감시하고 련과 연락을 취하는 인원을 배제한 나머지는 자신과 함께 서찰을 읽고 분류해 달라고 부탁했다.

사람들은 당연히 고개를 끄덕였고, 만리추종은 사람들에게 자신이 원하는 자료 분류 방법에 대해 간략하게 설명하기 시작했다.

"하다 보면 요령이 붙으실 겁니다. 어려운 건 아니니 걱정 마십시오."

"무 대협, 말씀하시는데 죄송하지만 이들 전부가 이 일에 매달릴 수는 없을 듯합니다."

"네?"

"적어도 네 명은 밖에서 침입자나 밀정이 없는지 감시를 해야 합니다."

"아, 제가 미처 거기까진 생각을 못했습니다."

주변을 감시하기 위해 네 명이 나간 뒤에 만리추종은 간단히 사람들이 해야 할 일을 말해 주었다.

"서찰을 읽으신 뒤에 그 안에 있는 내용이 쌀을 사간 사람에 대한 내용이면 '쌀을 사가다' 라는 표지가 달려 있는 바구니에 넣으시면 되는 겁니다. 마찬가지로 옷을 샀다는 내용은 '옷을 사가다' 라는 바구니에, 싸움이 났었다는 정보는 '싸움을 하다' 라는 바구니에. 쉽지요?"

그다지 어렵게 들리지 않았으므로 사람들은 고개를 끄덕였다.

저녁을 먹고 자정에 가까워질 무렵 그들이 묵고 있는 방 안에는 각 지부에서 보내온 사소한 단서들이 가득 들어찬 서찰들이 수북이 쌓이기 시작했다.

"그럼 시작해 볼까요?"

다섯 명의 지원자―오유란, 이후성과 정마련에서 따라온 무인 중 세 명―는 이 일을 지루하지만 쉬운 작업일 것이라 생각했다.

그 생각이 틀렸다. 지루하고 어려운 작업이었다. 서찰의 정보가 중복되어 있는 경우가 문제였다.

이를테면 젊은 남자가 의원에 들렀다 쌀을 사간 경우는 '젊은 남자가 의원에 들르다' 바구니인지 '젊은 남자가 식료품을 사다' 바구니인지 판단하기 힘든 경우들이었다. 이런 경우 어떻게 해야 하는지 묻자 무현 종은 나름대로 쉬운 대안을 제시했다.

"'젊은 남자가 의원에 들른 뒤 식료품을 사다' 바구니를 새로 만드세요."

이리하여 서찰을 분류하는 바구니는 늘어만 갔고, 서찰을 읽고 분류하는 작업을 하던 사람들은 지쳐만 갔다.

하루가 꼬박 지나갔다.

그 시간은 평소에 꽃같이 아름답던 오유란조차 피곤에 절어 푸석푸석한 모습으로 바꿀 정도로 길었다.

커다란 객방의 공기는 무겁게 변했고, 고리타분한 종이 냄새로 가득해졌다.

"사형, '젊은 남자가 싸운 뒤에 점소이를 만나 옷과 약을 사 오라고 말한 뒤에 말을 빌려 탄 이야기'는 어디다 분류해야 되죠?"

생기없는 오유란의 질문에 이후성 역시 웅얼거리는 목소리로 답했다.

"그야… '젊은 남자가 싸운 뒤 점소이에게 심부름을 시킨 이야기' 바구니에 놓으면 되지 않을까?"

"그런 항목이 있었어요?"

이후성이 초췌한 얼굴로 고개를 끄덕이다 이내 갸웃거리며 '있던가? 있겠지?'라고 중얼거렸다. 옆에서 묵묵히 서찰을 읽고 있던 고권중이 끼어들었다.

"제 기억엔 그런 항목은 없었습니다만……. 게다가 그 분류는 틀린 듯하군요. 그 사건에서 가장 중요한 것은 결국 말을 빌려 타고 갔다는 것이니까 '젊은 남자가 말을 빌리다' 바구니에 분류해야 옳지 않겠습니까?"

이후성이 여전히 멍한 얼굴로 '그런 서찰을 넣는 바구니가 있던가?'

라고 중얼거렸다. 오유란은 피로 때문에 핏발이 선 눈으로 사형을 측은하게 한 번 바라본 뒤 들고 있던 서찰을 들어 올렸다.

"말을 빌렸다는 것도 중요하긴 한데요, 그럼 싸운 얘기는요? 그것도 중요하지 않아요?"

"소저, 잘 생각해 보시지요. 싸운 것은 과정이고 말을 빌렸다는 건 결과입니다. 그러니까 '갑' 이 '을' 을 빌렸다는 상황이니까 '갑' 이 빌려간 '을' 이 가장 중요한 것이지요."

"아, 그래요? 하지만 말을 빌리는 건 일반적인 일이고 객잔에서 싸움을 벌이는 건 일반적인 일이 아니죠. 논점은 확실히 해야죠."

"허어, 그렇게 말을 못 알아들으니 답답하군요. 그러니까 '갑' 이……."

두 사람의 목소리가 날카로워지기 시작하자 구석에서 뭔가를 적어 내려가느라 정신이 없던 무현종이 고개를 들고 끼어들었다.

"그렇게 다투지들 마시고 '젊은 남자가 객잔에서 싸운 뒤 점소이를 불러 옷과 약을 산 후 말을 빌렸다' 라는 서찰 분류 항목을 새로 만드시지요. 자, 바구니는 여기 있습니다."

"……."

서로 언성을 높이던 두 사람은 무현종의 말이 떨어지자마자 이글거리는 눈을 그에게 돌렸다.

먼저 폭발한 것은 오유란이었다. 그녀는 충혈된 눈으로 무현종을 노려보다가 들고 있던 서신을 탁자에 쾅 소리나게 내려놓았다.

"이건, 이건 정말 바보 같은 짓이에요! 대체 우리가 이걸 왜, 어째서 읽고 분류하고 있어야 되는 거예요? 만리추종이면 만리추종답게 현장에서부터 일직선으로 월광사신을 때려잡으러 가면 되잖아요!"

그녀가 월광사신을 입에 담자 사람들이 기겁해서 오유란을 진정시켰

다. 오유란은 씨근덕거리면서도 월광사신을 소리친 것이 스스로도 마음
에 걸렸는지 그 이상의 소란을 부리지는 않았다.

게다가 다른 사람들도 속내를 감추고 있을 뿐 그 마음은 오유란과 같
아서 아무도 그녀를 책망하는 이가 없었다.

오히려 오유란이 들고일어난 것이 당연하다고 속으로 생각하고 있었
다.

"사매가 신경이 좀 날카로워진 것도 있겠습니다만… 저도 궁금합니
다. 정보를 분류해야 한다는 것은 알겠지만 군이 이렇게까지 할 필요가
뭐지요? 진정 세밀한 분류가 필요하다면……."

련의 기관이나 개방의 분석가 등에게 의뢰하면 되지 않겠느냐고 말하
려던 이후성은 자신의 질문이 애초에 잘못되었다는 것을 알고 입을 다물
었다.

자신들이 월광사신을 쫓고 있다는 것을 아는 사람은 대외적으로는 없
다.

개방이나 많은 문파에서 보내오는 정보들도 월광사신에 대해 보내오
는 것이 아니라 무작위의 정보를 임의로 긁어서 보낸 것뿐이었다.

이 정보를 보내오는 이들은 자신이 쫓는 것이 월광사신인지, 심지어
남자인지 여자인지조차 모르는 상태로 관할 구역에서 일어난 모든 일을
정리해서 보내는 것뿐이다.

잠시 말을 멈춘 이후성은 가볍게 헛기침을 한 뒤에 어색하게 말을 이
어나갔다.

"…밖에 나와 있는 다른 인원에게도 도움을 달라고 하는 것이 옳지 않
겠습니까? 아무래도 우리만으로는 역부족인 듯합니다."

무현종이 고개를 갸웃거렸다.

"왜 그런 생각을 하시지요? 우리가 알아야 할 건 많은 게 아니지요.

고작 강서성으로 향했을 가난하고 힘없으며, 시골뜨기처럼 보이는 청년에 대한 일을 분류하는 게 전부지요. 쉽지 않습니까?"

"……."

어디가 쉽냐고 되묻고 싶었지만 진심으로 '이렇게 쉬운 일에 왜 짜증을 내는지 알 수가 없다' 라는 무현종의 눈빛 덕에 사람들은 미적미적 남아 있는 자료에 손을 댈 수밖에 없었다.

*   *   *

얼마나 잤는지, 어느 정도의 시간이 흘렀는지는 모르지만 눈을 떴을 때 산막 안에는 여전히 평화로운 독경 소리가 흘러넘치고 있었다.

저 불국토에는 항상 천상의 음악이 흐르고 대지는 금빛으로 빛나며, 또한 밤낮으로 천상의 만다라 꽃비가 내리나니, 중생들은 이른 아침마다 여러 가지 아름다운 꽃을 바구니에 담아 또 다른 세계로 다니며 십만억 부처님께 공양하고…….

친숙한, 그렇지만 오래간만에 들어보는 아미타경이었다.

'아미타경이라……. 그러고 보니 오랜만이네.'

그가 어릴 때 사부 진현우가 자주 들려주던 것이 바로 불국정토에 대한 내용이었다. 어린 마음에 아주 재미있는 옛날이야기를 듣는 듯했으니까.

어린 날의 추억 속으로 잠시 빠져들었던 수운은 몸을 일으키기 위해 팔을 돌렸다.

그리고 곧 후회했다.

“으음…….”

아주 조금 몸을 움직였을 뿐인데 형용할 수 없는 통증이 밀려왔다.

방금 전까지 들던 상쾌한 기분 따위는 순식간에 흩어졌고 축축한 식은 땀이 순식간에 등 주위를 적셔갔다.

너무나 고통스러워서 수운은 주변에 사람이 있다는 것도 잊은 채 멸명마공을 일으켰다.

단전 깊은 곳에 숨어 있던 절명기가 실오라기처럼 풀려 나오며 기경팔맥 이곳저곳으로 흘러들어 갔다.

시간이 흘렀다.

“후우…….”

수운은 눈을 떴다.

언제부터인지 독경은 그쳐 있었고, 외팔이노승이 물끄러미 그를 바라보고 있었다.

왠지 뭐에 홀린 듯이 바라보는 것 같아서 수운은 겸연쩍은 느낌이 들었다.

“아, 제가 혹시 대사님의 청정을 방해했습니까? 신음 소리를 냈다거나…….”

“음? 아, 아니, 그런 것은 아닙니다, 젊은 시주. 그보다… 괴로운 것 같던데… 이제 좀 괜찮소이까?”

“아, 제가 대사의 청정을 깼나봅니다. 죄송합니다.”

“아닙니다. 그것보다…….”

노승은 잠시 수운을 바라보며 말을 끌었다.

“꼬박 하루 반나절을 주무셨으니 시장하실 텐데… 죽이라도 자시는 게 어떻겠소?”

“아, 시간이 그렇게나?”

수운이 몸을 일으키려 하자 노승이 고개를 저었다.

“그대로 있으시지요. 몸이 많이 안 좋은 듯하니.”

외팔이노승은 산막 중앙에 있는 화덕으로 다가가 장작 몇 개를 익숙하게 세로로 교차해서 쌓은 뒤 부싯돌로 불을 당겼다.

한 손임에도 물 흐르듯 자연스러워 외팔이라는 걸 느끼지 못할 정도였다.

불이 댕겨지자 둥근 냄비를 걸고 산막 한구석에 놓인 커다란 물 항아리에서 물을 퍼서 냄비에 담았다.

그리고 건량과 몇 가지 풀, 소금을 넣은 뒤 천천히 젓기 시작했다.

많이 해본 솜씨였다.

그렇게 준비를 하는 도중에도 외팔이노승은 가끔 수운을 물끄러미 바라보곤 해서 좀 부담스러웠다.

‘왜 저러시는 거지?’

내심 불편하게 생각하는 걸 깨달았는지 노승은 그에게서 시선을 떼고는 죽을 올려놓은 냄비 쪽으로 시선을 돌렸다.

잠시 조용하던 노승은 그렇게 냄비를 저으며 다시금 조용히 경을 읊기 시작했다.

그렇게 귀를 스쳐 가는 경 읊는 소리를 감상하며 시간을 보내자 죽은 금세 완성이 되어 기분 좋은 보글거림을 내기 시작했다.

“자, 시주, 이제 들어보시지요.”

노승이 나무로 된 식기에 죽을 담아 수운에게 내밀었다.

“저… 어찌 저 혼자……. 같이 드셔야지요?”

가만히 누워 먹을 것을 받아 든 수운이 미안한 마음에 그렇게 말해 봤으나 외팔이노승이 미소를 띠며 고개를 저었다.

“마음 씀이 고맙습니다, 젊은 시주. 하나 노납은 괜찮으니 마음 쓰지 마시고 편히 드십시오. 몸이 안 좋은 듯하니 잘 자셔야 쾌차하지 않겠습니까?”

“네…….”

노승이 빙그레 웃으며 사양하자 수운은 머리를 긁적이며 그릇에 죽을 담아 조금씩 먹기 시작했다.

그동안 외팔이노승은 다시 원래 있던 자리로 돌아가 주저앉아 있는 낭인을 바라보며 독경을 시작했다.

깨어났을 때도 독경 소리가 들렸다는 것을 생각해 보자면 노승은 거의 하루 종일이라고 할 정도로 착실히 경을 읊는 것 같았다.

‘그립구나…….’

불경 읊는 소리에 익숙한 수운은 오히려 어릴 때 품 안에 있던 행복한 시절로 되돌아가는 듯해서 기분이 좋았다. 모르긴 몰라도 일반인들이라면 따분하게 느낄 것 같았지만.

식사를 마친 수운이 짚으로 죽 그릇을 씻어내고 구석에 밀어두었다.

배도 부르고 제법 편안한 마음이 되자 수운은 산막의 두 동거인을 바라보았다.

‘그러고 보니까…….’

저들은 왜 이 산막에 거하는 것일까?

들은 바 산막은 갑작스런 악천후나 길을 가다 날이 어두워졌을 경우에 잠시 이용하는 곳이라고 했는데…….

노승은 유수운이 하루 반나절을 자고 있었다고 했다.

저들은 수운이 오기 전부터 산막 안에 있었으므로 대충 사흘 정도는 이 산막 안에 머물렀다는 계산이 나온다.

‘흠, 갈 곳이 없는 건가?’

그렇게는 보이지 않았다.

'나와는 관계없는 일이지.'

사부는 가끔 '남의 일에 신경 쓰는 것은 절명문도로서의 본분이 아니란다' 라는 삶의 지혜를 말했다.

따지고 보면 그 충고를 무시하고 정면으로 세상에 맞섰기에 이렇게 망가진 것이 아닌가?

수운이 킥킥거렸다.

'하긴… 다시 그런 일이 벌어진다고 해도… 또 끼어들지도. 죄송해요, 사부님.'

그는 조용히 눈을 감았다. 쓸데없는 생각 할 틈에 잠이라도 자두려는 것이었다.

'지금은 먼저 몸을 회복하는 게 급선무니까……'

빨리 몸을 회복시키자 조금 전 자신이 고통에 못 이겨 멸명마공을 일으켰던 것이 떠올랐다.

'음, 괜찮을까?

그는 흘낏 두 동거인을 바라보았다.

'뭐, 곧 두 사람 다 떠나겠지. 위험한 짓은 하지 말자.'

그렇게 이틀이 지났다.

낭인과 노승은 떠나지 않았다.

낭인과 노승 두 사람은 모두 각자 할 일—쭈그리고 있기, 독경—을 충실히 하며 떠나갈 기미는 조금도 보이지 않았다.

그들은 수운에게 큰 관심을 가지지는 않는 듯했다.

노승은 친절하게 독경을 하다 중간중간 수운의 식사를 챙겨주는 일을 하긴 했지만 그뿐이었고, 낭인은 아직까지 얼굴도 보지 못했다.

그는 계속 주저앉아 있었다.

심지어 용변도 보지 않는 듯했다.

그것은 노승도 마찬가지였다. 그러고 보니 이곳에 온 이후로 수운은 노승이 뭘 먹는 것을 본 일이 없었다.

'뭐 하는 사람들이야, 대체?'

행공조차 하지 못하고 그저 누워 있을 따름인 수운은 너무나 심심한 나머지 너무나 심심한 행동을 하는 그 두 명의 동거인이라도 관찰하지 않을 수 없었다.

그 결과 한 가지 사실을 알아낼 수 있었다.

먼저 낭인.

낭인은 계속 한자리에 쭈그리고 앉아 있었지만 결코 자는 것이 아니었다. 그것은 수운이 일어나 움직일 때 어쩌다 그 낭인의 영역 근처로 가게 되면 쉽게 알 수 있었다.

그리고 외팔이노승.

노승 역시 자유롭게 행동하는 것처럼 보이지만 결코 낭인 주위로는 다가서지 않았다.

곁에서 지켜보고 있는 수운이 내릴 수 있는 결론은 하나뿐이었다.

'서로 견제하고 있는 건가?'

그들이 왜 서로 그러고 있는 것인지는 알 수 없었으나 그들이 서로 견제하고 있는 것은 확실한 것 같았다.

아무튼 자신에게 무신경한 것은 고마웠다.

현재 도망 중인 수운이고 보면 그런 면에서는 최고의 동거인들이었다. 그러나 무료하기 이를 데 없는 생활이나 산막에서 떠나갈 생각을 하지 않는 점을 생각해 보자면 최악의 동거인들이기도 했다.

일반인들이 있는 곳에서 멸명마공을 운기할 수는 없어서 그저 자리에 누워 있기만 했더니 점점 상태가 안 좋아지는 듯도 했다. 이제는 일어서려고 힘을 주면 통증 때문에 운신조차 힘들었다.

'이렇게 누워만 있으면 안 될 텐데……. 하지만 곁에 사람들이 있으니 멸명마공을 행공하기도 그렇고.'

유수운은 이후의 일정에 대해 고민해 봐야 했다.

그때 산막의 문이 열리더니 사냥꾼 오삼도가 빼꼼히 고개를 들이밀어 산막 내부를 훑었다.

"어, 다들 그대로 있구먼."

그는 수운을 바라보더니 산막 안으로 들어섰다.

그 손에는 뭔가 고기를 싼 듯한 기름종이가 들려 있었는데 냄새로 봐서는 오리 고기였다.

"그간 변변한 거 먹지도 못했을 거 같아서 이거 한 마리 가져왔네. 지은 죄도 있고 하니 미안해할 건 없고."

오삼도가 내민 고기 냄새를 맡자 수운은 자기도 모르게 입에 침이 고였다.

근 사흘이나 밋밋한 죽만 먹다가 갑자기 먹음직스러운 오리 고기를 눈앞에 대하자 회가 동했다.

욱신대던 통증도 잠시 잊은 수운이 멋쩍은 미소를 지으며 오삼도가 내민 오리 고기를 받았다.

"정말 고맙습니다. 이렇게 신경도 써주시니……."

그가 머리를 숙이자 오삼도가 손을 흔들어 답례를 회피했다.

"고마워할 거 없다니까. 아니, 뭐, 사실 좀 안쓰러워서 사 온 고기니까."

오삼도가 혀를 차며 말했다.

"그래, 이 몸으로 가출을 했다고? 끌끌끌……."

"…네?"

"자네를 찾는 분이 계셔서 같이 왔다네."

"……?"

수운이 오리 고기를 받아 든 채로 굳어 있을 때 산막 밖에서 음산한 웃음소리가 들려왔다.

"으. 흐. 흐. 흐. 흐……."

많이 듣던 목소리였다.

어디서 들었더라? 그의 두뇌가 맹렬히 회전한 뒤 웃음소리의 주인을 찾아냈고, 그 순간 수운은 사색이 되었다.

"헉!"

그가 헛바람을 내뱉었을 때 산막 안으로 위풍당당하게 하상혁이 걸어들어오고 있었다.

이를 바득바득 갈면서,

"유수운이! 감히 나를 여기까지 발걸음질시켰다 이 말이지?"

상혁이 사악한 미소를 얼굴 가득 머금은 채 수운을 바라보고 있었다. 오삼도가 상혁을 힐끗 바라보더니 한숨을 쉬고 일어섰다.

"자, 일단 그거 먹게나. 먹고 죽은 사람이 때깔도 곱다지 않나?"

"오 형, 거 안내하느라 수고하셨소. 제보도 고맙고."

그들이 서로 인사를 나누는 것을 보며 수운은 얼어붙어 있었다.

"조, 조장, 어떻게 여기를, 아니, 벌써……."

"이 새끼, 말 더듬는 거 봐라. 그 배짱으로 잘도 가출할 생각 했구먼. 응? 암마, 이 바닥에서 너 하나 찾는 건 일도 아냐. 뭐, 운이 좋긴 했지. 여기 오 형이 사냥감 팔러 왔다 네 녀석 용모파기를 봤다 이거다. 크하하하하!"

그제야 대강 사건의 전말을 알 듯했다.

오삼도는 사냥꾼이다. 고기나 가죽을 팔러다닌다. 누구에게? 그야 물론 상인에게 팔아서 생활한다. 유성표국의 대표두 장무성이라면 인근 상인들에게 젊은 청년을 찾아달라는 부탁 정도는 쉽게 할 수 있다.

이 정도면 얘기 끝이었다.

음산한 괴소를 흘리던 상혁이 주먹을 쥐자 까드득 소리가 났다.

"자… 아무튼 대가리 먼저 몇 대 맞고 시작하자."

〈제2권 끝〉

청어람 신무협 판타지소설

2005년 고무판(WWW.GOMUFAN.COM)
「장르문학 대상」최고의 영예, 대상(大賞) 수상작!

좌검우도전(左劍右刀傳) / 이령 지음

한칼에 세상이 갈라지고,
한걸음에 무림이 격동친다!

『좌검우도전』
(左劍右刀傳)

강한 자(强漢者)가 뿜어내는 거대한 힘과
강인한 매력에 빠져든다!

"너는 반드시 힘을 가져야 한다. 네 의지로… 세상을 뒤엎어 버려라."

"강자를 약자로 만들고, 명예를 똥칠하고, 돈을 빼앗아라.
협의도(俠義道)가, 마도(魔道)가 얼마나 더러운 것인지 알려주어라."

"오냐, 아무것에도 얽매이지 말고 네 마음대로 세상을 휘저어라.
너의 이름은 수강호(讎江湖)가 아니더냐? 강호를 향해 마음껏 복수하거라!
유오독존(唯吾獨尊)! 그것이 나의 소원이다."

청어람 신무협판타지소설

제1회 신춘무협 공모전에 『보표무적』으로
금상을 수상한 작가 장영훈의 신작!!

일도양단(一刀兩斷) / 장영훈 지음

한 겹 한 겹 파헤쳐지는
음모의 속살을 엿본다!

『일도양단』
(一刀兩斷)

그의 이름은 기풍한.

천룡맹(天龍盟) 강호 일급 음모(一級陰謀) 진압조(鎭壓組)
질풍육조(疾風六組)의 조장이다.

임무를 위해 출맹한 지 사 년이 지난 어느 겨울날 새벽,
돌아온 그에게 천룡맹 섬서 지단 부단주가 말했다.

"질풍조는 이미 해체되었네."

그리고…
그의 존재를 알던 모든 이들이 죽었다.

청 어 람 신 무 협 판 타 지 소 설

토탈 조회수 200만의 새로운 신화 창조!
최고의 신무협 작가 『한성수』의 최신작!

태극검해(太極劍解) / 한성수 지음

"반보붕권이 천하를
위진하리라!"

『태극검해』
(太極劍解)

장르 사이트 전체 조회수 1위! 토탈 조회수 200만! 편당 조회수 2만!

진자운!
누가 그를 무당의 제자라 할 것인가?
누가 그를 무당의 제자가 아니라 할 것인가?

반보무적(半步無敵) 일보단천(一步斷天)!
정마(正魔)의 경계를 뛰어넘은
진자운의 무림을 향한 일보가 시작되었다!

반보에 천하가 떨고 일보에 천하가 무릎 꿇는다!

괄시받던 무당파 속가제자 진가운의 신화 창조의 비밀을 파헤쳐라!

청 어 람 신 무 협 판 타 지 소 설

최고의 신무협 작가 『설봉』의 최신작!

사자후(獅子吼) / 설봉 지음

다시 한번 당신을 잠 못 들게 만들
불후의 대작!

사자후
獅 子 吼

깊게 깊게 빠져드는 몰입의 세계!
온몸을 전율케 하는 찌를 듯한 강렬함을 느낀다!

그에게서는 묘한 악취가 풍겼다. 그가 창을 겨눴을 때……

화염이 이글거리는 눈동자를 보았을 때……

비로소 악취의 정체를 짐작해 냈다.

피와 땀이 켜켜이 쌓여 자연스럽게 뿜어져 나오는 살인마의 냄새.

그는 허명(虛名)을 좇아 비무를 즐기는 낭인(浪人)이 아니라 야성(野性)이 살아서 꿈틀거리는 진짜 살인마였다.

투지가 끓어올라 활화산처럼 꿈틀거렸다.

그의 눈길을 정면으로 맞받으며 묘공보(妙空步)를 밟기 시작했다.

우리의 첫 만남은 그렇게 시작되었다.

- 환봉개(幻棒丐)의 회고록(回顧錄) 中에서 -

청 어 람 신 무 협 판 타 지 소 설

독특한 소재, 괴팍한 주인공의 활약에
절로 신이 나는 작품!

"연주 한 번으로 대량 살상이라…
멋지지 않소?"

음공의 대가

음공의 대가 / 일성 지음

만월교의 남무림 통일 계획에 의해 납치된 천팔십이 명의 예능(藝能)에 재능을 가진 아이들!
그런 가운데 헌원세가의 어린 음악가 또한 사라졌다!
그리고 나타난 극악한 인물, 악마금(惡魔琴)!!
극악한 행동 패턴 예측불허의 교활함! 고난이도의 정신 세계를 자랑하는 막가파 탄생!
신비로운 음공의 무한한 위력 앞에 강호가 무릎 꿇고, 누천년을 이어온 검과 도의 역사가 막을 내리니
이제 최고의 무공은 음공(音功)이라 말하리라!

훗날 '음공의 대가'로 불리며 무림의 전설이 되어버린
그의 흥미진진한 강호 이야기가 펼쳐진다!